인생, ⁓⁓⁓⁓⁓⁓⁓⁓⁓⁓ ★ 산다

인생, 고쳐서 산다

© 강지훈 신경숙 구의재 신혜영 성은숙 윤석원 서현주 조미나 박민우, 2018

펴낸날	1판 2쇄 2018년 11월 5일
지은이	강지훈, 신경숙, 구의재, 신혜영, 성은숙, 윤석원, 서현주, 조미나, 박민우
펴낸이	윤미경
펴낸곳	헤이북스
출판등록	제2014-000031호
주소	경기도 성남시 분당구 황새울로 234, 607호(수내동, 분당트라팰리스)
전화	031-603-6166
팩스	031-624-4284
이메일	heybooksblog@naver.com
책임편집	김영회
사진	이정환
디자인	정연재
찍은곳	한영문화사

ISBN 979-11-88366-07-1 03810

인생, 고쳐서 산다

후회하며 살 수는 없으니까

강지훈, 신경숙, 구의재, 신혜영, 성은숙, 윤석원, 서현주, 조미나, 박민우 지음

헤이북스

동시대를 사는 서로 다른 분야의 평범한 사람들 이야기를 책으로 만들어
보고 싶다는 마음이 들자마자 그 그림에 딱 맞는 지인들을 떠올렸다.

　"한번 만나요. 책 쓸까요? 뭘 어떻게 해야 할지 모르겠다고요? 저도
잘 모르는데. 일단 다 함께 식사해요. 거절은 언제라도 하실 수 있어요. 정
말이라고요!"

　서로를 잘 알지 못하는 아홉 분에게 이렇게 청했을 뿐이고, 그 결과
가 이 책으로 이어졌다.

　지난 연말에 '4차 산업혁명'을 키워드로 한 어느 신문사 경제 포럼에
청중으로 참관했다. 내가 대학을 다닐 때부터도 마케팅의 구루라고 불리
며 교과서에서나 이름을 볼 수 있는 경영학자가 연사이니 수천의 청중들
이 몰려든 것은 너무나 당연한 일이었다. 앉을 자리를 찾지 못해 그랜드
볼룸 한쪽 벽에 기대어 스크린을 통해 강연을 보다가 문득 청중과 독자의
듣고 보는 능력과 비판적인 사고는 많은 변화를 이루었는데 강연과 출판
방식은 여전하다는 생각이 들었다.

　전문가 한 사람의 지식과 경험이 대중을 설득하고 행동의 변화를 유
도할 수 있는 시대는 이미 지나지 않았나? 하나의 작은 역사를 이루어온

평범한 개인들의 생각과 경험도 연계되고 확장되면 어떤 힘을 발휘하지 않을까? '늘 흔들리지만 방향을 잃지 않는' 소시민적 가치관들이 모여 동시대를 사는 또 다른 평범한 이들에게 삶의 의미를 전하고 인생의 다양한 역경에 맞서는 힘이 되지 않을까 싶었다. 그 약하지만 강한 연결의 가능성을 실험할 새로운 프로젝트가 그때부터 시작되었다.

    '우리는 우리의 선택이다.Nous sommes nos choix.'라고 프랑스의 철학자이자 소설가 사르트르가 말했다. 우리에게 익숙한 '인생은 B(birth: 탄생)와 D(death: 죽음) 사이의 수많은 C(choice: 선택)이다.'라는 말과 일맥상통한다. 굳이 이 말들을 빌리지 않더라도 우리는 매일 선택의 순간을 맞이한다. 선택지 앞에 수없이 고민하고, 결과에 기뻐하고 또 실망을 반복한다. 어떤 때는 선택지조차 없는 막막한 인생의 고비 앞에서 깊이를 모르는 바닥을 경험하기도 하지만, 그러면서도 길을 내고 일상을 다듬는 것이 우리가 할 수 있는 최선이라는 것도 잘 알고 있다. 그래서 그 모든 과정이 '우리 자신'이라는 것을 부인하기는 어렵다.

    '패치patch'. 사전에 따르면 (1)찢어지거나 낡은 부분을 수선하기 위해 덧대는 천이나 가죽, (2)특정 성분을 담은 부착제, (3)프로그램의 일부를 빠르게 고칠 수 있는 소프트웨어 등을 말한다. 그러고 보니 앞으로도 끝없을 선택의 과정에서 실수를 고쳐가는 용기와 더 나은 나를 만드는 진솔한 노력이 스스로에게 전하는 진심 어린 위로만큼이나 필요한 일이 아닐까 생각한다. 결국 우리는 매 순간의 선택으로 우리의 인생을 만드는 기획자이자 창작자이기 때문이다. 한 고비 넘을 때마다 서랍 속에서 인생 패치를 꺼내 상처에 붙이고 용기 있는 다음을 시작할 작은 힘을 얻어가며 각자의 인생을 만들어온 아홉 저자들의 이야기를 이 책에 풀어놓았다. 어려움을 겪었던 시간을 스스로 받아들이고 속내를 드러내 글로 남기는 일은 저자들 모두에게 고통이었다. 내 안의 나를 꺼내 대상으로 바라보는 경험은 힘들지만 치유의 과정이었고, 이제 그 마음이 독자에게 고스란히 전달되기를 바란다. 아홉 가지의 평범하지만 색다른 인생이 이 글을 읽는 모든 독자들에게 위로와 용기의 작은 울림이 되었으면 좋겠다.

저자 중 한 사람인 내가 모든 분들의 마음을 대신하여 이 글을 쓴다는 것이 매우 조심스럽다. 각자의 자리에서 얼마나 큰 책임으로 인생을 바라보고 있는지 알면서도 글을 함께 쓰자 했고, 모두가 그 제안에 응해 출간까지 함께했다. 또 하나의 작은 고비를 함께 넘어준 저자들에게 다시 한번 이 지면을 빌려 감사드린다.

선택의 결과는 시간이 갈수록 무게가 더해지기에 지금의 고비가 더 힘겹게 느껴진다. 고비는 앞으로도 늘 새로울 '살아내기'에서 언제든 또 오고야 만다. 우리는 그 불안한 확신을 잘 다독여 '인생 고쳐 살아가기'를 주저하지 않아야 한다. 지금 선택의 기로에 선 독자가 있다면, 이 책이 시간을 이기는 용기와 고비를 넘는 노력과 상처를 보듬는 위안이 되었으면 좋겠다. 삶에 상처가 났을 때마다 책장을 펼쳐 필요한 패치를 꺼내 작은 힘이라도 얻어갔으면 좋겠다. 아홉 저자들 모두 그러한 마음이다.

2018년 가을을 맞이하는 날,
아홉 저자들의 진심을 대신하여
성은숙

인생의
목표는
그때그때
바꾼다

살아남은 한스 기벤라트,
방황을 끝낸 홀든 콜필드

강지훈

~~~~~~~

이 글을 쓴 강지훈은
카이스트에서 항공우주공학
학사, 석사 학위를 취득하고
박사 과정을 수료했다. 실험
준비 도중에 수소저장탱크가
폭발하면서 현장에서 두 다리를
잃었고, 이후 진로를 바꿔
딜로이트컨설팅과 AT커니에서
경영컨설턴트로 일했다.
삼성SDS에서는 전략 수립, 사업
기획과 개발 업무를 수행했다.
핀테크, 블록체인, 사물인터넷
등의 업무 경험을 접목해 현재
이모빌리티 e-Mobility 스타트업을
준비 중이다.
고등학교 이후 등한시했던
역사, 경제 공부의 재미를
뒤늦게 알아가고 있으며,
언젠가는 소설을 써보겠다는
꿈을 키우며 소설 속 다양한
군상을 연구하고 있다. 그러나
아직 공대생 근성을 버리지
못해《야밤의 공대생 만화》보다
재미있는 책을 찾지 못했다.

스타일 드리프트와 회복력

스타일 드리프트style drift. 투자 포트폴리오가 계획했던 전략 방향에서 벗어나는 것을 의미한다. 펀드매니저의 도덕적 해이나 잦은 거래로 인해 발생하기도 하고, 국제 정세와 같은 외부 환경 변화가 원인이 되기도 한다. 현명한 투자자들은 펀드매니저에게 모든 것을 맡기지 않고 자신의 투자가 계획된 방향으로 가고 있는지 지속적으로 점검하고, 심지어 원래 기대했던 것보다 높은 수익이 나더라도 전략 방향을 벗어났다고 판단되면 원래 궤도로 되돌아가기 위해 포트폴리오를 재조정하는 경우도 종종 있다. 이를 포트폴리오 리밸런싱re-balancing 이라고 한다.

인공위성과 우주왕복선을 쏘아 올리는 로켓은 현대사회에서 가장 복잡하고 정교한 기계다. 평균적으로 사무용 복사기는 1만 개, 자동차는 3만 개(전기자동차는 2만 개) 그리고 상업용 로켓은 60만 개의 부품으로 구성되어 있다. 이렇게 복잡한 로켓의 부품 중에서 가장 중요한 것을 뽑으라면 십중팔구 엔진이라고 말할 것이다. 연료와 산화제가 만나 100톤이 넘는 물체를 대기권 밖으로 밀어내는 엔진은 말 그대로 폭발적인 힘을 만들어내는 중요한 부품임에 분명하다. 그러나 현대 과학기술의 정점에 있는 로켓도 '스타일 드리프트'가 발생한다. 최첨단 기술을 집약하더라도 이것을 피할 수는 없다. 자연환경이라는 것이 워낙 예측하기 어려워 계획대로 되는 법이 없기 때문이다. 그래서 로켓 과학자들은 분명한 목표점을 계산(전략 방향)하고 로켓의 상태와 위치를 실시간으로 정확하게 측정(모니터링, 평가)하여 자세제어(리밸런싱)를 끊임없이 반복함으로써 로켓을 목표 궤도에 올려놓는다.

수학과 물리학으로 가득 차 있는 금융 투자와 로켓도 큰 틀에서 보면 비슷하다. 어쩌면 목표를 가진 모든 행위가 동일할 것이다. 그래서 경영관리의 기본 도구인 계획-실행-평가plan-do-see 방법론은 당연한 듯하면서도 기업 경영은 물론 개인의 삶에도 적용할 수 있는 보편적인 원칙이라고 할 수 있다. 하지만 이토록 당연한 말을 개인의 삶에 적용한다는 것이 말처럼 쉽지는 않다. 일단, 분명하고 구체적인 목표를 세우고 이를 향해 꿋꿋이 달려가는 사람은 유명 운동선수, 예술가, 기업인, 정치인의 성공 스토리나 위인전에서나 볼 수 있을 뿐이다. 설사 눈앞에 닥친 당장의 학업, 취업 또는 경력 목표를 세우더라도 목표 자체가 무산되는 일이 다반사다. OECD 보고서에 따르면 우리나라 직장인 중에 50퍼센트가 고등학교 또는 대학교에서 쌓은 전문 기술과 관계없는 일에 종사하고 있다.

운 좋게도 목표를 잃지 않았다고 한들 목표를 향해 순항하고 있는지 점검하는 일은 이상과 현실의 간극에 좌절하곤 하는 고통스런 과정이다. 종종 예상치 못한 외력이 목표를 향해 달려가는 여정을 방해해서 이 위기를 어떻게 극복할 것인지, 아니면 목표를 수정해야 하는 것인지 결정하는 것도 쉽지 않다.

평범한 사회인이 겪을 수 있는 '스타일 드리프트' 그리고 회복력 resilience. 아직까지 내세울만한 경력도, 성과도 없는 내가 남들과 다른 점은 이 두 가지다. 예상치 못한, 어쩔 수 없는 그리고 이제야 내 의지로 만난 세 번의 스타일 드리프트에 대해 이야기하려 한다. 생존을 위한 처절함으로, 때론 자존심을 지키기 위한 무모함으로 내린 결정의 과정과 결과가 적어도 한 번의 스타일 드리프트를 마주하는 분들께 반면교사라도 될 수 있다면 좋겠다.

예상치 못한
첫 번째 스타일 드리프트

폭발 사고

'펑'. 누전으로 멀티 탭이 터질 때 나는 크지 않은 둔탁한 소리와 함께 갑자기 눈앞이 깜깜해졌다. 아무것도 보이지 않는 검은 무중력 공간 안에 홀로 둥둥 떠다니는 느낌, 마치 절대로 갈 수도 없고 전혀 다른 세계를 염탐하기 위해 두 세계 사이를 가르는 벽을 뚫어 고개를 내민 것 같기도 하다. 칠흑같이 깜깜한데 두렵지는 않은 고요한 공간. 꿈을 꾸고 있나, 아닌데 분명 실험 준비를 하고 있었는데, 꿈이 이렇게까지 생생할 리가 없잖아, 그것 참 이상한 일이네……. 얼마가 지났을까, 눈을 떠보니 나는 바닥에 누워 있고 풍경은 익숙한 것이 아니다. 역시 꿈을 꾸고 있는 걸까?

더 자세히 살펴보기 위해 고개를 들었다. 처음 눈에 띈 것은 방금 전까지 마주보고 있던 벽인데 뭔가 이상하다. 온갖 장비가 가득 차 있는 실험 공간과 안쪽 연구실을 구분하던 5년 넘게 본 흰색 벽이 아니다. 고개를 더 들어 시선을 아래로 내리니 실험 장치를 만들고 남은 알루미늄 튜브 조각이며 다양한 기능을 가진 밸브 등 온갖 잡동사니들이 널려 있던 책상이 흔적도 없이 사라졌다. 조금 더 고개를 들어 보니 이제야 내 몸이 보인다. 그런데 왼쪽에 있어야 할 것이 안 보인다. 무릎 위가 사라졌다. 너무 비현실적이라 또다시 이게 꿈인가 싶다. 오른쪽을 보니 이번엔 가장 먼저 허벅지 위로 있지 않아야 할 것이 눈에 띈다. 날카롭게 부러진 뼈가 살을 뚫고 나왔다. 시선을 점점 멀리해 보니 오른쪽 무릎은 반 이상이 절단되어 한눈에 봐도 가장 심각해 보이고 발목은 심하게 꺾여 있다. 이제야 상황 판단이 된다. 아, 사고가 났구나. 도대체 어떤 사고가 난 것이지? 교통사고도 아니고 어떻게 실험실에서 이렇게 큰 사고가 날 수 있을까? 내가 사용하는 장비 중에 폭발할만한 것은 없는데, 질소 가스로 이런 사고가 났다는 소식을 들어본 적도 없고……. 하필이면 왜 내게 이런 일이 발생했을까, 오늘 뉴스 난리 나겠구나, 부모님께서 얼마나 놀라고 아파하고 슬퍼하실까, 이제는 휠체어 타고 실험을 해야겠지, 아마도 전동휠체어를 타야 할 것 같다…….

현재 내게 닥친 상황과 앞으로 감내해야 할 일들이 짐작되고 나서야 엄청난 통증이 밀려오기 시작한다. 구급대원들이 들어오는 것이 보인다. 이동침대에 누운 채로 실험실 밖으로 나와 구급차까지 이동하는 짧은 동선에서 마주친 오후의 빛이 찬란하고 눈부시다, 마치 '운수 좋은 날'처럼.

점심식사 후 자전거로 실험실에 오면서 오늘은 5월의 봄날 치고도 유독 좋은 날씨라고 생각했는데, 지금 보고 있는 햇빛은 칠흑같이 깜깜했던 무중력의 다른 세계와 마찬가지로 뭔가 비현실적이다. 구급차가 출발해 병원으로 가는 동안에도 통증이 줄어들지 않는다. 절단 통증은 조금 익숙해지는데 화상 통증은 도무지 가라앉을 기미가 보이지 않는다. 고등학교 생물 시간에 배운 역치閾値가 생각난다. 왜 통증의 강도가 점점 세질까, 아직 역치에 도달하지 않은 것일까, 지금 이 상황에서 역치가 생각난다는 사실 자체가 내가 생각해도 우습다, 역시 난 뼛속까지 공대생인가. 그런데 부모님께는 언제 소식을 알려야 하지? 지금 내 모습을 보시면 정신적 충격이 크고 그 잔상이 오래 남을 테니 손상 부위를 어느 정도 정리한 후에 아시는 것이 나을 것 같다, 제기랄 도대체 왜 진통제를 안 놔주는 걸까?

고통과 여러 가지 얼토당토않은 걱정 가운데 20여 분을 달려 병원에 도착했다. 구급차에서 내리자마자 정신을 잃었다. 출혈 쇼크로 그랬는지 진통제를 맞고 그랬는지 모르겠다. 하루 가까이 정신을 잃고 있는 동안 많은 일들이 벌어졌다. '실험실에서 사고가 나서 많이 다쳤다.'는 연락을 받은 가족들은 부족한 정보 사이를 비집고 끊임없이 파고드는 온갖 나쁜 상상을 밀어내며 병원에 어떻게 왔는지 모르게 도착했다고 한다. 검은 정장을 입은 청년들이 많이 보여 마음을 진정시킬 수 없었다고 했다. 웬만한 공포 영화나 전쟁 영화에서도 본 적이 없는 너무 심한 상처에 어머니께서 충격받으실 것을 우려해 아버지와 형만 응급실에 누워 있는 내 상태를 확인했고, 늦은 밤이 되어서야 수술을 시작했다. 그날 오후부터 수술을 끝낸 다음날 아침나절까지 수혈한 양이 온몸의 피를 몇 번이나 통째로 바꿀 정도였다.

중환자실에서 눈을 떴다. 아마도 사고 다음날 오후였던 것 같다. 간호사였는지 가족이었는지 정확히 기억나지 않는데 침상 옆에 서서 내가 의식을 회복하길 기다렸나 보다. 수술이 잘 끝났다고 했다. 오른쪽 견갑골 근처에 온갖 튜브가 꽂혀 있었고 기도에도 삽관을 한 상태라 고개를 움직이기 어려웠지만 붕대를 칭칭 감은 다리가 눈에 보였다. 혼잣말하듯 침대 주위에 있던 사람들에게 말을 했다.

"생각했던 것보다 다리가 길어……."

사고 직후 미래를 생각하며 떠올린 것이 영화 〈포레스트 검프Forrest Gump〉 중 월남전의 포화 속에서 살았지만 양다리 모두 무릎 위를 잃은 게리 시니즈가 휠체어에 앉아 있는 모습이었기 때문이다. 며칠 후 성형외과 의사가 와서 파편이 왼쪽 눈 옆을 스치고 지나간 상처를 꿰매줬다. 조금만 더 안쪽으로 지나갔으면 시력을 잃을 수도 있었는데 운 좋게도 쌍꺼풀이 생길 것이라며 나름 농담을 건넸다. 보름 남짓 중환자실에 머무는 동안 있었던 일들 중에 기억나는 것은 이 두 가지가 전부다.

일반 병실로 옮긴 이후 두 달 동안 끔찍한 고통에 시달렸다. 강력한 진통제를 맞아도 통증이 가시지 않았고, 매일 한 번 소독(드레싱)을 할 때는 화상으로 상한 피부를 뜯어내는 고통을 참을 수가 없어 가족들을 병실 밖으로 내보내곤 했다. 한번은 의료진이 오른쪽 복숭아뼈 위에서 절단한 부위가 괴사되고 있다고 판단해 마취하지 않은 채로 봉합사를 뜯어냈다. 생살이 뜯기는 통증이었다. 최악의 경우 그 윗부분에서 다시 절단수술을 해야 하는데 선혈이 흘러나오는 것을 보고 어머니께서는 감사의 기도를 하셨다고 한다.

　　몇 번의 추가 수술, 부러진 오른쪽 대퇴골을 맞출 때 온몸을 비트는 통증, 잠깐의 평온한 '나이롱' 환자 시기를 겪은 후 병원을 옮겨 딱딱하게 굳어버린 오른쪽 무릎을 최소한 걸을 수 있는 수준으로 움직이게 하기 위한 수술을 했고, 사고 후 반년이 지난 연말이 되어서야 의족을 착용하고서는 연습을 시작했다. 첫날, 지지대를 짚고 일어서자마자 예상치 못한 통증으로 바로 주저앉고 말았다. 오른쪽 절단 부위의 뼈를 다듬는 수술을 하고 해가 바뀌고 나서야 걷는 연습을 계속할 수 있었다. 다행히도 재활 과정은 순탄했다. 보통은 의족을 착용한 후 뼈를 깎는 고통의 연습 기간을 거쳐야 걸을 수 있다고 해서 걱정을 많이 했는데 나는 상대적으로 쉽게 걸을 수 있었다. 남들과 달리 어떻게 그리 쉽게 의족에 적응했냐는 질문을 받곤 하는데, 나는 의족을 착용하기 전에 '뼈를 깎는 고통'을 실제로 경험했다. 순서만 다를 뿐이다.

객관화와 선택지

사고 직후 문병을 받기 시작한 때부터 세 곳의 병원을 거치는 동안 나를 찾아준 친구들, 선후배들, 친척들 그리고 병원에서 알게 된 많은 사람들 모두 아무렇지도 않은 내 심리 상태에 짐짓 놀란듯했다. 너무나 큰 충격을 받아서 현재 상태를 판단하지 못할 정도로 정신이 온전치 않은 게 아닌지 걱정하는 분들도 있었다. 솔직히 처음엔 내 자신에 대한 걱정보다 생업을 뒤로하고 한 달 넘게 한 병실에 살다시피 한 가족들에 대한 미안함이 앞섰다. 가족들이 어느 정도 안정을 찾고 난 후에는 진도가 안 나가는 연구에서 벗어난 것 자체에서 위안을 찾았다. 그 다음에는, 연구가 계획대로 안 되는데 중요한 미팅이 다가올 때마다 몸살이라도 걸렸으면 하는 생각을 하곤 했는데, 이와 비슷한 것뿐이라고 여겼었나 보다. 병원 생활이 몇 달째 접어들 무렵 내 스스로도 왜 이렇게 담담할까, 너무 생각이 없는 게 아닐까 하는 걱정도 해봤다. 그때 내린 결론은 이렇다. 첫째, 사고 직후 드러난 객관적인 사실로 내 상태와 향후 나의 삶에 대해 어느 정도 판단을 마쳤다. 둘째, 고등학교 때부터 10년 넘게 한길만 걸어와서 이젠 새로운 것을 시작할 엄두도 못 내는 상황이었는데 어쩌면 내 인생을 재시작할 기회일 수도 있겠다고 생각했다.

크뤼거David W. Krueger에 따르면 불의의 사고로 신체장애를 입은 사람은 다섯 단계의 심리적 적응을 거친다. 자신의 신체적 손상을 알고 나서 정서적으로 극심한 비탄 상태에 빠지고(①충격), 그 다음에는 자신의 장애를 인정하지 않으며(②부정), 상실을 인정하는 순간 분노에 빠지고 관련된 상황이나 이해관계자를 비난한다(③우울 반응). 이후 안락한 병원을 떠나는 것에 불안해하고(④독립에 대한 저항) 나서야 이제 이전으로 돌아갈 수 없다는 사실과 한계를 인정한다(⑤적응). 이론대로라면 나는 사고를 인지한 지 몇 분 안에 이미 5단계에 이른 것이다. 그땐 무슨 생각으로 그 난리 통에 내 상태와 미래를 판단하려고 애썼는지 모르겠지만, 모든 상황이 종료된 후에서야 정신이 들어 내게 닥친 변화를 알게 된다면 나 역시 심리적 정신적으로 힘들었을 것이다. 미리 상황을 판단했던 것이 내게 유익한 또 한가지는, 사고 직후 예상했던 최악의 상황보다 수술 이후가 조금 나았다는 것이다. 그게 중환자실에서 눈 뜨자마자 '생각했던 것보다 다리가 길어……'라고 말한 이유다.

세계 주요 경영대학원에 지원하기 위해서는 GMAT Graduate Management Admission Test라는 시험을 쳐야 한다. 시험 중에 논리적 판단력을 평가하는 CR critical reasoning이라는 과목이 있다. 한때 이 시험공부를 했는데, 지금도 기억나는 유명한 문제 중에 이런 것이 있다.

과학자들은 보통 40세 이전에 가장 창의적인 업적을 이룬다. 노화

자체가 창의력의 손실을 가져오기 때문이라는 것이 이에 대한 일반적인 생각이다. 그러나 연구에 따르면 40세 이후에 매우 창의적인 업적을 달성하는 과학자 중 불균형적으로 많은 수가 일반적인 경우보다 많은 나이에 해당 분야에 진출했다. 대다수 과학자들이 40세가 될 때까지 적어도 15년 동안 자신의 분야에서 연구해왔으므로, 40세가 넘은 과학자들 중에서 극히 일부만이 창의적인 업적을 이루는 진정한 이유는 그들이 나이 들어서가 아니라 그 분야에서 너무 오랜 시간을 보냈기 때문이라고 이 연구는 강하게 주장한다.

한 분야에 오래 머무르면 대부분의 사람들은 물론 목적의식이 분명한 과학자들조차도 타성에 젖는다는 이야기다. 사실 사고 전에 머릿속이 복잡했다. 박사 4년차면 같은 학교, 같은 환경, 비슷한 생각을 하는 또래들 사이에서 10년을 지낸 셈이었다. 국가 우주개발에 기여를 하겠다는 공명심이나 사명감을 잊은 지 이미 오래되었다. 계속 연구를 하는 이유는 단지 여기에 쏟아 부은 노력과 시간, 열정이 아까운데다가 생소한 분야에서 새로 시작하기가 겁났기 때문이었다. 또 하나, 나에 대한 가족과 주변의 기대 또한 가던 길을 계속 걷게 하는 이유였다. 반면, 석사 학위를 마친 직후 또는 박사 학위 도중에 전문연구요원의 병역 특례를 포기하면서까지 전공 분야를 바꾼다거나 완전히 새로운 영역에 도전하는 친구들이 가끔 있었는데, 당시 다른 것은 몰라도 뭔가를 새로 시작하는 그들의 용기가 존경스러웠고 부러웠다.

　사고 후 오히려 다른 분들이 내게 새로운 분야에 도전해볼 것을 제안했다. 이제 평균적인 시민의 역할을 해주는 것만으로도 재활 성공이라고 말하기도 했고, 심지어 큰일을 겪었으니 신학 공부를 시작하는 것이 어떠냐는 분들도 계셨다. 지금 돌아보면 장애라는 것이 내 역량 대부분을 앗아갔을 것이라는 지레짐작과 장애인에 대한 사회적 편견, 어쩌면 현실이 반영된 의견이었던 것 같다. 어쨌든 넌 죽다 살아났고 앞으로 하고 싶은 것이 있다 한들 그중 대부분은 장애로 인해 할 수 없을 테니 이제부터는 뭐든 네가 하고 싶은 것을 찾아서 해보라는 묵시적 동의가 시작된 것이다. 좋게 말하면 사회적 성공에 대한 기대라는 족쇄가 풀렸고, 다르게 말하면 장애인이 된 나에 대한 기대 수준이 상당히 낮아졌다. 한편으로는 새로 열린 가능성에 가슴이 두근거리기도 했고, 반대로 어떻게든 보란 듯이 연구를 계속해 학위를 마치겠다는 고집도 생겼다. 아직 사용하지 않았지만 인생극장이나 영화 〈슬라이딩 도어즈Sliding Doors〉처럼 인생에 선택지가 생긴 것이다.

예상치 못한 일격에 다시 일어설 힘

나의 첫 번째 스타일 드리프트는 대다수의 사람들은 겪을 일이 없고 또 겪어서는 안 되는 사건이다. 하지만 정도만 다를 뿐 자신의 상태와 주변 상황을 점검해야만 하는 사건은 종종 발생한다. 그것이 예고 없이 갑작스레 다가오면 당황할 수밖에 없다. 준비 없이 마주쳤을 때 주변 상황과 주위의 판단에 나를 맡겨야 하는 무력감과, 그동안 애써 쌓아온 것이 무너지는 것을 볼 때의 허무함은 매우 크다. 사건을 미리 대비할 수 없다면 무력감과 허무함 가운데서도 완전히 무너지지 않고 회복할 체력을 길러둘 수밖에 없다. 내겐 객관적인 현실 인식이 회복의 시작이었다.

사실 지금도 일상생활에서는 내 자신을 객관적으로 바라보고 평가할 자신이 없다. 학교 다닐 땐 열심히 공부해서 시험을 치르고 나면 끝이지, 채점 결과와 학점 확인하는 것을 두려워했다. 나름 최선을 다한 결과가 실망적일 때의 무기력함이 싫어서였다. 시험 결과를 두고 교수님께 면담을 신청한 경우는 대학과 대학원에서 강의를 들은 8년 동안 딱 한 번밖에 없다. 직장 생활을 하면서도 그랬다. 열심히 일한 만큼 알아서 평가해줄 것을 믿지만 혹시라도 기대와 다를 경우 그 원인이 나에게 있지 않을까 하는 소극적이고 소심한 성격이다. 나에 대한 타인의 판단과 의견이 두려운 게 사실이다. 하지만 삶의 방향과 목표가 흔들리는 절체절명의 상황에서는 달라져야 한다. 내 자신조차 나를 명확히 바라볼 수 없어 현실 인식이 안 된 상황에서는 남들의 평가와 조언이 옳은지 아닌지 판단할 수 없고 어느 지점에서 시작해야 할지 계획을 세울 수 없다. 정신적으로 괴롭고 심리적인 외상이 남을 수도 있지만 방법이 없다. 예전과 달리 폭탄으로 팔다리가 떨어져나가는 전쟁 영화와 〈텍사스 전기톱 연쇄살인사건〉 같은 피 튀는 영화를 못 본다. 일종의 트라우마를 얻었지만 문자 그대로 다시 일어섰다. 그렇게 일어섰을 때, 내 앞에 막다른 골목이 아니라 선택할 수 있는 몇 가지 갈림길이 놓여 있다면 결코 무너지지 않을 자신이 있다.

　새해 연휴 때마다 몇 권의 책을 다시 읽는다. 그중 하나가 하버드경영대학원의 신시아 몽고메리Cynthia A. Montgomery 교수가 쓴《당신은 전략가입니까The Strategist》라는 책이다. 기업 경영전략을 평가하고 새로 수립하는데 필요한 실용적인 내용이 많아 매년 읽기를 반복한다. 이 책에서 저자가 기업 경영인들에게 "오늘 당신 기업이 사라진다면 내일 세상이 달라지는가?", "당신의 기업이 사라졌을 때 당신을 그리워하지 않는다면, 도대체 지금은 '얼마나' 당신을 필요로 하고 있는가?"라는 질문을 던진다. 기업 경영하듯이 방향을 계산하고 철저하게 실행을 점검하는 방식으로 개인의 삶을 관리할 수는 없다. 하지만 존재 목적과 현실에 대한 본질적인 질문은 기업보다 오히려 개인의 철학에 가까워서 개인의 삶에 적용할만하다고 생각한다. 이를 응용해 일상생활에서도 나를 객관적으로 바라보고 평가

할 담대함을 키우기 위해 연습 중이다.

"오늘 내가 사라진다면 내일 세상(가정, 직장, 공동체)이 달라지는가?"

어쩔 수 없는
두 번째 스타일 드리프트

주변의 응원과 기대를 저버린다는 것

13개월의 병원 생활 후 학교로 돌아왔다. 내가 지낼 기숙사는 휠체어를
탄 채 생활할 수 있도록 개조되었고 주로 머무는 건물들에 장애인 주차장
이 생겼다. 사고 전부터 같이 운동하던 동호회분들의 도움으로 아이스하
키를 다시 시작했는데, 정확히 말하면 안전한 아이스하키 장비 덕분에 넘
어져도 다칠 걱정 없이 스케이트를 탈 수 있는 수준이었다. 또한 나의 존
재 가치를 보여주기 위한 노력을 꽤나 했다. 학교에 있는 동안에 연구실
안전을 보장하기 위한 법 제정에 도움을 주려고 힘썼고, 우리 삶에 가까이
다가온 로봇과 사람의 공존에 관한 SBS 다큐멘터리 〈로봇의 시대〉에 출
연했다. 신한금융그룹과 한국장애인재활협회의 '장애청년드림팀 6대륙
에 도전하다'라는 해외 연수 프로그램 1기로 영국과 프랑스에 재활 공학
견학을 다녀왔다.

하지만 연구를 계속하는 일은 쉽지 않았다. 지금 되돌아보면 그 기간 동안 무슨 연구를 했는지 뚜렷한 기억이 없다. 사고 전부터 수행해온 3단 로켓 킥모터kick motor용 가스발생기의 고농축 과산화수소 촉매반응 효율을 높이는 연구였던 것 같다. 아마도 새로운 것을 해볼까 하는 마음을 누르고 '네가 다시 연구할 수 있겠어?' 하는 주위의 우려에 대한 반발심으로 연구실에 돌아온 것이기 때문에 동기가 부족했던 것 같다. 결국 학교에 복귀한 지 1년 반이 지난 2005년 늦가을이 되어서야 학업을 그만두기로 결심했다. 가족들은 아무런 이견 없이 내 결정을 지지해줬지만, 평소에 친구들에게 자식 자랑하는 것이 아버지의 큰 낙이었다는 아버지 친구들의 말씀을 들을 때마다 죄송한 마음이 든다.

어렸을 적 읽은 책 중에서 지금까지도 나에게 가장 큰 영향을 준 책들 중 하나가 헤르만 헤세의 《수레바퀴 아래서Unterm Rad》이다. 주州에서 단 36명을 선발하는 시험에 합격해 신학교에서 공부한 후 목사 또는 대학교수가 되는 것이 당시 재능은 있으나 부모가 부유하지 않은 아이들 앞에 놓인 단 하나의 엘리트 교육 체계였다. 슈바르츠발트의 자그마한 마을에서 모든 이들의 기대를 한 몸에 받던 한스 기벤라트는 2등이라는 뛰어난 성적으로 시험에 합격해 마울브론 수도원 기숙사에 들어가지만 적응하지 못하고 신경쇠약을 얻어 고향으로 돌아온다. 그런 그를 괴롭히는 꿈이라는 게, 아무렇지도 않게 줄줄 외우고 해석할 줄 알았던 그리스어가 전혀 기억나지 않는 당황과, 이로 인해 자신에게 기대를 걸었던 사람들을 실망시키고 그들로부터 비난과 조롱을 듣는 것이다. 결국 고향에 돌아와서 친구들의 평범함에도 미치지 못하는 자기 자신에게 적응하지 못한 채 죽음을 맞이한다.

이제 한스는 〈περιεδραμον〉가 어떤 변화형인지 알아내기 위해 골머리를 앓았다. 또한 이 동사의 현재형과 부정형, 완료형, 미래형, 나아가 단수와 양수, 복수형일 때의 변화형을 하나하나 생각해내지 않으면 안 되었다. 이것들이 서로 뒤엉켜 막힐 때마다 조바심이 나고, 식은땀이 흘렀다. 얼마 뒤에 다시 정신을 차려보니 머릿속이 온통 상처로 얼룩진 느낌이었다. 그리고 자신도 모르는 사이에 한스의 얼굴은 체념과 죄의식에 사로잡힌, 졸린듯한 미소로 일그러져 있었다. 바로 그때, 교장 선생의 목소리가 들려왔다.

"도대체 그 멍청한 웃음은 뭔가? 자넨 지금 울어도 시원찮을 텐데!"
헤르만 헤세의《수레바퀴 아래서》중에서

공부만이 성공하는 길이고 아버지를 기쁘게 하는 방법이라 믿었던 한스 기벤라트에게는 실패를 잊고 고향에서 평범한 행복을 누릴 수 있도록 도와줄 친구가 필요했다. 아니면《호밀밭의 파수꾼The Catcher in the Rye》

의 주인공 홀든 콜필드처럼 자신의 행복을 찾기 위해 약간은 뻔뻔해질 수 있는 용기가 있어야 했다.

> 겁쟁이라는 건 정말 재미없는 일이다. 어쩌면 난 겁이 많은 게 아닐 수도 있었다. 잘 모르겠다. 어쩌면 약간은 겁이 나는 건지도 몰랐다. 아니면, 장갑을 잃어버리는 것쯤은 상관없다고 생각하는 성격인지도 모른다. 문제는 어떤 걸 잃어버리더라도 별로 신경을 쓰지 않는다는 점이다.
>
> 제롬 데이비드 샐린저의《호밀밭의 파수꾼》중에서

주변의 응원과 기대에서 벗어나 도와줄 사람도, 뻔뻔해질 용기도 없이 나의 잘못된 선택으로 결국 원점으로 되돌아가야 하는 경우가 있다. 그 잘못된 선택을 따르느라 많은 시간과 노력이 허비되기 일쑤다. 게다가 그 선택이 스스로의 마음을 따라서 한 것이 아니라 주변의 기대를 저버리지 못해 내린 결과라면 알고도 가지 못한 길에 대한 아쉬움은 배 이상이된다. 지금 내 앞에 선택지가 다시 주어진다면 성공 가능성이 높거나 남들에게 좋아 보이는 것이 아니라 후회하지 않을 길을 택할 것이다.

학업을 접기로 결정하고 얼마 안 되어 운 좋게도 외국계 컨설팅회사에 취업했다. 당시 내게 주어진 선택지는 플랜트설계회사와 컨설팅회사 둘밖에 없었다. 플랜트 설계는 그나마 전공과 관련이 있으나 컨설팅은 전혀 생소한 분야였다. 그래서 이번이 아니면 가지 않을 새로운 길을 택했다. 신입 사원에 해당하는 BA^{business analyst} 바로 위 직급을 제안받았지만 잘 모르는 분야라서 첫 단계부터 밟겠다는 의사를 전달하고 나보다 적어도 세 살, 많게는 여섯 살 어린 동기들과 첫 사회생활을 시작했다. 지식과 경험의 부족함을 인정하는 겸손이 아니라 모르는 분야에서 주어질 책임이 두려웠다는 게 더 정확하다.

처음 주어진 일은 국내 모 금융그룹의 차기 은행장 선정과 관련된 자료 조사였다. 로켓 엔진 및 우주개발 분야라면 그때까지 80여 년의 역사는 물론 현재 어디에서 무슨 연구를 하는지 어느 정도 파악하고 있었고, 그것이 어떤 의미를 가지며 향후 세계의 연구 방향에 어떤 영향력을 줄 것인가에 대한 개인적인 예측과 의견을 피력할 수 있는 준전문가였지만, 처음 컨설팅 업무를 시작한 날 겪은 좌절감은 나를 쓸모없는 인간의 수준으로 내동댕이쳤다. 세계 최고 경영대학원 중 하나인 와튼 스쿨 출신인 첫 상사의 눈에는 기본적인 경영 경제 용어조차 모르는 내가 참 한심해 보였

을 것이다. 재무제표는 고사하고 매출과 이익의 개념조차 없는 컨설턴트
라니, 지금 생각해도 참 아찔하고 부끄럽다. 회사에서는 로켓 과학자가
가진 공학 차원의 논리적 접근법이 컨설팅 업무에 도움이 될 것이라고 판
단했을 것이다. 물론 숫자와 관련된 것은 어렵지 않았다. 문제는 로켓 공
학 수준의 정확함에 매몰되어 사회과학의 포괄적이고 유연성 있는 해석
에 동의하지 못하다 보니 팀 업무에 병목현상을 일으키는 경우도 종종 있
었다.

　　우스갯소리로 컨설턴트에는 '자아 성찰형'과 '생계형' 두 종류가 있
다고 한다. 자아 성찰형은 본인의 경험과 성장이 우선이어서 상사나 조직
이 어떤 일을 주더라도 본인의 계획에 부합하지 않으면 거부를 하는데, 이
렇게 하면 경력 경로career path 계획에 따라 특정 분야에 대한 전문성을 갖추
는 데 효과적이다. 그러나 이러한 선택권은 재벌 3세나 4세쯤이 아니고서
야 보통의 직장인에게 주어질 리 없다. 대다수는 생계형 컨설턴트다. 전문
분야가 아니더라도 과제가 떨어지면 짧은 시간에 미친 듯이 공부해서 최
소한 고객과 현재 상태에 대해 토론할 수 있을 정도가 되어야 한다. 빠른
학습곡선learning curve만이 생존을 보장한다. 그러다 특정 분야에서 특출한
능력을 보이고 다행히 그 분야가 큰 시장과 고객군을 형성하고 있다면 한
분야의 전문가로 성장할 기회가 주어지지만 대부분은 스페셜리스트보다
는 제너럴리스트의 길을 걷게 된다. 로켓과학자라는 스페셜리스트에서

전형적인 생계형 컨설턴트, 거기에 기본기가 부족해 학습곡선도 느리면서 정확성에 대한 고집만 센 초보가 된 내 자신이 불만족스럽고 불안했다.

고향에 돌아와 기계 견습공으로 취업한 첫날 보드라운 손 탓에 벌건 물집이 생겨 고생한 한스 기벤라트가 굳은살이 생기길 고대하듯, 새로운 분야에 적응하기 위해 닥치는 대로 읽고 이해하려고 애썼다. 고객 대다수가 금융기관이다 보니 FRMFinancial Risk Manager, CFAChartered Financial Analyst 등 금융 관련 자격증 공부도 열심히 했다. 업무에 쫓기느라 공부를 깊이 하지 못해 시험에 떨어졌다는 핑계를 대곤 하지만, 늦은 밤과 주말을 반납하면서 공부한 덕에 금융시장과 금융기관이 어떻게 돌아가는지, 금융 상품들이 어떤 원리로 만들어지는지 어느 정도는 파악할 수 있게 되었다. 그러자 다시 내 길, 구체적으로는 일에서 전문 분야를 찾아 빨리 자리를 잡아야 한다는 강박감이 생기기 시작했다.

스스로 변화하기

첫 번째 목적이 외부 요인에 의해 무너진 후 그 다음 목적을 찾는 것이 쉽지 않았다. 초등학교 때부터 20여 년간 달려온 목표점이 사라졌으니 당연한 일이다. 주위를 살펴보니 모두가 나 못지않게 목표점을 향해 열심히 달려온 사람들이고, 나와 다른 점이라면 아직 목표점이 그대로 있다는 것이다. 이런 상태라면 내가 아무리 열심히 뛴다 한들 이 분야에서 단련된 이들의 호흡과 체력을 따라갈 리 만무하다. 끊임없이 자극하는 훌륭한 동료들, 각 분야에서 십 수년간 전문가로 성장해온 고객들과 같은 공간에 나를 던져 넣음으로써 사회생활이라는 새로운 영역에 연착륙할 수 있었고 그들의 목적지로부터 나의 다음 목적지에 대한 정보를 얻었다. 그래도 비즈니스에 최적화된 과정을 밟아온 그들의 존재 자체가 종종 나로 하여금 내가 쓸모없는 인간으로 보이게 한다는 단점이 있었다. 나를 초보로 인정하면 주위가 온통 선배와 선생으로 가득 찬다. 변화를 위한 배움의 조건이 갖춰진다.

신시아 몽고메리 교수는 목적이 있어도 끊임없이 경로를 수정하고 자신의 상태를 수선해야 목적지에 도달할 수 있음을 설명하며 테세우스 Theseus의 배 이야기를 전한다.

영웅 테세우스는 크레타섬의 미노타우로스를 살해한 뒤 아주 낡은 배를 타고 아테네로 돌아갔다. 항해 중에 널빤지가 하나씩 썩어 무너질 때마다 튼튼한 새 목재로 대체하다 보니 결국 배의 판자를 모두 바꾸게 되었다. 판자를 다 바꿨을 때 그 배는 예전과 같은 배인가? 만약 같은 배가 아니라면 어떤 시점에, 어떤 판자에서 그 배의 정

체성이 바뀐 것인가?
신시아 A. 몽고메리의 《당신은 전략가입니까》 중에서

그리고 애플을 현실 세계에서 테세우스와 동일한 성찰을 거치며 성
장한 기업의 예로 든다.

*아이팟은 기술, 손쉬운 사용법, 근사한 디자인을 결합시킨 제품으로
스티브 잡스와 애플의 존재 이유를 촉진시킨 제품이었다. 그러나 자
사 제품을 스스로 무너뜨리는 더 나은 제품을 출시함으로써 '창조
적 파괴' 조직이 되었다.*
신시아 A. 몽고메리의 《당신은 전략가입니까》 중에서

작년 8월, 미국 시애틀에 위치한 마이크로소프트 본사를 방문했을
때 이 회사 엔지니어가 한 말이 기억에 남는다.

"마이크로소프트는 기업이 흥망성쇠 주기를 따른다는 것을 신봉합
니다. 그래서 끊임없이 새로운 사업을 만들거나 다른 기업을 인수해 자연
법칙이라고 할 수 있는 기업의 쇠락 시점을 최대한 뒤로 미룸으로써 성장
을 지속시킬 수가 있죠."

최고의 기술과 서비스로 세계를 호령하고 있는 기업들도 끊임없이

변하거나 성장해야 한다는 중압감을 가지고 있다. 기업과 마찬가지로 개인 또한 분명한 목적이 있다 해도 끊임없이 경로를 수정하고 자신의 상태를 수선해야 목적지에 도달할 수 있다.

목적지를 잃었을 때, 그것이 자신의 잘못된 선택 때문이라면 더욱 방황하기 나름이다. 물론 방황하는 것이 포기하는 것보다 훨씬 좋다. 나를 포함한 대부분의 사람들에게 현실은 홀든 콜필드처럼 방황할 시간적 경제적 여유가 부족하다. 그렇다면 한스 기벤라트에게 기계 장인이 되겠다는 새롭고 분명한 목표가 주어져야 한다. 언제까지나 무딘 줄로 톱니바퀴를 갈고 있을 수는 없다.

나의 의지로 만나는
세 번째 스타일 드리프트

대기업 부장의 매너리즘

때론 분석력을 인정받고 때론 느린 진행 속도와 답답한 의사 결정 기준에 질책을 받으며 컨설팅회사에서 6년 동안 맹훈련을 쌓은 덕분에 지금 다니고 있는 회사로 옮길 수 있었다. 조직 특성상 일상적으로 반복되는 업무는 거의 없었고 관계사의 최고 정보 책임자CIO를 포함한 임원들에 대한 자문과 회사의 솔루션 사업 포트폴리오 전략, 신규 사업 기획, 실무진의 실행을 위한 표준화 업무가 많았다. 핀테크, 사물인터넷, 블록체인 등에 대해 시장보다 최소 2분기 앞서 신기술 동향과 적용 방법에 대한 고민을 많이 했다. 신기술을 사업화하기 위해 국내외 기업들과 공동 사업 모델을 만들기도 했다. 또한 국내외 파트너 회사 협력, 해외 법인 설립 검토, 금융 관계사 업무 감사, 사업 기획 및 혁신 관련 사내 강사, 박사 학위 예정자 캠퍼스 리크루팅 등 종잡을 수 없을 정도로 다양한 업무를 소화해야 했다.

　　최근 2년 동안에는 최고 경영진의 국내외 대학교 강의, 각종 컨퍼런스와 학회 기조연설, 외국 기업의 초청 강연, 사내 행사 강연 준비를 도맡아 수행했다. 워낙 박학다식하고 끊임없이 학습하는데다 사소한 것도 놓치지 않는 꼼꼼한 최고 경영진을 위해 자료를 준비하느라 고생을 많이 했고 또 그만큼 성장했다. 미국 명문 공대의 박사 과정 학생들 앞에서 반도체의 구조적 혁신, 퀀텀닷quantum dot, 양자점의 원리 등 그들의 전공 분야에 대한 기술 기업 경영진의 통찰력을 보여주고, 글로벌 IT 기업의 아시아 임원들에게 기업 경영의 묘수를, 유럽의 핀테크 전문가들에게 블록체인을 실제 사업에 어떻게 접목하고 있는지, 한국의 마케터들에게 데이터가 생산현장과 고객에 대한 이해의 수준을 어떻게 높이는지, 한국의 내로라하는 기업의 중역들에게 디지털 혁신의 본질이 무엇인지, 그리고 심지어는 재생에너지 학자들에게 IT와 결합한 에너지산업의 미래 방향을 제시하기도 했다.

　　엄청 다양하고 전문적인 내용을 다룬 것 같지만 필요한 기술은 단하나, 빠른 학습곡선이다. 새로운 과제가 주어질 때마다 집중력과 이해력을 총동원해 무난하게 해결해왔지만, 과연 내가 성장하고 있는지 의문이고 나의 전문 분야라는 것의 부재를 느낀다. 치열함과 불안함 가운데 '행복'이라는 진부하게 들리는 문제가 등장한다. 대기업 부장이라는 위치는 비록 미래에 대한 불안감과 경쟁의 피곤함이 있으나 분명 경제적으로나 사회적으로 안정적이다. 부양해야 할 가족이 있고 점점 연차가 쌓이다 보면 새로운 도전과 성장보다는 가족의 안정과 삶의 안락함에 마음이 움직이기 마련이다. 내가 지금 '행복'한가, 무엇이 '행복'인지 점검해야 할 때가 온 것이다. 어느 날 친한 친구들이 내게 이런 말을 했다.

"넌 왜 그러고 사니?"

처음에는 항상 바쁘게 지내는 나를 걱정해주는 말이라 생각하고 웃어넘겼지만, 시간이 지날수록 여러 가지 의미에서 생각할 거리를 던져주는 질문이다. 내 삶의 목적이 무엇인지 그리고 지금 그것을 준비하고 있는지, 바쁨 속에서 안정과 안락함에 안주하고 있는 것은 아닌지 되돌아보게 한다. 그래서 원점으로 돌아가기 위해 다분히 내 의지에 따른 스타일 드리프트를 준비하기로 했다.

> 아침에 잠에서 깨어 자신이 하고 싶은 일을 할 수 있는 사람이 성공한 사람이다.
>
> 밥 딜런

> 똑같은 행동을 반복하면서 다른 결과를 기대하는 것은 미친 짓이다.
>
> 알버트 아인슈타인

살아남을 수 있을까?

OECD의 연구에 따르면 창의력과 국가의 기본 복지는 상관관계가 있다. 국가별 창의성 지표 비교에서 상위 10개국 중 스웨덴, 핀란드, 덴마크, 노르웨이, 네덜란드 등 북유럽 국가가 절반을 차지하고 있다. 이 국가들의 공통점은 복지제도가 잘 갖춰졌다는 것인데, '잃어버린 아인슈타인Lost Einstein'이라고 알려지며 주목받았던 연구에서는, 미국 사회에서 경제적으로 안정적인 삶을 누린 이들이 혁신가가 될 가능성이 훨씬 높다는 결론에 이르렀다. 물론 그렇지 않은 상황에서 큰 성공을 이뤄낸 사람들도 많다.

　　테슬라, 솔라시티, 스페이스엑스를 설립해 운영 중인 혁신의 아이콘 엘론 머스크Elon Musk는 유명한 페이팔Paypal 마피아 중 한 명이다. 미국 실리콘밸리의 스타트업이 이들 중 한 명에게서 투자를 받기만 해도 큰 뉴스가 된다. 엘론 머스크는 페이팔의 전신인 엑스닷컴X.com의 공동 창업자인데 이 신화의 시작은 대중에게는 잘 알려지지 않은 집투Zip2라는 기업이다. 그가 스탠포드 대학에서 박사 과정을 시작했을 무렵 미국에 인터넷 붐이 일었고, 1995년 인터넷을 사용해 지역 정보를 제공하는 회사를 설립해 〈뉴욕 타임스〉와 〈시카고 트리뷴〉 등 영향력 있는 신문사에 서비스를 제공하면서 유명해졌다. 1999년 컴팩 컴퓨터가 이 회사를 3억 4천만 달러에 인수하면서 엘론 머스크는 이후 혁신 기업을 설립할 토대를 마련할 수 있었다.

집투를 설립하기 전 엘론 머스크는 창업 실패에 대한 걱정이 들었다. 성공이 불분명한 상황에서 실패로 인한 변화를 견딜 수 있을지 알아보기 위해 일명 '욕구 실험'을 했다. 대형 마트에서 냉동 핫도그와 오렌지를 30달러어치 구입해 한 달간 이것만 먹었다. 사업 실패를 가정해 하루 1달러로 살 수 있을지 알아볼 목적이었다. 지낼만하고 컴퓨터만 있으면 행복하다는 결론에 이르자 엘론 머스크는 과감하게 창업에 뛰어들었다. 그 이후로 잘 알려지다시피 연속적인 성공을 이룬 후 한 인터뷰에서 그는 이때를 회상하며 이렇게 말했다.

"1달러 프로젝트는 누가 시켜서 한 게 아니었어요. 스스로를 한계 상황에 넣어봐야 답이 나올 때가 있습니다. 덕분에 어디서든 원하는 걸 하면 된다는 확신을 얻었죠."

분명, 도전에는 용기가 필요하다.

미국 실리콘밸리에서 대표적인 투자사인 와이 콤비네이터Y Combinator를 창업한 폴 그레이엄Paul Graham은 숙박 공유 서비스인 에어비엔비Airbnb에 투자한 이유로 공동 창업자들의 끈질긴 생명력을 꼽았다. 디자인을 공부한 공동 창업자들은, 미국 산업디자인학회 연례 컨퍼런스에 참석하기 위해 샌프란시스코에 도착한 디자이너들이 호텔방을 구하지 못해 발을 동동 구르는 것을 목격하고 사업 모델을 고안했다. 사업을 시작한 이후에도 생각만큼 이용자가 늘지 않고 투자 유치에 실패해 공동 창업자 중 한 명의 집에 15명이 모여 일해야 했고, 회사 운영자금을 마련하기 위해 미국 대선 정국에 맞춰 '오마바 오즈Obama O's'와 '캡앤 메케인즈Cap'N McCain's'라는 수집용 시리얼을 만들기도 했다. 폴 그레이엄은 이들을 처음 만났을 때 끔찍한 아이디어라고 혹평했지만 이후 끈질기게 살아남는 것을 보고 "너희들 정말 하드코어하구나. 죽지를 않네."라며 이들의 '바퀴벌레 같은 생존력'이 언젠가는 꼭 큰일을 벌이고야 말 것이라고 판단해 에어비엔비에 투자를 했다.

1인 가구의 가장인 나는 몸집이 가볍다는 장점도 있지만 새로운 도전이 실패할 경우 최소한의 삶을 유지하게 해줄 울타리도 부실하다. 게다가 집 안에서는 휠체어를 이용해야 하다 보니 상대적으로 넓은 공간이 필요하고 어디로 이동을 하든지 차가 필요해 최소 생활비가 낮지 않다. 나는 이것을 '경제적 신진대사economic metabolism'라고 부른다. 그래서 가능한 오랫동안 끈질기게 버티는 것을 목표로 정하고 경제적 신진대사를 줄이는 연습을 하고 있다. 엘론 머크스처럼 하루 1달러로 버티지는 못하겠지만 적어도 2년은 살아남을 준비를 갖추는 중이다.

난 살아남을 것이다!

미래를 예측하는 가장 좋은 방법

정말 이보다 더 어리석은 질문이 있을까? 실제로 해보기 전에 무엇
을 어떻게 하게 될지 어떻게 알 수 있단 말인가?
제롬 데이비드 샐린저의 《호밀밭의 파수꾼》 중에서

아직 시작도 안 했는데 걱정이 많다. 이게 사업이 되겠느냐며 만류하
는 친구들도 있다. 무슨 일을 해서라도 살아남는 게 목표라면 '좀비 기업'
이 아니냐는 이야기도 한다. 내겐 성장하지 않고 안주하는 게 더 두렵고,
지금 준비하지 않고 있다가 어느 날 갑자기 들이닥친 변화로 인해 첫 번째
스타일 드리프트와 같은 상황을 또다시 맞이할 자신이 없다. 구글 딥마인
드Deepmind가 한국에 충격과 공포를 안기던 2년 전, 내가 하고 있는 일들
이 인공지능으로 대체될 것인지 진지하게 고민했다. 결론은 '그렇다'이다.
우스갯소리로 상무, 전무, 사장 등 주요 이해관계자들의 관심사와 생각에
맞춰 보고서를 작성해주는 '알파 부장'을 만들자고 했는데, 당시 보고 대
상에 따라 보고서의 형식, 내용, 결론이 오락가락하는 상황을 빗댄 농담
만은 아니다. 어차피 다가올 미래라면 내 의지와 노력으로 만들어가는 것
이 막연한 두려움에 떨지 않고 가지 않은 길에 대해 후회하지 않을 유일한
방법이다. 내 두 번째 스타일 드리프트로부터의 교훈이다.

지금 네가 떨어지고 있는 타락은, 일반적인 의미에서가 아니라 좀 특별한 것처럼 보인다. 그건 정말 무서운 거라고 할 수 있어. 사람이 타락할 때는 본인이 느끼지도 못할 수도 있고, 자신이 바닥에 부딪히는 소리를 듣지 못하는 경우도 있는 거야. 끝도 없이 계속해서 타락하게 되는 거지. 세상을 살아가다 보면, 인생의 어느 순간에 자신이 가지고 있는 환경이 줄 수 없는 어떤 것을 찾는 사람들이 있기 마련이다. 네가 그런 경우에 속하는 거지. 그런 사람들은 자신이 원하는 것을 자신이 속한 환경에서 찾을 수 없다고 그냥 생각해버리는 거야. 그러고는 단념하지. 실제로 찾으려는 노력도 해보지 않고, 그냥 단념해버리는 거야. 무슨 말인지 이해하겠니?

제롬 데이비드 샐린저의 《호밀밭의 파수꾼》 중에서

포기한 것과
포기할 수 없는 것

어렸을 적 읽은 책 중에서 나에게 가장 큰 영향을 준 책들 중 또 하나가 이광수의 《흙》이다. 《흙》의 허숭과 《수레바퀴 아래서》의 한스 기벤라트는 '개천에서 난 용'이라는 공통점이 있다. 허숭은 변호사가 된 후 순간의 유혹을 이기지 못해 마음을 준 유순을 버리고 이름난 부잣집 딸과 결혼하지만, 결국 답답하리만큼 기회와 기득권을 버리면서 농촌 운동에 헌신한다. 한스 기벤라트는 최고 엘리트 학교에 가서는 결국 적응하지 못해 고향에 돌아오지만 새로운 환경과 상황에 처한 자기 자신에게 적응하지 못하고 죽음을 맞이한다. 나도 허숭처럼 목적을 위해 많은 것을 포기할 수 있을까? 내가 한스 기벤라트라면 자존심을 내려놓고 다시 시작할 용기를 낼 수 있을까? 중학생일 때부터 내면 깊숙이 자리 잡은 질문들이 오늘에 와서 이렇게 현실적인 판단을 요구할 줄은 꿈에도 몰랐다.

　　매년 연말이면 지난 1년간 내가 한 일들을 정리해 링크드인^{LinedIn} 이력서를 수정한다. 공교롭게도 박사 과정 공부를 6년 동안 했고, 내 경력의 첫 6년은 다양한 기업들을 외부인의 시각에서 바라보는 컨설팅으로, 그 다음 6년은 대기업의 큰 조직이 실제 어떻게 운영되는지 내부자 입장으로 지냈다. 부장 3년차가 되면서 나의 꿈, 나의 목적지에 대해 다시 생각해보기 시작했다. 내가 이 회사에서 능력을 인정받고 승진해서 안정적인 위치에 오르면 행복할까? 그렇지 않은 상황에 이른다면 변해버린 상황에 적응할 수 있을까? 둘 다 그렇지 않을 것 같다. 그래서 안정을 포기하지만 조금 더 폭넓은 자유를 얻으려 한다.《지적 자본론知的資本論》에서 마스다 무네아키增田 宗昭는 자유를 이렇게 정의한다.

> 단순히, 하고 싶지 않은 일을 하지 않는 것은 자유가 아니다. 해야 할 일을 한다는 것이 자유다. 하지 않으면 안 된다는 이성의 목소리를 따르는 자유는 인간에게만 주어진 것이다.

내가 변화에 적응해 살아남은 한스 기벤라트라면, 이틀간의 방황을 끝낸 홀든 콜필드라면 이제 과거와는 다른 삶을 살 것이라고 생각해왔지만 막상 결정의 순간이 다가오니 녹록하지 않은 현실 앞에 머뭇거리곤 한다. 나는 누구나 가까이에서 접하는 흔하고 평범한 부장들 중 한 명이다. 그들 모두 치열하게 살아왔고 꿈과 생존 사이에서 눈물 나게 발버둥치고 있다. 평범한 부장이 택할 수 있는 선택지는 많지 않다. 꿈을 포기하지 못해 일탈을 꿈꾸는 직장인들에게 이런 선택지도 있다는 점을 보여주고 싶다. 비록 내 의지와 상관없는 스타일 드리프트(일탈)도 있었지만, 자의든 타의든 굴곡 없는 인생이란 얼마나 심심할까?

나는 세 번째 스타일 드리프트를 꿈꾸는 중이다.

★

시간은
답을
알고 있다

요리사는 기다리는 사람,
요리는 기다림이다

신 경 숙

이 글을 쓴 신경숙은
어려서부터 음식을 먹는 것과
만드는 것에 모두 흥미를
가지고 있었다. 요리하는
자리를 찾아 기웃거리다가
2004년 9월 효자동 골목길에
'레서피Recipe'를 열어 지금껏
운영해오고 있다. 초등학생
아들을 둔 엄마이기도 하여
아이들이 먹는 음식에도 관심이
많으며, 아들 준영이가 원하는
비밀의 레서피를 만들고 있다.
손님들의 이야기를 듣는 것을
좋아하는 그녀는 올 9월 내부
공사를 마치고 새롭게 단장될
레서피에서 어떤 일들이 생길지
궁금해하고 있다. 지은 책으로
《효자동 레서피》가 있다.

요리사란 무엇인가

요리는 나에게 무엇인가를 생각해본 적이 있다. 미식가이신 할아버지와 아버지를 둔 덕에 맛있는 음식을 만들고 먹는 일은 항상 나와 함께했다. 계절의 변화를 음식을 통해 알게 되고 음식으로 사람을 만나게 되었다. 요리사가 된다는 것은 어쩌면 자연스러운 일이었다.

처음 레서피를 오픈했을 때 효자동은 전혀 개발되지 않은 마을이었다. 레서피는 눈에 보이지 않지만 사람들의 입소문에 의해 경쟁자들 없이 좌충우돌하면서 만들고 싶은 음식을 하며 행복한 3~4년을 보냈다. 그 후 여기저기 젊고 똑똑한 요리사들이 새로운 레스토랑들을 오픈했다. 레서피까지 오지 않아도 멋진 분위기와 맛있는 요리를 얼마든지 볼 수 있게 되었다. 수많은 레스토랑들과 본격적인 경쟁이 시작되었다.

'교병필패驕兵必敗', 교만한 군대는 반드시 패한다고 했다. 지지 않으려면 시장조사를 하고, 새로운 음식을 개발하여 메뉴를 짜고, 손님들이 원하는 것을 알아내야 하고 …… 쉬운 일이 하나도 없다. 손님들을 이곳 구석까지 오도록 하려면 더 맛있고 더 특색이 있어야 한다. 요즘 유행하고 있는 음식과 음료, 플레이팅 …… 숨차다. 책상 한편에는 영수증이 가득 쌓여 있다.

아침이 시작되면 '나는 지금 왜 이 일을 하고 있지?'라고 질문하며 시장으로 달려간다. 좋은 재료들을 보면 그동안의 걱정은 사라지고 가게 주인들과 나누는 재미난 이야기를 신선한 식재료들과 함께 장바구니 가득히 담아 돌아온다. 예약 노트를 다시 확인한다. 손님의 이름, 예약 시간, 인원 ……. 재료 손질을 하면서 그 손님의 얼굴을 떠올린다. 오늘 준비한 음식들도 맛있게 드시면 좋겠다는 바람으로 바쁘게 움직인다.

'오늘은 비가 오니까 냅킨 색을 밝은 것으로 사용해야지.' '오늘은 결혼기념일이라고 하셨어. 갖고 있는 촛불 전부를 켜자. 20개. 20주년 되셨대.' '여기다가 로즈마리를 숨겨 무엇일까 궁금하게 만들자.' '테이블의 꽃은 빈센트 흉내를 내보자, 해바라기가 없으니 노란색 국화를 파란색 주전자에 넣자.' '지난번에 고수를 안 드셨으니까, 다른 것으로 대체하자.' '이제 30분 전이니까 촛불을 켜자.'

손님 오시기 직전이다. 가장 긴장되는 순간이다. 드디어 반가운 손님이 도착하셨다. 나의 마음속에서는 '도망가고 싶다.'는 말이 들린다. 또 다른 말도 들린다. '정신 차리세요.' 큰소리로 반갑게 인사한다.

"어서 오세요."

레서피에서 식사를 하는 것은 단순히 몸에 에너지를 채우는 것만은
아니란 생각이 든다. 그 안에 우정, 사랑, 일 등 여러 가지 의미가 더해지지
않을까. 하늘의 별만큼 많은 식당 중에서 레서피를 찾아와주는 것은 참으
로 신기하고 감사한 일이다.

'어떻게 알고 오셨어요?' '누구와 식사하세요?' '어떤 음식을 좋아하
세요?' '어떤 음악을 좋아하세요?' '냅킨의 색은 마음에 드세요?'

궁금한 것이 너무 많다. 그중에 한 가지만 질문한다.

"맛있게 드셨어요?"

"네, 아주 맛있게 잘 먹었습니다. 정말 맛있네요."

"다음에 가족들과 함께 다시 올게요."(이 말이 나오면 아주 만족한다는 이
야기다. 대성공이다.)

인사를 주고받은 후 손님들이 간 빈자리를 발견한다. 공연이 끝난
후의 무대 같다. 조금 전까지의 긴장감은 모두 사라졌다. 객석에서, 무대
에서 ……. 음악의 볼륨을 크게 하고 테이블을 정리한다. 손님 한 자리, 한
자리 앞에 서게 된다. 식사를 하면서 손님의 재미있는 이야기, 맛있게 먹던
표정, 요리하며 아쉬웠던 것들이 영화필름 돌아가는 것처럼 한 장면, 한 장
면 스친다. '오늘의 명장면은 무엇이었나?' 입꼬리가 귀로 가면서 뿌듯함

이 밀려온다. 어느 날은 마음에 안 드는 상황이 발생하여 너무 속이 상해서 손님이 온 오후 6시 30분으로 시간을 되돌리고 싶을 때가 있다. 그런 날은 노트에 문제점을 적어놓고 마음을 고요하게 만들려고 한다. '괜찮아, 괜찮아. 다음엔 잘할 수 있어.' 그래도 그 마음은 쉽게 편안해지지 않는다.

다시 내일을 위한 힘찬 준비가 시작된다. 테이블보를 매만지고 냅킨을 챙긴다. 모든 식기를 닦고 와인 잔을 정리한다. 모든 커틀러리^{cutlery, 양식기}를 가지런히 정리한다. 쓰레기통을 비우고 마지막 조명을 끈다. 정막이 흐른다. 레서피의 문을 잠근다. 밝은 노란 달빛과 신선한 공기가 퇴근하는 우리를 반긴다. 오늘 하루도 무사히 끝났다. 같이 일한 스태프들과 레서피의 모든 것들에 깊은 감사를 전한다. 매일 같은 일의 반복인 것 같지만 하루도 같은 날이 없었다. 하루하루 걸어서 지금까지 아주 천천히 어쩌다 왔다. (만남, 기대, 기다림, 아쉬움, 혼란, 소망, 고독, 도피. 같이 온 것들이다.)

창문 너머 동이 트고 있다. 어느새 햇살은 창문에 가득하다. 요리사로서 어제 걸어온 것처럼 오늘도 뚜벅뚜벅 걸어서 가야지. '오늘은 어떤 일들이 나를 기다릴까?'

'하고 싶은 일을 하고 있으서서 부러워요.' 이렇게 말하는 사람들에게 나는 말하고 싶다. '부럽지요? 그래요. 하고 싶은 한 가지 일을 위해 하고 싶지 않은 백 가지 일을 선수처럼 하려고 노력하고 있어요.'

봄기운 가득한
민들레파스타

큰 냄비에 물을 콸콸콸콸 붓고 팔팔 끓여서 납작한 파스타를 푹 삶아. 그 동안 달궈진 팬에 마늘이랑 마늘기름을 볶다가 고추를 넣고 불을 중간으로 줄여. 닭육수에 새우젓갈을 넣고 끓여서 삶은 면을 옮겨 담지. 여기에 애호박과 새우를 넣고 볶듯이 섞어. 그리고 예쁜 접시에 담아서 연둣빛 나는 노란 민들레를 올리고 파마산 치즈를 뿌려 레몬과 같이 내면 짜잔, 봄 기운 가득한 민들레파스타가 완성되지.

이 파스타는 자연스런 단맛과 쓴맛의 조합이 일품이야. 입맛이 없다고 하는 손님도 한 그릇 다 드시면서 "이 파스타가 묘하게 맛있네. 입맛이 없어서 계속 먹지를 못했는데, 고맙소."를 외치셨거든. 며칠 후 다시 와서는 또 민들레파스타를 주문하셨지. 그런데 민들레가 없어서 만들어 드리지 못 했어. 야들야들하고 부드러운 민들레파스타는 초봄에 한 달 정도만 먹을 수 있거든.

'춥고 긴 겨울을 뚫고 여기저기 기운차게 땅을 박차고 나오는 보드라운 새싹들은 쌉싸름하고 고소한 풀 맛이 난다. 피어나는 작은 새싹 하나하나는 모두들 이유가 있을 거야.'

아직 겨울인가, 따스한 봄인가 하는 온도가 될 때면 효자동에서 팔판동까지 청와대와 경복궁 북쪽 담장 사잇길인 청와대길을 자주 산책한다. 자칫하면 나무들의 새싹 잔치를 놓친다. 그러지 않기 위해선 잔치가 있을 때까지 하루도 빠짐없이 출석해야 한다. 그러면 어느 날 나무줄기에서 뭔가 도드라지는 것이 보이고 멀리서 보면 줄기의 색이 밝아지는 것을 발견할 수 있다. 드디어 잔치의 시작이다. 나무 밑에서 하늘을 보면 작디작은 새싹들이 빼꼼히 웃음 지으며 얼굴을 내밀고 와글와글 잔치를 벌이고 있다.

올해도 잔치를 놓치지 않았다고 뿌듯해하던 어느 날이었다. 친척 아주머니가 집으로 민들레 한 자루를 들고 오셨다.

"이것, 간장 넣고 고춧가루 넣고 무쳐서 먹어라. 맛있다."

"만들어 주시지 언제 만들어요?"

염치없는 소리를 하고는 민들레 자루를 열어서 보니 다듬을 것들이 아주 많았다. 흐르는 물에 잎을 하나하나 씻으면서 맛을 보니 예전에 먹어보았던 민들레보다 더 고소하고 약간의 단맛이 있기도 하고 작은 꽃봉오리는 고소한 맛이 더 진했다.

"맛있긴 맛있네."

고기도 싸 먹고 비빔밥도 해 먹다가 파스타에 올리면 아주 맛있겠다는 생각이 났다. 새우와 애호박이 들어가서 자연스러운 단맛이 나는 파스타에, 우리가 배우는 입맛 중 가장 나중에 배운다고 알고 있는 쌉싸름한 맛을 더하면……. 이 맛의 조합은 얼마나 아름다울까?

우리 집 꼬맹이는 산책하다가 씨를 날려 보낼 준비를 마친 하얀 솜털의 민들레를 발견하면 신기한 놀잇감을 발견한 것처럼 눈을 반짝거리며 뒤뚱뒤뚱 걸어가서 줄기를 '툭' 딴다. 기도하는 것처럼 양손을 모으고 양 볼에 바람을 가득 넣어 터질 것 같은 모습으로 힘껏 민들레 씨를 향해 분다. '후우' 훨훨 잘도 날아간다. 이 민들레 씨들은 여행을 시작한다. 어딘가에 정착해서 또 다른 민들레가 자라고, 그 민들레의 씨들은 또 다시 여행을 하겠지.

민들레 씨 하나가 어느 손님을 레서피로 불렀나 보다. 막 봄이 시작된 어느 오후였다. 밖에서 누군가 안을 들여다보고 있는 것 같았다. 아주 두꺼운 쑥색의 점퍼를 입은 사람이 서 있었다. 그냥 쳐다보는 사람인가 했는데 레서피 문으로 한 발 더 다가선다.

"지금 밥 먹을 수 있어요?"

순간 여러 가지 생각이 머리를 스쳤다.

"네, 들어오세요. 지금 파스타를 드실 수 있어요."

"그래요? 아무거나 줘요. 따스한 물도 한 잔 주세요."

그 손님께 새로운 민들레파스타를 준비해 드렸다. 나는 맛있다는 칭찬을 받을 준비가 되어 있었다. 언제 칭찬의 말씀을 하시려나. 그 손님은 파스타를 하염없이 씹고만 계시다가 다 드시지도 못하고 가셨다. 조금 서운했다. 그 후 그 손님은 비슷한 시간에 오셔서 레서피의 음식을 이것저것 주문해서 드시고 가셨다.

그러던 어느 날 손님은 색다른 주문을 했다.

"맛은 상관없으니 그냥 따뜻하게만 주면 돼요."

그 말을 이해하지 못하고 어쩔 줄 몰라 하고 있었다.

"내가 항암 치료를 받고 있는데 미각이 없어졌어요."

저 멀리 우주에서 날아온 운석이 내 머리 위로 쿵 떨어지는 것 같았다. 여러 궁금증이 풀리는 순간이었다.

하루는 그 손님이 평소보다 늦게 오셨다.

"내가 우체국 앞을 지나는데 작은 풀이 있는 거야. 사람들이 많이 지나는 곳인데 점심시간이라서 사람들이 우르르 지나가다가 밟을까 봐 그 앞에 서 있다가 왔어요. 신 선생은 시멘트 사이로 작은 풀들이 얼마나 많이 있는지 알고 있어요? 나도 몰랐는데 죽음이 앞에 오니 그 작은 풀들이 보이는 거야. 생명 하나하나가 얼마나 아름다운지 눈물이 날 지경이지. 그런데 이 민들레는 길에서 딴 건가요?"

"아뇨, 이것은 민들레밭에서 따온 거예요."

그 후로 친구들과도 오고, 가족들과도 와서 즐거운 시간을 보내셨다. 갑자기 다녀가신 지 오래되었다는 생각이 들면 어떻게 지내고 계신지 궁금하고 걱정이 되었다. 전화를 드려볼까 생각하고 있으면 내 마음을 알아채고 빛나는 미소로 나타나셨다. 그러면 안도의 미소가 저절로 나왔다.

어느 날이었다.

"오랜만이지? 나 아무거나 줘."

"차를 준비해 드려도 될까요?"

차를 따라드리는데, 그날은 왠지 같이 앉아서 차를 마셔야 할 것 같았다.

"나, 인사하러 왔어."

그때 나는 알았다.

"무슨 인사요?"

"시간이 얼마 안 남았대. 암에 걸렸을 때 5년만 더 살게 해달라고 하나님께 기도를 했거든. 정확히 약속을 지키시네."

감출 수 없는, 소리 없는 눈물이 폭포처럼 쏟아졌다.

"어이고, 인사하러 왔는데 이렇게 울면 어떻게 해?"

62

그때 손님의 핸드폰도 울었다.

"요즘 전화가 오면 꼭 받아야 해. 안 받으면 친구들은 내가 죽은 줄 알거든. 잠깐만, 여보세요?"

통화를 마치고선 내게 말씀하셨다.

"친구들한테 내가 살아 있을 때 장례식을 미리 하자고 했더니 미친 놈이라는 거야. 살아 있을 때 만나서 조의금으로 맛있는 것을 먹자고 했는데 이놈들이 도와주질 않네. 이번 달까지 일 정리하고 집사람과 전국을 여행할 거야."

"선생님, 저희가 8월에 공사를 하려고 하는데요. 여행 마치면 꼭 오세요. 공사 끝나고 초대할게요."

"그래, 연락해. 내가 그때까지 살아 있으면 올게."

씩씩하게 인사하고 나가셨지만 뒷모습은 너무나 쓸쓸해 보였다. 그 순간 사진이라도 찍을 걸 하는 생각에 얼른 뛰어나가서 핸드폰으로 멀어져가는 뒷모습을 간신히 찍었다. 얼마나 힘이 드셨을까? 한동안 그 자리에 앉아서 남은 차를 마셨다. 차의 맛이 이렇게 짰나? 민들레파스타라도 드시고 가라고 말씀드릴 것을. 내 슬픔에 이야기도 못했다.

우리들 곁에는 항상 삶과 죽음이 있었다. 그것이 불편해서 아니면 두려워서 애써 외면하고 살고 있는지 모른다. 문득 우리가 각자의 빛으로 아름답게, 밝게 잘 살아야 하는 이유는 어떤 죽음으로 인해 살아 있기 때문이라는 생각이 들었다. 요리를 하고 있는 사람, 요리사는 죽은 재료를 다시 음식으로 탄생시켜서 사람의 에너지를 만든다. 그래서 요리사에게는 필립 스탁Philippe Patrick Starck의 이야기처럼 '인간의 모든 생산에서 가장 필수적인 요소인 우아함과 정직함이 있어야 한다.'고 생각한다.

민들레 씨가 훨훨 날아 새싹을 틔운다. 그것이 누구에게는 놀이가 되기도 하고, 누구에게는 생명의 놀라운 대상이 되기도 하고, 또 누구에게는 음식의 재료로 사용되기도 한다. 각각의 민들레는 다른 이유들이 있었다. 요리사에게 온 민들레는 파스타가 되어 사람들에게 몸과 마음의 충분한 에너지가 되었는지 궁금하다.

시원한 여름
토마토콩소메

단짠단짠한 대저토마토를 믹서에 부르르르 갈아. 체에 면포를 두 겹으로 깔고 그 위에 매운맛이 은은한 바질 잎을 손으로 잘라서 올려놓지. 체를 큰 그릇에 올려 갈아놓은 토마토를 붓는데, 면포를 짜지 말고 냉장고에 하루 동안 넣어두면 천천히 아주 천천히 시원하고 맑은 토마토 물이 똑똑 떨어져 생기지. 먹을 때는 접시에 껍질을 벗긴 대저토마토를 담고 식용 꽃으로 장식을 해. 그리고 차갑게 보관한 토마토 물을 부어서 같이 먹으면 환상 그 자체!

토마토콩소메는 오래전 일본 식당에서 먹어본 일이 있어. 그때 어떻게 이렇게 맑은 물에서 토마토 맛이 나는지 신기했었지. 먹기 시작할 때 조심해야 해. 맑은 감칠맛에 중독되면 책임질 수 없거든.

여름이 오는 것은 여러 곳에서 감지된다. 레서피의 식탁에도 여름이 도착했다고 알리는 음식 중에 토마토콩소메가 있다. 토마토 하니 생각난다. 어릴 적 우리 집 마당의 한쪽엔 작은 텃밭이 있었다. 거기엔 옥수수, 토마토, 가지, 호박과 이름 모를 여러 야채들이 있어서 여름이면 마당에서 불을 피우고 연기와 함께 고기와 야채를 싸서 입에 가득 넣고 먹었던 기억이 있다. 그 작은 텃밭은 우리 가족의 식탁을 풍요롭게 했다. 어느 날 어머니는 붉게 잘 익은 토마토를 따서 주셨다.

"자, 먹어봐라. 맛있을 거야."

양손에 받아 든 붉은 토마토를 한입 가득히 베어 물었다. 그 맛은 놀라운 새콤, 달콤, 짭조름, 쫀득한 보드라운 주스의 맛이었다. 그렇게 맛있는 토마토를 먹을 수 있었던 것은 행운이었다. 그 후로 우리 형제는 토마토가 한 개, 한 개 익기를 기다렸다.

"엄마, 이 토마토 먹을 수 있어요?"

"그건 내일이면 맛있게 익겠다. 내일 학교 다녀와서 먹으렴."

"에이~."

그 어떤 간식보다도 맛있는 토마토의 주위를 돌며 기다리는 미래의 요리사. 그 토마토는 사라졌지만, 항상 마음속에 남아 있다. 세상에서 가장 맛있는 토마토를 먹었다. 그 토마토를 만나고 싶다.

요리를 하면서 가장 좋은 재료를 찾아다니는 것은 당연하다. 좋은 생선을 사기 위해 새벽 수산시장에 가야지. 그곳의 생선은 시장의 크기만큼 컸다. 그래도 좋은 생선이니까 사야 한다. 작은 몇 덩어리를 사용하고는 남은 생선을 어떻게 처치할지 몰라서 일단 냉동고에 넣고 지인들이 오면 생선 조각을 나누어 주었다.

"집에서 매운탕 끓여 드세요."

"어머나, 고마워요."

억지로 떠밀 듯이 한 봉지씩 분배가 이루어져도 냉동고는 오랫동안 비워지지 않았다.

어느 여름날, 커다란 민어를 사서 흡족한 마음으로 '이렇게 좋은 민어를 먹는 일은 쉬운 일이 아니지.' 하며 민어를 접시에 올렸다. 거의 모든 손님들은 싱싱하다면서 맛있게 드셨다. 그런데 한 분은 손도 대지 않으셨고, 한 분은 초고추장을 달라고 하셨다. '이렇게 귀한 생선에 대한 모독도 유분수지.' 조리된 음식을 기대했다가 민어회를 내어놓으니 조금은 황당한 일이었을 것이다. 그래도 맛있다고 말씀해주신 손님들께 감사하다고 해야 할지, '왜 솔직하지 않으셨어요?'라고 해야 할지 모르겠다.

또 어느 여름날에는, 한 손님이 중요한 손님들을 초대한다고 좋은 재료로 맛있는 음식을 준비해달라고 하셨다. 비용은 상관없이 사용하라고 하신다. 생선가게에는 자연산 도미를 미리 주문해놓고, 최상급 한우와

자연산 송이버섯, 능이버섯 등을 준비하고 있었다. 찜찜한 마음에 재료에 대해 설명하고 가격을 말씀드렸더니 너무 비싸다고 하신다. 그 손님과 소통의 문제가 있었다. 기운 빠지게 그날의 음식을 준비했다. 손님들이 가시고 난 후 되돌아보는 시간을 가졌다. 좋은 식재료를 산다고 가격은 생각하지 않았다.

'비싼 재료가 좋은 재료인가?'

좋은 재료를 찾기 위해 새벽 시장에도 가고, 좋은 재료가 있다고 하면 가게 문을 닫고 달려가기도 했다. 어느 때는 좋은 재료를 얻기 위해 그 주인에게 편지도 쓰고 별일이 없는데도 일부러 가서 인사도 하고 케이크도 만들어 드리면서 나의 인간성을 총동원했다. 작은 텃밭에서 몇 가지의 허브를 키우기도 했다. 그 결과로 좋은 식재료를 얻게 되면 기뻐서 이것을 모두에게 나누어 주고 싶은 마음이 든다. 그러나 힘들게 구해온 재료는 충분히 손님의 식탁에서 실력 발휘가 안 되었다. 정말 귀하게 구해온 재료이기 때문에 조리가 필요 없다는 생각도 했었다.

가게에 손님이 오면 올수록 지출은 더 많아졌다. 하고 싶은 일을 한다는 명분으로 덮을 수 없는 일이었다. 음식의 맛은 재료 맛인데, 포기할 수 없었다. 최고의 재료를 소량으로 안정적인 방법으로 구입할 수 있는 방법은 없을까? 최고의 재료를 사용하기 위해서는 큰 레스토랑을 운영하는 방법 외에는 없는가? 마음이 답답해서 매일 아침 시장에 가서 이곳저곳을 구경했다. 혼자 방법을 찾는 것은 쉽지 않았다. 레스토랑을 하고 있는 분들을 찾아서 도움을 청했다. 판매가격의 몇 퍼센트가 재료비이어야 한다고. 그렇게 해야 하는 것은 맞는데 참 힘들다.

지금 현재 내가 할 수 있는 것을 찾아야 했다. 돌이켜 생각을 해보았다. 어릴 적 우리 집 식탁을 풍요롭게 한 것은 비싼 재료가 아니라 마당의 한켠에서 키우는 제철에 나는 재료였다. 제철 재료는 맛이 좋고, 영양도 좋다. 구하기도 쉽다. 게다가 가격이 구하기 어려운 때보다 저렴하다. 여기서 원가를 낮출 수 있는 방법을 찾기로 했다. 메뉴판을 없애고 그날 예약에 따라 장을 보고 음식을 준비하는 방법을 찾기로 했다. 예약으로 운영이 되는 식당. 손님 자리에 오늘 준비한 메뉴를 편지로 준비해 놓는다. 변하는 날씨에 따라 재료들을 미리 생각해볼 수 있다. 드디어 방법을 찾은 것 같은 생각이 들었다.

이것 역시 쉬운 일이 아니었다. 예약을 하지 않고 오신 단골손님이 있었다. 간단하게 점심을 해결할 요량이었다는데 마땅히 해드릴 재료도, 음식도 없었다. 손님께 이런 상황에 대해 설명해드렸다. 그 손님은 무척 아쉬워했다.

"경숙 씨, 점심 드셨어요?"

"아니요."

"그럼 내가 김밥 사 가지고 올게요. 같이 먹어요."

"아니, 괜찮아요. 배 안 고파요."

"아휴, 괜찮아요. 먹는 김에 같이 먹어요."

손님은 금세 은박지에 싼 김밥을 세 줄 사 오셨다. 손님과 나는 김밥과 화이트 와인을 수다와 함께 맛있게 먹었다. 맛있게 먹긴 먹었는데…….참, 어이없는 일이다. 손님에게 드릴 음식이 없는 식당이라니, 손님이 김밥을 사 가지고 와서 먹는 식당이라니……. 원가를 줄이기 위해 방법을 찾았다고 생각했지만 친구처럼 오는 손님들이 쉽게 올 수 없는 상황이 되었다. 슬픈 일이다.

누구를 위한 식당인가? 어떤 식당이 되고 싶은가? 계속해서 좋은 식재료들을 찾아야 하고 원가 절감 방법을 찾아야 한다. 이것은 늘 힘들고 큰 숙제다.

깊은 가을
애플타르트

밀가루에 작게 자른 버터를 넣고 양손으로 비벼서 향과 맛이 스며들 수 있게 해야 해. 소금과 달걀 한 알을 넣어 반죽해서 냉장고에 한 시간 동안 숙성시키지. 틀 모양으로 반죽을 펴서 무지 뜨거운 오븐에서 구워내면 타르트 틀 완성. 자, 다음은 사과야. 껍질 벗긴 사과를 작게 잘라 프라이팬에 투명해질 때까지 볶아. 달달한 향이 날 거야. 그때 버터를 넣고 양이 절반으로 줄어들 때까지 또 볶아. 한번 맡아보면 계속 맡고 싶어지는 달콤한 향이 나면서도 약한 매운 향과 고소한 향을 가지고 있는 카다몸 가루와, 레몬 향이 은은하게 나도록 아주 얇게 잘라내서 다진 레몬 껍질을 넣고 더 볶다가 끈적끈적한 상태가 되면 오케이. 이것을 좀 전에 구워낸 틀에 붓고 그 위에 새 사과를 얇게 잘라 촘촘히 가로 방향으로 돌려놓으면 예쁜 장미 모양을 만들 수 있지. 마지막으로 버터 조각과 설탕, 계피가루 등을 뿌리고 오븐에서 노릇노릇해질 때까지 다시 구워내면 애플타르트 완성!
애플타르트는 싸운 연인들이 먹으면 좋아. 애플타르트를 먹고 이야기를

하면 모든 언어가 사랑의 언어로 바뀌거든. 애플타르트는 사랑 번역기야.

나는 베이킹을 좋아한다. 어릴 적 우리 삼형제는 일명 카스테라를 먹기 위해 나란히 앉아 거품기로 달걀흰자를 저어 머랭을 만들었다. 삼형제가 끈끈한 우애가 있어서 나란히 앉은 것은 아니다. 머랭은 항상 우리들 몫이었는데, 혼자서 휘젓기에는 팔이 너무 아파서 완성할 수가 없기 때문이었다. 그래서 우리들은 카스테라를 먹고 싶을 때는 반드시 서로 도와야 했다. 그 순간만큼은 우애 깊은 형제였다. 우리 집에는 전기오븐이 있었는데 프라이팬처럼 둥근 뚜껑이 있고 가운데가 유리로 되어 있어서 오븐 안을 볼 수 있었다. 그 오븐에서 구운 과자나 카스테라는 우리 형제가 먹는 특별한 신문물 간식이었다. 아마도 내가 베이킹을 좋아하게 된 것은 그때부터인 것 같다.

깊은 가을이 되면 애플타르트를 만든다. 완성되어질 때의 따스한 향이 착한 가을 같다. 달콤하고, 새콤하고, 고소한 이 향기를 풍선에 담을 수 있다면, 그래서 애플타르트를 먹을 때 옆에 서서 노래하는 것처럼 조금씩 풍선 바람을 빼서 이 향을 전해줄 수 있다면 얼마나 맛있을까?

이 맛있는 타르트를 만들고 나면 설거지가 가득 쌓인다. 나는 설거지 선수다. 설거지를 좋아해서 선수가 된 것이 아니라 원하는 것을 하기 위해 하다 보니 선수가 되었다. 좋아하는 몇 가지 일을 하기 위해 하기 싫은 일을 백 가지도 넘게 해야 한다. 그중에 가장 싫은 것은 낯선 사람을 만나는 일이다. 식당을 하니 새로운 사람들이 오는 것은 당연한 일이다. 참으로 치명적이다.

손님 중에도 나와 같은 사람이 분명히 있다. 한 손님은 레서피에 오시기 시작한 지 7년 정도 되었다. 바늘 하나 들어갈 것 같지 않은 손님이다. 식사하는 중간 혹은 식사가 끝난 후의 표정이나 반응에서는 다시는 안 올 것 같은 모습이다. '저 손님은 분명 다음엔 안 오실 거야.' 예상을 깨고 또다시 예약을 하고 오신다. 와서는 별다른 표정 없이 일행들과 식사하신다. 웃음도 별로 없다. 그분의 별명은 네모다. 이야기도 네모같이 한다.

그 손님이 예약한 날에 애플타르트를 작은 장미 모양으로 만들었다. 접시에 커다란 민트 잎을 놓고 그 위에 작은 애플타르트를 올려 장미꽃처럼 만들었다. 참 마음에 드는 모습이다. 식사가 끝나고 디저트를 서비스했다. 이제 거의 다 마무리되어 가는구나 생각하면서 물 한 잔을 마시고 있었다. 그 네모 손님이 갑작스런 질문을 아주 천천히 한다.

"이 장미 타르트는 무엇으로 만들었나요?"

입안에 물고 있던 물들이 갑작스런 압력을 받으면서 밖으로 탈출했다. 조금 전에 열심히 설명도 했는데…….

"켁켁. 네, 그것은 애플타르트입니다."

"그래요. 타르트가 따뜻하면 더 맛있겠어요. 향이 좋을 것 같네요."

네모 손님은 애플타르트를 어떻게 먹으면 맛있는지 알고 있었다. 한결같이 네모의 모습으로 온 손님은 귀여운 질문과 내가 상상했던 애플타르트 먹는 방법을 이야기하는 바람에 네모에서 동글이로 바뀌었다. 별명은 바뀌었지만 그 손님은 아직도 네모처럼 온다. 동글이 손님은 나한테 딱 걸렸다. 아마 그 손님도 낯선 사람과 친해지려면 오랜 시간이 필요하고, 사람 만나는 것을 어려워하는 분일 수 있겠다는 생각이 들었다.

나도 낯선 사람 만나는 것을 어려워하지만 가끔 생기는 이런 일은 참 즐거운 일이다. 싫어하는 일, 낯선 손님을 반갑게 맞이한다(선수처럼 해야 한다.). 좋아하는 일, 정성 가득히 음식을 준비한다(당연히 선수이어야 한다.). 그 후로는 애플타르트를 손님에게 낼 때는 따스하게 준비하여 낸다, 손님들의 이야기들 중에는 보석들이 숨어 있다. 어쩌면 레서피는 일을 같이 하는 스테프들과 손님과 요리사가 같이 꾸려가는 곳이라는 생각이 든다.

좋아하는 일을 하기 위해 좋아하지 않는 일을 열심히 하다 보니 이것이 좋아하는 일이었는지 저것이 좋아하지 않는 일이었는지 혼란스러울 때가 많다. 나는 오늘도 혼란스럽게 일을 한다. 혼란스런 선수.

따스한 겨울
비프부르기뇽

낙엽살이라고도 부르는 소고기 부채살을 한입 크기로 잘라 소금과 후추로 간을 해서 실온에 한 시간 숙성시킨 후 무쇠냄비에 사방이 갈색이 되도록 잘 구운 것과, 바삭바삭하게 구운 베이컨에 반입 크기로 작게 자른 당근, 양파, 샐러리, 표고버섯을 넣고 달달 볶아. 구운 밀가루를 넣어 볶은 다음, 잘 익은 토마토를 으깨어 껍질과 씨 등을 없앤 액즙을 졸인 토마토퓨레와 레드 와인을 넣어 끓이지. 여기에다 시원하고 담백한 닭육수와 소뼈 육수를 붓고 월계수, 타임, 파슬리, 마늘 등 향신채를 넣어 끓여. 끓기 시작하면 부유물을 떠내고 뚜껑을 덮어. 이게 끝이 아니야. 오븐에 넣어 장장 3시간을 더 익혀야 해.

완성된 후 바로 먹는 것보다 다음날 약한 불에 데워서 먹는 것이 더 맛있어. 추운 겨울에 작은 냄비에 담아 호호 불면서 먹으면 몸도 마음도 따뜻해진단다.

겨울이 오면 소리도 향도 따스하다. 도마에서는 '탁탁탁', 냄비에서 '보글보글'. 식탁에서 '달콤, 매콤, 담백, 고소'한 향이 난다.

"아, 맛있는 냄새. 무슨 냄새지요?"

"수프 만들 때 필요한 기본적인 국물인 야채스톡과 치킨스톡을 끓이는 중이에요."

어릴 적 아버지는 우리 형제들을 데리고 자주 계곡이나 산에 가셨다. 아버지는 찌그러진 버너에 돼지고기, 마늘, 양파, 호박, 감자를 넣고 볶다가 고추장을 넣고 물을 부어 끓이셨다. 나무를 줍기도 하고 뭔가 놀이를 하던 우리들은 "아빠, 배고파요." 하면서 요리를 재촉했다.

"조금만 더 기다리면 돼, 맛있는 것을 먹기 위해서는 기다려줘야 해."

우리는 놀던 것을 멈추고 앉아 기다린다. 잠시 후 탄 향이 배어 있는 꼬들꼬들한 흰밥과 아버지가 만든 돼지고기찌개는 참 맛이 좋았다.

레서피에서는 항상 맛있는 냄새가 난다. 손님 예약이 없는 날에도, 있는 날에도 항상 끓고 있는 스톡 냄새가 난다. 스톡을 끓일 때면 아버지가 끓이시던 찌그러진 버너와 돼지고기찌개 냄새가 머릿속에 가득하다. 어느 날 친구 경화가 말했다.

"스톡 끓이다가 세월 다~ 간다."

"하하하, 맞아."

나도 모르게 웃음이 나왔다. 이렇게 스톡을 끓이면서 14년이 흘렀다. 스톡이 거의 완성되면 전에 만들어 놓았던 선배 스톡을 넣고 같이 끓인다. 일본의 한 오래된 장어 전문 식당은 소스를 끓일 때 그전에 만들어 놓았던 씨 소스와 같이 끓여서 지금까지 이어져온 소스의 나이가 몇 백 년이 되었다고 자랑한다. 레서피 스톡의 나이는 14살이다. 이 스톡으로 수프, 스튜, 국물 있는 요리를 만들 때 사용하고 소스를 만들 때도 사용한다. 스톡이 없으면 요리를 하기 어렵다.

날씨가 차가워지면 비프부르기뇽을 만들기 좋다. 이때도 14년 된 스톡을 넣고 만든다. 나와 손님들이 사랑하는 요리다. 그러나 이 요리를 처음 만들기 시작할 때는 힘들고 실패도 많이 하고 알 수 없는 요리라는 생각에 만들기 싫었다. 몇 번의 실패를 하고 마음 구석에 꼬깃꼬깃 접어놓았다. 마음속에서는 언젠가 다시 만들어야지 생각했던 요리다.

다시 도전하기로 했을 때다. 오븐에서 무쇠냄비 뚜껑을 열어 고기를 꺼내어 맛을 보았다. '아이, 이게 뭐야?' 육수와 고기의 맛이 따로 느껴졌다. 약간 색 다른 장조림 같았다. '내가 이것을 만들기 위해 몇 가지 스톡을 끓였는데, 토마토퓨레도 얼마나 맛있게 끓였는데, 채소와 버섯도 얼마나 좋은 건데…….' 야속함과 실망감은 화로 이어져 꽥 소리쳤다.

"버려!"

역시 마음에 안 드는 것은 만들지 않아야겠다 생각하다가도 마지막으로 다시 시작하자고 정신을 차리고 레서피를 다시 한 번 정독한다. 하나하나 빠진 것이 없는지 확인하고 진한 에스프레소 한 잔을 마신 후 냄비에 고기를 굽기 시작한다. 치익, 치익 …… 이제 육수를 넣고 끓으면 오븐에 넣어 기다리기만 하면 된다. '이번에는 틀림없이 맛있을 거야.' 오븐 옆에 쭈그리고 앉아 비프부르기뇽이 맛있게 탄생하기를 확신하며 기다리고 있었다. '삐삐' 스튜가 맛있게 완성되었다는 알람 소리다. 두꺼운 오븐 장갑을 끼고 씩씩하게 무쇠냄비를 오븐에서 꺼내 맛있는 스튜가 나를 반갑게 맞기를 기대하면서 뚜껑을 활짝 열었다. '얘들아, 내가 기다렸다. …… 아니, 이게 뭐야?'

진한 색과 맛은 전에 만든 것보다 더 안 좋은 상태인 것 같았다. 한숨이 절로 나왔다. 비프부르기뇽을 만들고 남은 와인 한 잔을 벌컥 마셨다. 피곤이 엄습하여 잠깐 누웠다. 잠이 들어 몇 시간이 흘렀는지 환한 아침이 되었다. 길을 걸어가는 사람들이 밖에 보였다. 주방 전체가 축구공에 몇 번 맞은 것처럼 난장판이었지만 정리할 수 없었다. 몸과 마음이 줄줄 녹아 흘러내려 아무것도 잡을 수 없었다. 주섬주섬 집으로 왔다. 화가 나고 섭섭하고 실망했다. 다음날까지 그냥 누워 있었다. 무엇이 잘못된 걸까?

다음날 가게를 열고 일을 하려면 정리를 해야 했다. 음악 소리의 볼륨을 높이고 여기저기 비프부르기뇽의 흔적을 힘차게 지웠다.

"메뉴에서 없애! 빼버려, 없애버려!"

여기저기 튀어 있는 기름 자국, 붉은 토마토퓨레 자국, 야채들의 파편⋯⋯. '도대체 누가 요리를 했었던 거야?' 깔끔히 윤이 나게 닦았다. 내 마음도 닦았다.

정리가 마무리되었다. 반짝반짝 광이 나는 하얀 싱크대 위에 지름 33센티미터의 둥글고 커다란 빨간 무쇠냄비 그리고 나 사이에 미묘한 긴장감이 흘렀다. '이것도 버려야 하나?' 일단 집으로 가지고 가기로 했다. 무쇠냄비의 뚜껑이 어찌나 무거운지 겨우 들어서 옆에 '쿵' 내려놓았다. 그릇에 옮기기 위해 집게로 고깃덩어리를 들었다. 이때 아주 맛있는 냄새가 코를 찔렀다. 궁금한 마음에 고기를 한입 툭 베어 먹었다. 처음 만들었을 때와 다르게 맛과 향이 고르게 퍼져 있었다. 내가 마음이 상해서 뒹굴고 있는 동안 비프부르기뇽은 점점 맛있어지고 있었던 것이다. 그전에 만들었던 것도 기다렸으면 맛이 좋아졌을 것이라는 생각이 드니 깊은 상념에 빠졌다. 조금 기다려주었더라면 냄비 안의 요리들은 서로서로 조화를 이루면서 맛을 냈을 것이다. 기다리지 못해서 힘들게 만든 것을 모두 버렸다. 모두.

그 후로 비프부르기뇽뿐 아니라 어떤 작은 요리라도 맛이 마음에 들지 않으면 한편으로 치워두고 다른 일을 먼저 한다. 그 다음 다시 요리를 데리고 와서 작업을 한다. 그러면 훨씬 좋아지는 경우가 많다. 시간이 지나면서 재료들이 가지고 있는 것을 충분히 뽐낼 수 있도록 기다려주는 것이다.

'애들아, 준비되었니?'

'요리사님, 조금만 기다려주세요. 시간이 조금 더 필요해요.'

'그래, 너희들이 충분히 깊은 맛을 낼 때까지 기다릴게.'

메뉴에서 없어질 뻔했던 비프부르기뇽이다. 기다리는 시간이 길어서 혹은 해야 하는 일이 많아서 싫었다. 요즘은 기다리는 시간이 길어서 그 사이에 다른 것들도 만든다. 또는 책을 읽거나 음악을 듣는다. 참 행복한 시간이 되었다.

'이 비프부르기뇽은요, 류진희 작가의《그럴 리는 없겠지만, 그럴 수도 있겠지만》을 읽고 완성되었습니다.'

'오늘은 비발디의 〈사계〉 중 겨울 1장을 이무지치의 연주로 듣고 완성된 비프부르기뇽입니다.'

어느 것이 더 맛있을까? 대부분의 손님들은 이 요리를 처음부터 덥석 좋아하지 않았다. 여러 번 방문한 후 추천하거나 선택할 수밖에 없는 상황이면 그때 먹게 된다. 그 후로 이 요리의 팬이 되는 경우가 많다. 한 손님은 "이 요리는 프랑스의 비프부르기뇽이 아니라 레서피식 스튜인 것 같아요."라며 이름을 지어주셨다. '효자동 레서피 스튜' 난 그 옆에 작은 글씨로 '기다렸어요. 스튜'라고 쓰고 싶다.

　　요리사의 다른 이름은 기다리는 사람이고, 요리의 다른 이름은 기다림이라는 생각이 든다. 오늘도 요리가 완성되기를 기다린다. 손님을 기다린다. 나는 오늘도 기다리는 선수가 되려고 노력한다.

★

삶은
서투른
여행

꿈을 이루지 못했다고
나의 노력이 잘못된 것은 아니다.
추락과 비상을 반복하며
여전히 궤도를 찾아 헤매는
서툰 여행자의 지구별 여행기

구 의 재

이 글을 쓴 구의재는
서강대학교에서 수학과
경제학을 공부한 후
대기업그룹 구조조정본부와
계열사 등에서 인터넷/모바일
서비스 사업과 관련한
기획과 실행, 사업 전략
업무 등을 진행했다. 이후
경영컨설팅회사에서는 전략
부문 컨설턴트로 활동하며
주요 전자회사, 통신회사 등의
여러 프로젝트를 진행했다.
지금은 어린 시절 품었던
사업가의 꿈을 좇아 사업을
시작했고, 글로벌 시장에서 꼭
성공하는 게임회사를 만들기
위해 노력하고 있다.

법원에서 온 편지

우편물은 거침이 없었다. 따스한 봄날, 예고 없이 울린 초인종 뒤로 무표정한 배달원은 아내의 작은 두 손 위로 법원에서 온 우편물을 전했다. 영문을 알지 못한 아내는 느닷없이 들이닥친 우편물로 인해 한참을 어리둥절해 했다.

'가압류 결정 통지서'

생소하고 낯설기만 한 이름의 하얀색 법원 우편물 한 통. 무언가 잘못 전달된 것이거나 행정 착오가 있는 것이기를 바랐지만 돌려줄 수가 없었다. 수신인에는 내 이름이 분명하게 새겨져 있었다. 이해하기 어렵고 강제력 높은 용어들로 가득 차서 정확히 무엇을 의미하는지 알 수는 없었다. 내 이름 앞에 굵은 글자로 쓰인 '채무자', '피신청인'이라는 단어에서 이 상황이 쉽게 풀릴 수 없다는 것과 아주 길고도 고통스러운 시간들이 기다린다는 것만은 분명해 보였다. 채 1분도 안 되어 받은 우편물 안에는 그렇게 무거운 시간들이 가득 담겨 있었다.

아내는 이내 얼굴에서 빛을 잃었다. 평소 내게 온 우편물을 열어보지 않던 아내였지만 불길한 예감을 느꼈는지 이날의 우편물만큼은 그냥 넘기지 않았다. 언제까지나 행복하게 해주겠다던 나의 다짐들은 어디론가 사라져버리고, 감당하기 어려운 불행이 바싹 다가와 있었다.

가압류는 집요했다. 나의 모든 소유는 물론, 지금까지 이뤄왔던 성과들과 앞으로 얻게 될 모든 계획들을 남김없이 찾아내서 끊임없이 흔들어댔다. 가족을 위해 마련한 집, 예전에 창업했던 회사의 지분과 새롭게 시작한 회사의 지분, 은행 계좌에 남은 돈과 앞으로 발생하게 될 급여까지 가압류를 걸어왔다. 가압류 신청은 본격적인 소송을 진행하기 위한 예비 행위일 뿐이었다. 이어지는 소송에서는 부분적인 소송가액만 해도 도저히 개인이 감당할 수 없는 금액이었다. 도대체 누가 나를 여기까지 몰고 있는지 알아야 했고, 답을 찾기 무섭게 믿지 못할 사실을 마주해야 했다. 소송의 원고는 바로 내가 함께 창업했던 회사, 내가 함께 성장시켰던 회사였다. 오랜 시간 많은 노력과 애정, 헌신으로 키워냈던 회사는 각기 다른 지방법원 세 곳을 통해 가압류를 걸어왔고, 나는 곧이어 이 회사로부터 소송을 당해야 하는 상황인 것이다.

창업 후 5년간 많은 위기와 도전 속에서 미국과 일본을 비롯한 글로벌 시장에 진출했고 자랑스러운 성과를 만들었다. 어느새 직원 수는 100

명을 넘어섰고, 매년 새롭게 써나가는 담대한 도전장들은 그 한계를 두지 않았다. 무엇이라도 할 수 있을 것 같았고, 무엇이든 이룰 수 있을 것 같은 자신감이 있었다. 그러던 중 항상 최선을 다해 노력하고 성과를 낸 이들과 그렇지 못한 이들 사이에 갈등이 커져갔다. 더 큰 성장과 도약을 위해서 조직과 사업은 오류를 수정하고 단단하게 다져내야 했다. 단 한 번의 시행착오로도 회사 전체가 위태로워질 수 있기에 회사를 새롭게 정비해야 했다. 회사를 위한 여러 방식의 주장과 대안들은 모든 창업자들에게 합의되지 못했고, 결국 나를 포함한 창업자 몇몇이 회사를 떠나게 되었다. 회사를 떠난 대가를 가혹하게 지불하게 하고 싶었던 이들은 소송까지 끌고 나갔다.

가압류와 소송은 무자비했다. 여러 곳으로 잘게 나누어 진행된 법원의 가압류를 취소하기 위해 억울함을 항변했지만, 법원은 본안 소송이 진행되지 않은 사건에 대해 개입하고자 하지 않았다. 가압류의 굴레 속에서 괴로웠다. 정식 소송 사건이 진행된 재판에서는 가압류 사건의 '피신청인', '채무자'뿐 아니라 '피고'라는 신분도 주어졌다. 서울과 지방의 법원들을 옮겨 다니며 재판부 앞에 수없이 서야 했다. 부분적인 소송가액만 수십억 원에 달하는 사건인지라 본안 소송과 가압류 관련 소송을 맡았던 각각의 법원도 세 명의 판사로 구성된 합의심으로 진행했고, 모든 법적 절차와 단계를 신중하게 다루었다.

'이 사건 청구는 이유 없어 기각하기로 하여 주문과 같이 판결한다.'

회사를 나온 지 2년이 훌쩍 지난 겨울, 힘들었던 1심은 마무리되었다. 법원은 내 손을 들어주었지만, 그들은 집요했고 소송은 끝나지 않았다. 그들은 고등법원으로 다시 사건을 끌고 갔다. 괴로움의 시간이 멈추지 않았다. 하루하루 견뎌가야 하는 고통 속에 신음했다. 가슴 한쪽은 따갑게 응어리져 있었고, 숨을 쉬어야 하는 허파는 반쯤 떨어져나간 듯 온전하지 않은 호흡을 하고 있었다. 매일, 매시간이 그랬다. 이 괴로움의 시간이 당사자인 나뿐만 아니라 아내와 어린아이, 사랑하는 가족까지 몇 배의 고통 속에 있게 했다.

'언제부터였을까? 어디부터 잘못된 것이었을까?'

꿈꾸기 시작한 시간

아이는 열 살이 되었다. 말을 배워야 할 즈음에 넘어갔던 도쿄에서는 일본 아이들 속에 있어야 했고, 이제 말을 곧잘 하고 그곳의 친구들이 생길 즈음에는 서울로 돌아와 한국 아이들 속에 있어야 했다. 낯선 공간에 어느새 들어와서 누군가에게 낯선 존재로 지내야만 했다. 이런 상황에서 어린 내가 할 수 있는 것은 말을 아끼고 조용히 지내는 것이었다. 시간이 지나 제법 적응을 잘하고 있다고 생각했지만, 여전히 새로운 친구를 먼저 사귀는 일은 힘들었다.

초등학교 내내 담임선생님들은 평가할 때 어김없이 작고 내성적이고 소극적인 아이로 관찰했다. 아이는 굳이 여러 말을 하지 않아도 되는 놀이를 좋아했다. 여러 분야의 책을 읽기 좋아했다. 신문을 볼 때면 반드시 뒷면부터 펴서 그날의 시간대별 방송 프로그램을 확인했고, 이해하든 하지 못하든 헤드라인 뉴스가 있는 첫 페이지까지 살펴보았다. TV를 시청할 때면 9시 뉴스와 역사 드라마도 꼭 챙겨서 보았다. 그렇게 어른처럼 신문을 읽고 TV를 보던 아이는 스스로 많이 성장했다고 느꼈다. 무언가 새로운 것을 하고 싶었다. 이제 고작 초등학교 4학년인 아이는 세상이 궁금해졌고, 어른처럼 무엇인가 해보고 싶었다.

"여기에서 꼭 일하고 싶습니다."

찬바람이 불기 시작한 늦은 가을, 동네에서 걸어서 30분쯤 거리에 있는 신문보급소에 찾아 들어갔다. 또래 아이들에게 먼저 말 걸기도 힘들어 하던 아이는 처음 만난 어른들에게 일하게 해달라고 매달렸다. 얼마나 신문을 좋아하는지, 신문이 내게 얼마나 기쁨이 되는지, 그리고 얼마나 책임감 있게 잘할 수 있는지 주장하고 또 주장했다. 당연히 아이는 거절당했다. 너무 어렸고 왜소했고 게다가 신문을 배달할 때 필요한 자전거도 타지 못했다. 제 몸통보다 큼지막한 신문더미를 들고 매일 온 동네를 돌며 배달하라고 겨우 어른 허리춤에 올라오는 작은 아이를 뽑을 수는 없었으리라. 아이는 물러설 수 없었다. 몇 번을 다시 찾아갔고, 반복해서 매달렸다. 네발자전거밖에 탈 줄 모르지만 무거운 것도 들을 수 있고 두 발로 걸어서 배달할 수 있다고 감당하기 어려운 주장을 하기 시작했다.

마침내 일이 주어졌다. 누군가 힘들어서 그만두는 바람에 배달 구역이 생겼는데, 하필 보급소 배달원 누구도 맡지 않으려 한 것이다. 인원을 새롭게 찾는 며칠은 누군가가 대신해야 했다. 하굣길에 보급소를 찾아와서 성가시게 했던 아이를 지쳐 떨어지게 하는 데에도 며칠이면 충분했을 것이다.

"제가 할 수 있습니다. 제게 기회를 주십시오."

"정말 할 수 있겠어?"

내가 맡은 구역에는 주택, 연립, 학교 그리고 상가도 있었지만 언덕 위에 열두 동으로 구성된 아파트 단지가 있었다. 난관은 5층 높이의 계단식 아파트였다. 배달원들이 가장 힘들어하는 구역인데, 엘리베이터가 없고 각 동에는 딱 두 호수마다 계단이 있었다. 정직하게 한 계단 한 계단 올라가 한 집 한 집 배달해야 했다. 그런 계단을 수십 번을 반복해 오르내려서 한 동 한 동 배달해야 했다.

하교하자마자 배달 준비를 위해 보급소에 찾아갔다. 약국에서 사온 손가락 고무를 끼고, 주변 상가나 학원에서 보내온 전단지를 신문 사이사이에 끼워 넣었다. 배달원들이 성가셔하는 이 일은 보급소 서무직원의 몫이 되기 일쑤지만 기쁘게 이 일도 도왔다. 일할 수 있다는 것만으로 충분히 행복했다. 모든 준비가 끝나면 아이는 자신만큼 큰 신문 한 아름을 안고서 씩씩하게 나선다. 보급소 문을 나서자마자 오토바이나 자전거를 타고 배달을 시작하는 큰 어른들은 순식간에 사라지고, 아이는 낑낑거리며 30여 분 넘는 거리를 걸어야 했다. 날씨는 점점 추워지고 있었고, 몇 발자국 걷지도 못해서 팔이 끊어질 듯 무겁기만 했다. 신문 배달과 전단지 작

업은 기본이었고, 부가적인 업무들도 해야 했다. 어린 배달원이라고 예외
는 없었다. 집집마다 찾아다니면서 매월 수금을 해야 했고, '신문 사절'을
붙이고 배달을 그만 끊으려는 곳을 찾아가 설득해서 구독을 멈추지 못하
게 해야 했고, 새로운 구독자를 찾아 "저희 신문을 한 번만 봐주세요."라
며 영업을 해야 했다. 그 일의 과정에서 모든 상대방들은 어른이었다. 이런
이야기들을 집에 있는 아이들과 할 수는 없었다.

그해 겨울은 무척 추웠다. 하루하루 손발이 얼어 한 발자국도 못 나
아가겠다고 생각했다. 그대로 주저앉고 싶었다. 지치고 추워서 계단 한쪽
에 힘없이 쪼그려 앉기도 했다. (이때의 모습은 영락없이 한겨울 '성냥팔이 소녀'를
닮은, 어린 동생들을 돌봐야 할 것 같은 고아의 모습이었다.) 동전을 던져주며 신문
을 가져가는 어른도 있었고, 기어이 집으로 데려가 음식을 먹이고 따뜻하
게 몸을 녹여주는 어른도 있었고, 용기 잃지 말라고 지폐를 담은 봉투를
전하며 응원해주는 어른도 있었다. 그렇게 숨 가쁜 하루하루를 자꾸 이겨
내게 되었다. 아직도 그때 받았던 사람들의 따뜻함을 그대로 기억한다.

때로는 꾀를 낼 때도 있었다. 몸이 아프거나 힘이 너무 들어서 기운
이 없을 때는 놀이터에 흩어져 놀고 있던 어린 동생들을 불러 모았다. 놀이
를 하자고 꾀어 신문을 조금씩 나누어주고 배달 미션을 완수하면 과자를
사 주는 식이었다. 이런 날에는 버는 것보다 나가는 것이 많아 손해는 더
컸지만, 실패할 것 같던 그날의 배달을 무사히 끝낼 수 있어서 좋았다. 아

이들도 뜻하지 않게 과자를 얻어 신났다. 간혹 보급소에 항의 전화가 올 때가 있었는데, 동생들이 엉뚱한 집에 배달하기도 했다. 그런 날은 늦은 시간이라도 다시 보급소에서 신문을 들고서 잘못 들어간 집에 찾아가 사과를 했다.

며칠을 버티지 못할 거라던 신문 배달은 길고 추운 한겨울을 온전히 넘겨냈다. 그러다 5학년이 가까워지면서 배달 시간을 맞출 수가 없었고, 멈춰야 했다. 마지막 날, 신문보급소에서는 월급 외에도 보너스를 준비해 주었다. 그동안 수고했고 새 구독자들도 생기고 이런저런 성과도 있었고 이제는 함께할 수 없어 아쉽다며, 그렇게 따뜻한 인정을 보내주었다.

아직도 처음 일이란 것을 시작했던 그때를 잊지 못한다. 자전거 한 대 없이 추운 날 매일매일 틀림없이 완수해야 했던 시간들, 이탈하는 구독자를 막거나 새로운 구독자를 만들기 위해 끝없이 설득했던 시간들, 몇 달째 구독료를 내지 않고 버티는 사람들을 찾아가 수금했던 시간들……. 작은 성공들과 작은 실패들이 촘촘히 어우러졌던 시간들이 왜소했던 아이를 단단하게 했다. 그 무렵이었던 것 같다. '언젠가 나의 일을 하고 싶다.'고 꿈꾸기 시작했다. 그렇게 꿈은 마음속에서 자라고 있었다.

산산조각이 난 꿈

소송은 모두 끝났다. 모든 가처분 사건들도 본안 소송과 함께 마무리되었고, 법원에 묶여 있던 집과 회사의 지분, 생활비 그리고 앞으로 진행하고 실행할 계획들 역시 모두 풀려났다. 한없이 억울했던 상황에서 벌어졌던 소송은 오랫동안 집요하게 괴롭혔고, 각 법원의 판결을 통해 끝맺어졌다.

　　모든 재판에서 완전하게 승소했지만 지난 시간의 상처는 너무 깊었다. 내가 오랜 시간 노력해서 성장시킨 회사에서, 스스로 이룬 것으로부터 소송을 당했다. 나를 향했던 감당하기 힘든 사건들. 수십억 원을 청구하는 소송을 감당하기 위해 매번 수천만 원씩의 소송비용이 발생했다. 급여와 자산이 가압류된 상황에서, 생활비를 감당하기에도 풍족하지 않은 어린 창업자에게는 큰 경제적 위협이 되었다. 만의 하나 잘못되기라도 하면 내가 지금껏 성취하고 이루게 될 모든 것들이 사라질 수 있다는 것에 대한 공포도 컸다. 내가 정말 괴로웠던 것은, 매일매일 힘겹게 버텨내고 있는 나를 나 이상으로 힘들게 바라보고 있는 사랑하는 아내와 가족의 고통이었다. 모든 상처로부터 빨리 회복해야 했다. 나의 상처뿐 아니라 함께 이 시간을 견디며 같이 아파했던 가족들의 상처도 다시 회복해야 했다.

소송이 진행되고 있던 시간에, 아직 자리 잡지는 못했지만 새롭게 시작한 회사는 다행히 안정적으로 보였다. 지금껏 그 누구도 달성하지 못했던 멋진 프로젝트가 있었고, 든든하게 지원해주고 있는 듬직하고 큰 상장사도 함께하고 있었다. 이 프로젝트를 반드시 글로벌 시장에서 성공시키겠다는 각오였다. 내가 신뢰하는 재능 있는 개발자들의 꿈도 하나로 향해 있었고, 모든 과정이 무척이나 순탄하게 보였다. 마음 한쪽에는 프로젝트의 모든 퍼블리싱 권한과 회사의 많은 지분이 큰 회사에 가 있는 것이 부담스러웠지만 그것마저도 괜찮아 보였다. 그만큼 많은 자금이 투입되어야 하는 이 프로젝트에서 큰 회사도 우리 못지않게 일할 것이라고, 더 열심히 자신들의 사업처럼 해줄 것이라는 믿음이 있었다.

위기는 엉뚱한 곳에서 찾아왔다. 큰 회사가 주력 수익이었던 핵심 사업들에서 재계약에 실패하고 영업 위기에 빠지면서, 업계에는 대규모 구조 조정 이야기가 나오기 시작했다. 실제로 큰 회사는 조직을 상당한 수준으로 줄여가고도 있었지만, 우리가 맡은 프로그램처럼 미래를 위한 투자를 계속할 것이라는 기대를 했다. 희망은 오래가지 않았다. 곧 원하지 않은 소식이 전달되었다.

"더 이상의 자금 지원은 어려울 것 같습니다."

여기서 멈추기에는 프로젝트가 너무 컸다. 너무 멀리 왔다. 지금까지 없었던 전 세계에서 보기 드문 수백 층의 랜드마크 타워를 같이 세우겠다고 의기투합했는데, 앙상하게 골조만 올라가고 자금이 멈춰지고 만 셈이었다. 예산을 줄이고 줄여도, 인원을 줄이고 줄여도 앞으로 수백억 원이 더 들어가야 할 프로젝트를 마무리할 수 있는 방법은 없었다. 지원은 기어이 멈추고 말았다. 직원들을 내보낼 수밖에 없었다. 스스로 지원하여 남은 인원들과 프로젝트를 완성해보려 했지만, 그들의 꿈과 의지만으로 사업을 계속하게 할 수 없었다. 그들 모두 가정이 있고, 생활을 해야 한다.

어떻게든 프로젝트를 마무리할 수 있는 방법을 찾아야 했다. 퍼블리싱 사업 권한을 돌려받아 프로젝트에 참여할 회사들을 세계 곳곳에서 찾았다. 정말 다행스럽게도 북미, 유럽, 러시아의 주요 회사가 계약에 관심을 보였다. 그들이 원하는 최소한의 테스트 조건을 만족시키면 계약을 할 수 있을 것 같았다. 그들은 한국으로 테스트 팀을 보냈다. 테스트 일정을 잡고 있던 어느 날, 개발을 총괄하던 디렉터의 표정이 힘없이 밝지 않았다. 테스트를 진행하기 위한 충분한 수준의 프로젝트가 현재로서는 준비될 수 없다고 했다. 그리고 앞으로도 어려울 것 같다고 했다. 아무래도 역부족이었을까? 결국 프로젝트 개발의 희망이 조금씩 무너져가는 것을 보며, 누구보다도 마음고생이 많았을 디렉터는 어느 날 말없이 떠났다. 마지막

희망이었던 테스트는 결국 취소되었다.

　대규모 투자를 약속하고 퍼블리싱 역량을 갖추고 있는 너무나 완벽해 보였던 대형 상장사의 도움에 의지하며 프로젝트를 완성시키려 했던 것이 문제였을까? 소중했던 동료들은 하나씩 둘씩 떠났고, 부푼 꿈과 맹렬했던 열정으로 진행했던 프로젝트는 그렇게 멈추고 말았다. 그 험난했던 소송을 견뎌가면서 내 모든 것을 걸고 지켜냈던 회사였는데, 이렇게 허무하게 멈추고 말았다. 회사가 멈추고 프로젝트가 멈춘 것보다 힘들었던 것은, 함께 했던 이들과 더 이상 같이 꿈을 꿀 수 없다는 것이었다. 모두가 새로운 각자의 자리를 찾아 흩어졌고, 그렇게 함께 꾸었던 큰 꿈도 조각나 흩어졌다. 그렇게 나는 혼자가 되었다.

　'언제부터였을까? 어디부터 잘못된 것이었을까?'

어느 멋진 날의 여행 계획

아이는 성장해서 스무 살 청년이 되었다. 대학은 마음껏 채색할 수 있는 거대한 캔버스 같았다. 수학, 경제학, 영문학, 경영학, 신문방송학, 독문학. 원하는 전공과 교양을 찾아 공부하는 것도 좋았고, 지금까지 미처 인지하지 못했던 세상의 많은 고민들을 함께하는 것도 좋았고, 여러 빛깔의 그림들처럼 한계를 정하지 않고 다양한 활동을 하는 것도 좋았다. 신문과 뉴스를 좋아하던 아이는 청년이 되어 조금의 망설임도 없이 대학방송국에 지원했다. 끝날 것 같지 않은 회의를 반복하고, 자료를 찾아 기획을 하고, 방송 제작과 편집을 하고, 밤늦게까지 토론을 했다. 집에 돌아와서도 다음 방송에 들어갈 원고를 쓰고 또 고쳐 썼다. 30분짜리 또는 그 이상의 방송 프로그램을 만들기 위해서는 수많은 시간과 노력을 거짓 없이 온전히 녹여내야 했다. 그런 방송이 좋았다. 여러 동료들과 팀을 만들어서 방송 프로그램 콘텐츠를 어렵사리 만들어내는 것도 좋았고, 캠퍼스 구석구석에 매달려 있는 스피커나 실내 TV를 통해 내가 힘겹게 만든 방송을 많은 이들에게 전달하는 것도 좋았다.

대학을 졸업하고 그룹 공채로 들어간 회사에서는 인터넷 서비스와 콘텐츠를 기획하는 부서에 지원했다. PC통신과 인터넷을 통해 서비스될 콘텐츠를 기획하고 제작하고 운영했다. 원격 교육 서비스를 만들기 위해 유명 학원이나 강사들을 불러 모아 온라인 학원을 만들기도 했다. 그동안 없었던 사업 모델인 사이버 학원은 하루가 다르게 자리를 잡아갔다. 초중고 전문 학원뿐 아니라 주요 외국어와 편입 학원이나 MBA까지 영역을 넓혀갔다. 그때 나와 함께 새로운 시장을 개척하며 열정적으로 활동했던 어떤 강사는 독립해서 유명한 가상 교육업체 M사를 만들어 시장을 본격적으로 선도했다. 늘 모범이 되고 존경하던 회사 선배들은 독립하여 N사, K사 등을 만들어 지금도 많은 이들의 사랑을 받는 대표적인 인터넷 회사들로 이끌었다.

당시 그룹의 컨트롤타워였던 구조조정본부에 선발되기도 했고, 새로운 시대를 맞아 사업 전략과 이에 따른 새로운 계열사를 계획하거나 실행에 참여하기도 했다. 그룹의 전자 계열사에서 만든 모바일폰이 전 세계적으로 성공하면서 모바일폰에 올라갈 유/무선 서비스 플랫폼과 다양한 콘텐츠를 기획하고 실행하는 일도 했다. 글로벌 사업과 관련해서는 중국이나 유럽에서 프로젝트를 진행하기도 했다.

내가 속했던 회사에서 하지 않던 사업들에 대한 호기심도 많았다. 다른 회사들은 어떻게 성장하고 있고, 어떤 문제들을 가지고 있는지도 궁금했다. 다른 여러 회사들의 사업을 깊숙이 살펴보고 싶었고, 그들의 고민 많고 쉽지 않은 프로젝트들도 함께 해결하고 싶어서 외국계 컨설팅회사에 들어가 몇 년을 일하기도 했다. 주로 전자회사나 통신회사의 전략 컨설팅을 맡았다. 새로운 프로젝트에 들어가면 하나의 문제를 해결하고 진행하는 데 많은 시간을 주지 않았다. 기껏해야 석 달 정도를 주었고, 그들이 오랫동안 풀지 못했던 숙제를 해결해야 했다. 쉬울 리 없었다. 하루 24시간이 부족했고, 주말도 아쉬웠다. 모든 역량과 시간을 쏟아 부어 어렵게 문제들을 풀어나갔다. 정말 부지런하게 일했다.

어느 날이었다. 어린 시절부터 꿈꾸어왔던 사업을 할 준비가 된 것 같았다. 그동안 나에게는 행운도 많이 따랐다. 어렸을 때부터 가졌던 콘텐츠와 미디어에 대한 관심과 열정은 신문, 방송, 인터넷, 모바일로 이어지며 다양하게 경험할 수 있었고 크게 벗어나지 않았다. 그 모든 과정에서 나에게 배움과 용기를 나누어주었던 많은 이들과 함께 했었다.

이제 어떤 사업을 해야 할지 정해야 했다. 먼저 몇 가지 원칙을 정했다. 첫째, 즐길 수 있는 일이야 한다. 내 일에 한계를 두지 않고 일하고 싶다. 그렇게 하려면 일을 즐겨야 하고, 일을 즐기기 위해서는 좋아하는 일을 해야 했다. 둘째, 성장성이 있는 사업이어야 한다. 과거보다는 미래를 향하는 사업이길 원했고, 내수 시장보다는 글로벌 시장으로 나갈 수 있는 것이어야 했다. 셋째, 많은 사람들과 나눌 수 있는 사업이어야 한다. 기업보다 개인에게 전달되는 제품이나 서비스에 관심이 많고, 그중에서도 미디어/콘텐츠 분야에 관심이 많았다. 넷째, 자본이 아닌 재능 있는 사람들과 함께 이루어낼 수 있는 사업이어야 한다.

게임을 선택했다. 그동안 내 시선과 관심은 자연스럽게 콘텐츠 사업을 향해 있었고, 그중에서도 게임을 제작하고 서비스하는 일은 매력적이었다. 하나의 좋은 작품을 만들기 위해서는 능력과 기질이 서로 다른 이들을 모아야 했다. 수학과 물리에 재능을 가진 프로그래머들과, 창작과 문학과 경제에 관심 있는 기획자들과, 미술과 음악에 재능 있는 많은 아티스트들이 함께 어우러져 결과물을 내는 것은 멋진 작업이었다. 그렇게 힘겹게 만들어낸 창작물을 전 세계의 많은 이들과 함께 즐기고 서비스하는 일역시 전략, 마케팅, 운영의 여러 인력들이 모여 진행하는 신나는 일이었다. 반면에 게임을 제작하고 서비스하는 모든 시간들은 매우 힘들고 고통스럽다.

정말 좋은 회사를 만들고 싶었다. 단지 이윤을 추구하는 회사가 아니라 세상에 좋은 작품들을 나누어서 많은 사람들에게 오랫동안 사랑을 받을 수 있는 그런 게임회사를 만들고 싶었다. 게임은 인간의 오랜 경험과 지식, 다양한 문화가 하나로 어우러지고 많은 이들의 끝없는 노력 끝에 비로소 좋은 작품으로 탄생한다. 좋은 게임은 사람들에게 휴식과 즐거움, 일상의 위로 그리고 멋진 경험들을 선사하고 오래도록 깊은 여운과 감동을 주기도 한다. 그런 게임을 제작하는 멋진 회사를 만들고 싶었다.

여행은 계속되어야 한다

혼자 남고 말았다. 다시 실패했다. 험난한 과정들을 넘어서 많은 것을 쏟아 부었지만, 결국 사업을 정리해야 했다. 감당할 수 없이 괴로웠다. 이미 모든 면에서 나의 의지는 고갈되어 있었다. 꿈꾸어왔던 모든 것들이 멈추었고, 날개는 꺾였고, 힘을 잃은 채 쓰러졌다. 그 자리에서 다시 일어날 수 없었다.

함께 했던 이들이 이미 떠나버렸다. 텅 빈 사무실 구석구석을 청소했다. 하루 한 끼, 편의점 컵라면을 고를 때도 가장 가격이 낮은 것을 고르며 마지막까지 살아남으려 버텼던 공간. 가슴이 아프다. 무너지는 마음을 붙잡고 쓰레기를 모아 버렸다. 천천히 그리고 꼼꼼하게 빗질을 한다. 한 번씩 빗질을 할 때마다 그만큼 지나간 시간들과 고통스런 기억들도 남김없이 사라지길 바랐다. 내 마음의 상처도 깨끗이 아물기를 바랐다. 상처들은 빗질에도 쉽게 사라지지 않았고, 빈 공간에는 아련한 공허함이 가득해져 갔다. 그래도 남김없이 비워야 언젠가 다시 채울 수 있는 시간이 온다고, 최대한 깨끗이 그리고 끝까지 치웠다. 사무실 불은 꺼졌다. 이제 어두운 상실의 시간들을 견뎌야 했다.

어느 날, 힘없이 쓰러져 있던 내게 같이 일하자고 손잡아주던 이들이 있었다. 다시 사업을 할 힘은 없었고, 매달 월급을 받으면서 일을 했다. 지난 10년 동안 다달이 어렵게 돈을 마련해서 직원들에게 월급을 주다가, 쉽게 월급을 받는 내 모습이 영 어색했다. 나를 기억해준 고마운 회사에서 정신없이 일했다. 아픈 기억과 상처에서 벗어나기 위해 미친 듯이 일했다. 혹시라도 생각의 한 조각이 길을 잃어 그 어둡고 공허한 상실의 방을 찾아갈까 봐 두려운 마음에 더 도망치듯이 일했다. 그렇게 일하지 않으면 내가 아무것도 아닌 것 같았다. 지금의 기회들과 시간들이 흘러가는 것을 그냥 두고 볼 수 없었다. 새로운 성과가 지속적으로 이루어질 수 있도록 하루하루 치열하게 밤낮없이 일했다. 일상의 작은 시간도 의미 없이 남겨져 있길 원치 않았다. 그런 강박이 있었다.

그렇게 1년여쯤 지난 어느 날, 내가 회복되고 있음을 느꼈다. 꺾였던 날개는 어느새 뼈가 단단히 붙었고 깃털이 나고 있었다. 힘을 잃고 어둡고 공허했던 마음은 밝고 단단하게 차올라 있었다. 꺼내 보기 두려웠던 상실의 시간들을 돌아봤다. 온전한 나로 거듭나서 다시 날아갈 수 있을 것 같았다.

얼마 되지 않아 어린 시절부터 오랫동안 꿈꾸어왔던, 몇 번을 추락했던 사업을 다시 시작했다. 물론 이번에도 순탄치 않았다. 매순간 크고 작은 고비가 찾아왔다. 국내와 해외의 수많은 대기업들과 상장사들이 포진하여 수백억 원을 오가는 제작비와 그 이상의 마케팅비가 투입되는 콘텐츠 사업에서 작은 회사가 살아남기란 정말 어렵다. 부족한 예산을 모아서 겨우 완성한 프로젝트는 사람들에게 제대로 소개하기도 전에 서비스를 내릴 뻔하기도 했다. 높은 출연료의 모델을 앞세워 수십억 원이 넘는 공중파 방송 광고를 우습게 집행하는 대형 회사들을 부럽게 보기도 하고, 하루가 다르게 치솟는 디지털 마케팅비용에 전전긍긍 애태웠던 순간도 많았다.

재능 있는 인재들은 높은 연봉과 안정적인 일자리를 제공하는 대형 상장사들로 몰리고, 글로벌 시장에서 성공하겠다고 힘겹게 한 걸음씩 발을 떼는 작은 회사에는 쉽게 관심을 두지 않는다. 어렵게 채용해서 오랫동안 함께할 수 있는 멤버로 성장되었다 싶으면 대형 회사들은 그들을 유인해가기도 했다. 그렇게 함께한 멤버들을 놓칠 때마다 무너져 내리는 마음을 다잡고 새로운 인재들을 찾아 헤맨다.

사업을 시작하고 월급날이 있는 월말을 마음 편하게 넘어본 일이 별로 없었다. 빠듯한 수입에 급여를 챙겨주기도 쉽지 않은데, 매월 급여일은 정말 빠르게 돌아온다. 다달이 고비였지만, 비록 나는 급여를 가져가지 못하더라도 직원들에게 월급이 나가면 안도감이 찾아왔고 새로운 한 달을 힘껏 계획할 수 있었다. 어렵게 돈을 만들어 겨우 나누어주어도 그 급여의 힘든 이야기를 대부분의 직원들은 알지 못한다. 절대 알게 해서도 안 되었다. 그렇지만 해야 할 일들을 마치지 않고 최선을 온전히 담지 않고(못하고) 성의 없이 일과를 보내는(보내게 된) 멤버들을 볼 때에는 한없이 마음이 무너지기도 한다.

콘텐츠 사업에서는 우수한 콘텐츠만이 살아남는다. 대충 만들어 엇비슷하게 서비스한다고 살아남지 못한다. 모두가 최선을 다해 정말 멋진 작품을 만들 때만이 많은 사람들에게 오랫동안 사랑을 받을 수 있다. 이런 과정에서 노력의 한계란 있을 수 없다. 오랜 시간 최선을 다해 노력한 아티스트에게 감동하는 것처럼, 많은 이들의 노력 끝에 완성된 작품들을 마음에 담는 것처럼 좋은 콘텐츠에 우리의 노력을 담는 데는 한계가 없다.

좋은 콘텐츠 게임을 만들고 싶다. 셰익스피어가 만들고 싶었던 그 연극처럼, 모차르트가 만들고 싶었던 그 오페라처럼, 스티븐 스필버그가 만들고 싶었던 그 영화처럼 많은 사람들에게 오래 여운을 줄 수 있는 좋은 콘텐츠 게임을 열정과 재능을 가진 이들과 하나의 마음으로 만들고 싶다. 언젠가는 꼭 그렇게 하고 싶다.

나만의 론리 플래닛

'언제부터였을까? 어디부터 잘못된 것이었을까?' 이 질문에 대한 대답은 오래전부터 이미 알고 있었다. 회사를 경영하는 동안 위기를 수없이 맞게 될 수 있다는 것도 알고 있었다. 위험한 시간들을 넘어서지 못할 수 있다는 것도 알고 있었다. 비록 많은 것을 잃고 실패했어도 나의 시간 속에서 진실했고 최선을 다했다. 잘못된 것은 없었다. 오랜 시간 노력 끝에 원하는 결과를 얻지 못했을 뿐이었다. 꿈을 이루지 못했다고 나의 노력이 잘못된 것은 아니다. 그 무엇도, 어디에서도 잘못된 것은 없었다.

나는 아직 고비 한가운데 있다. 앞으로도 사업가로서 성공하게 될지, 아니면 실패하게 될지 모른다. 오직 하루하루 최선을 다할 뿐이다. 그렇게 내 앞에 주어진 모든 것들을 넘어서기 위해 노력할 뿐이다. 넘지 못하더라도, 실패하더라도 오늘 나는 내게 허락된 이 시간들에 충실할 뿐이다. 끝내 원하는 것들을 이루지 못한 채 삶에서 허락된 마지막 순간이 오게 되더라도 그 모든 것들을 위해 진실하게 노력했음을, 그 가운데 항상 웃으려 했고 열정적으로 살아왔음을, 다른 이들로부터 나누어 받았던 그 따뜻함으로 세상을 바라봤음을, 그래서 스스로에게 언제까지나 떳떳하고자 애썼음을 기억할 것이다.

인생은 마치 단 한 번 주어진 여행과 같다. 서투른 첫 여행은 결과가 아니라 과정이 전부다. 좋은 여행은 그 과정이 진실하고 행복했을 때에만 이루어진다. 내게 허락된 여행이 비록 꿈은 많았지만 결국 고통스러운 여행이 되었더라도, 계획은 많았지만 도달하지 못한 곳이 많았더라도 모든 순간 스스로에게 진실했다면, 그 과정에서 충실했다면, 함께했던 사람들에게 따뜻했다면 특별한 여행지의 기념품을 얻지 못했더라도 그럴듯한 랜드마크 하나를 세우지 못했더라도 충분히 만족스러울 것이다.

매일매일 새로운 여정 앞에 두근거린다. 여행을 아름답게만 포장하지 않은 《론리 플래닛Lonely Planet》을 좋아한다. 이 책은 결코 여행이 항상 멋지다고 얘기하지 않는다. 여행지에서 멋진 기념품을 얻고 예쁜 사진들을 많이 가질 수 있어야 좋은 여행이라 하지도 않는다. 어려움 속에서도 굳건하게 여행을 해가는 가난한 여행자들도 격려한다. 나처럼 굳이 힘든 길을 찾아다니고 싶어 하는 여행자는 이 낯선 지구별의 여행지에서 오늘도 마음 기쁜 여행을 하려 한다. 언제까지나 늘 좋은 여행자가 될 것임을 다짐한다. 마지막 호흡이 다할 즈음에는 삶을 걸고 진실하게 적어낸 책 한 권, 내가 겪은 지구별의 이야기를 담은 나만의 '론리 플래닛'을 쓰고 싶다.

★

실패한다
해도
선택은
내가
합니다

후회 없는 선택의 조건

신 혜 영

이 글을 쓴 신혜영은 대학에서
건축학을 공부하며
건축 디자이너를 꿈꾸었으나
갈 길이 아님을 깨닫고 건축
엔지니어로 진로를 변경했다.
이후 경영학, 경제학, 산업공학
등 여러 분야를 공부하면서
ICT산업 R&D 기획자로
그리고 경영전략 컨설턴트로
진로를 변경하며 풍부한 현장
경험을 쌓았다. 다시 대학원에
진학해서 기술경영경제정책
박사 학위를 받았고 경제, 사회,
문화, 예술 등 거침없이 다양한
산업을 넘나들며 컨설턴트 겸
기획자로 살고 있다.

경계인으로 태어난 아이

수능이 바꿔놓은 선택

난 어릴 적부터 시키는 대로 얌전하게 말썽 부리지 않고 공부만 하는, 공부밖에 할 줄 모르는 학생이었다. 정답이 딱 떨어지는 수학과 과학을 지독히 좋아했고, 도무지 답을 고르기 어려웠던 국어(문학)와 작문을 싫어했다. (그런 내가 지금 이렇게 책을 쓰는 것은 매우 큰 도전이다.) 문과/이과를 선택하는 갈림길에서는 한 치의 망설임도 없이 이과를 선택했다.

고등학교 2학년 때는 공교롭게도 국가 백년대계를 논하는 교육정책이 급변하는 시기였다. 학력고사가 폐지되고 대학수학능력시험(수능)이 새롭게 실시되고, 더불어 각 대학별로 본고사를 선택적으로 도입했다. 이전에는 볼 수 없었던 본고사와 논술 시험도 학교마다 조금씩 다른 과목들과 평가 방식 때문에 학생도, 학부모도 그리고 교사조차도 새로운 시스템에 적응할 겨를 없이 우왕좌왕할 따름이었다.

국가라는 시스템 속에서 정책이 변화할 때는 의도치 않더라도 누군 가는 수혜자가 되고 누군가는 피해자가 될 수 있다. 입시 정책의 소용돌 이를 처음 맞닥뜨린 나는 안타깝게도 피해자가 되어 인생의 첫 쓴잔을 맛 보게 되었다. 기대했던 수학능력시험 결과가 만족스럽지 못했고, 자연 계 열의 학생 수가 많지 않은 여학교에서 하늘의 별 따기만큼이나 어려운 내 신 등급도 원하는 만큼 받지 못했다.

'부모님이 혹은 선생님이 시키는 대로만 하면 항상 만점을 받고 일 등을 하고 좋은 대학 좋은 과에 합격하고 그리고 졸업해서 좋은 직장에 취직하고 돈을 많이 벌고 그렇게 탄탄대로를 살아갈 것만 같았는데……'

열아홉 살 인생의 최대 위기가 찾아왔다. 대입을 준비하던 시나리오 에도 차질이 생겼다. 원하던 학교와 학과에 지원을 하려면 본고사를 무 려 다섯 과목이나 봐야 하는 부담을 안게 됐다. 본고사에 만약 실패한다 면 어떻게 해야 할 것인가. 철부지에게 너무 많은 선택지를 한꺼번에 고민 해야 되는 상황이 온 것이다. 그 와중에 학교 명예를 위해 내 뜻을 희생하 더라도 끝까지 소위 일류 대학교의 커트라인이 낮은 과에 원서를 써야 한 다는 담임과 치열한 싸움도 해야 했다. 어린 마음이었지만 내 뜻을 굽히고 싶지는 않았다. 내 인생의 선택을 다른 사람 손에 맡기고 싶지 않았기 때 문이다.

"우리는 네가 올바른 결정을 하리라 믿는단다. 항상 응원하마."

이때 가장 힘이 되어주신 분은 당연 부모님이었다. 어릴 적부터 늘 그래왔지만 항상 나의 선택을 지지해주고 격려해주시는 분들이다.

결국 대학 간판을 포기하고, 합격이 매우 안정권인 학교를 차선책으로 선택하여 쉬운 길로 들어섰다. 누군가 '무지용맹無知勇猛'이라고 했던가? 아니면 고집스런 나의 뚝심이었을까? 입학원서를 쓰면서 (보상 심리이었을 수도 있지만) 그 당시 이과 수험생들에게 상한가를 구가하던 학과를 선택했다. 건축학과에서 무엇을 배우는지 커리큘럼조차 모르면서, 지금은 제목조차 기억나지 않는 드라마에서 나오는 멋진 건축가의 화려한 삶을 동경하며 미련하게 그리고 겁도 없이 내린 결정이었다.

교실 이데아

치열하게 고민하지 않고 준비되지 않은 채 시작한 대학 생활은 생각했던 것만큼 녹록하지 않았다. 과 동기들도 나와 별다르지 않았다. 자신의 의지보다는 점수에 맞추어 부모와 교사의 권유에 따랐는데 대학이라는 현실과 이상의 괴리 속에 방황이 시작된 것이다. 일부는 한 학기를 못 버티고 휴학을 하거나, 몇몇은 적성에 맞지 않다는 것을 재빨리 판단하고 일찌감치 다른 길로 떠났다. 그들은 그나마 용기가 있었다.

부모님 말씀을 거역해본 적이 없는 나는 대학에 와서 주어진 무한 자유와 무한 책임이 두렵기만 했다. 친구들 중에는 수험생 시절 동안의 한을 풀어버리려는 듯이 수업도 빠지고 숙제는 남의 것을 베껴 대충 제출하거나, 그것도 아니면 아예 F학점을 각오하고 모든 것을 놓아버리는 경우도 있었다. 나는 주어진 자유를 누리기보다 무한 책임에 사로잡혀 아무것도 하지 못했다.

한번은 지금 생각해도 웃지 못할 소심함으로 안타깝게도 기회를 날려버린 일이 있었다. 인기 많은 방송국 퀴즈 프로그램에 응모했는데, 어느 날 갑자기 섭외 연락이 왔다. 일정을 보니 하필 그날 전공 수업이 있었다. 잠깐 망설였지만, 오래가지 않았다.

"아, 날짜가 겹쳐서…… 전공 수업 때문에 안 되겠어요."

대학생이 되어서도 수업을 빠지면 큰일 나는 줄만 알던 고등학생 시절의 모범생 틀을 벗어나지 못했다. 전화를 끊고 나서 나름대로 결정을 합리화하느라고 어차피 내가 나갔어도 예선 통과도 어려웠을 것이라며 아쉬운 마음을 달랬다. 그런데 본방송에서 우승자를 가리는 마지막 문제를 아무도 맞히지 못하고 있는 것이었다.

'아! 저 문제는 너무 쉬운데……' 순간 탄식을 했다. 스페인의 유명 건축가 안토니오 가우디를 맞추는 문제였다. 만약 전공 수업을 빠지고 방송국에 갔더라면, 수백만 원에 달하는 해외여행 상금은 내 것이 될 수도 있는 거였다. 왠지 허무하게 소중한 기회를 날린 것 같았다.

시간은 점점 흐르고 전공 수업은 재미도 없고 드라마에서 보던 멋진 건축가의 화려한 삶은 온데간데없었다. 방대한 양의 공부와 쏟아지는 과제들, 매주 월요일마다 주제에 맞는 한 작품을 완성하고 제출하여 남들 앞에서 평가를 받는다는 것은 무척 고통스러웠다. 밤을 꼴딱 새가며 친구들과 작품을 만들어도 더 잘 해보자는 의지보다 '아, 내게 이 분야는 정말 아니구나!'라는 확신만 더해갔다. 과제를 제출할 때마다 매번 우수한 작품을 낸 친구를 보면, 건축은 음악이나 미술처럼 천부적 재능이 필요한가 싶었고 좌절했다.

자연스레 다른 전공을 기웃거리며 교양 과목에 더 집중하는 나를 발견했다. 컴퓨터공학, 전자공학, 약학, 법학, 경제학, 경영학, 심지어 체육학과 과목까지 기웃거렸다. '내 전공인 건축학을 빼면 이렇게 다 재미있는 것을 왜 몰랐을까?' 교양으로 들은 수업은 대부분 성적도 훨씬 좋았다. 옛말이 틀리지 않다고 그랬던가? 공자가 《논어》에서 말씀하셨다.

'知之者는 不如好之者요. 好之者는 不如樂之者라.(천재는 노력하는 자를 이길 수 없고, 노력하는 자는 즐기는 자를 이길 수 없다.)'

그나마 비싼 등록금 내고 하는 방황 중 한 가지 수확이라면 내 적성이 무엇인지 알게 되었다는 점이다. 건축에 필요한 예술적 심미적 재능은 부족하나 답이 똑 떨어지는 수학과 과학을 좋아했던 고등학교 시절처럼 논리적 이론적으로 이야기를 풀거나 깊이 파고들어 분석하는 것이 나에 겐 더 잘 맞았다. 3학년 때 도시설계 전공 수업 중에 교수님이 해주셨던 말 씀이 뇌리를 스친다.

"자네는 손으로 그리는 것보다는 말로 하는 로비스트 같은 직업이 더 어울릴 것 같아!"

이 말을 들은 순간에는 그렇게 창피할 수가 없었다. 내가 만들고 그 려온 설계 과제물이 엉망이라는 말을 우회적으로 한 것이기 때문이다. (그 분의 통찰력은 놀랍도록 예리하고 정확했음을 시간이 한참 흐른 후에 알게 되었다.)

어른들이 시키는 대로만 하지 않고 조금만 주도적으로 살았더라면, 삶을 좀 더 진지하게 성찰하고 꿈은 무엇인지 무엇을 좋아하는지 무엇을 잘할 수 있는지 알았더라면…… 그랬더라면 단 한 번뿐인 인생을 갈지자 로 헤매며 어렵게 돌아가지 않고 지름길로 쉽게 갈 수도 있었을 텐데 하는 아쉬움이 남는다.

매일 아침 일곱시 삼십분까지 우릴 조그만 교실로 몰아넣고
전국 구백만의 아이들의 머릿속에 모두 똑같은 것만 집어넣고 있어
막힌 꽉 막힌 사방이 막힌 널 그리고 우릴 덥석 모두를 먹어 삼킨
이 시꺼먼 교실에서만 내 젊음을 보내기는 너무 아까워
좀 더 비싼 너로 만들어주겠어 네 옆에 앉아 있는 그 애보다 더

하나씩 머리를 밟고 올라서도록 해 좀 더 잘난 네가 될 수가 있어

왜 바꾸지 않고 마음을 조이며 젊은 날을 헤맬까

바꾸지 않고 남이 바꾸길 바라고만 있을까

'서태지와 아이들'의 〈교실 이데아〉 중에서

금융 위기가 바꿔놓은 선택

대학 3학년 때, 태국에서 시작된 금융 위기가 아시아 전체를 초토화시켰고 그 여파로 우리나라 경제도 휘청거렸다. 주요 대기업들 중 특히 1970~1980년대 국가 근간 산업으로 잘나가던 대형 건설회사들이 줄도산하고, 실업자들이 쏟아져 나왔다. 건축학과 학생이 자격증만 취득해서 졸업하면 어렵지 않게 취업할 수 있었던 건설회사들이 하나둘씩 문을 닫고, 남아 있는 기업들은 신입 사원을 뽑지 않았다. 졸업은 다가오는데 너무나 막막했다. 하루가 멀다 하고 중소 건설회사와 하청 업체마저도 줄줄이 부도나 법정 관리에 들어가면서 건축학과 졸업생들의 취업은 어느 누구보다 어려운 일이 되었다. 설상가상 대규모 구조 조정으로 퇴직을 당하는 쪽도 대부분 남성보다는 여성이었다.

사실상 확률이 제로에 가까운 취업을 고민하던 나에게 부모님은 대

학원에 진학해서 더 공부해도 괜찮다는 말씀을 해주셨다. 현실적으로 당장 마련해야 되는 적지 않은 학비가 부담됐지만 '나중에 성공해서 갚으면 되겠지?' 하고 염치 불구하고 철없는 생각으로 부모님의 경제적 도움을 받아 대학원에 진학했다.

예술가적 재능이 없는 나에게 건축 분야에서 건축설계를 제외하고 그나마 맞는 것은 '건축구조'였다. 일반인들에게는 자세히 알려져 있지 않지만, 튼튼하고 안전한 건물의 뼈대를 설계하는 매우 중요한 일이다. 1994년 10월 성수대교 붕괴 사고와 1995년 6월 삼풍백화점 붕괴 사고는 건축구조가 건물에 있어서 얼마나 중요한 분야인지 당시 학부생인 나에게 충격적으로 메시지를 던져주었다.

건축구조는 주로 수학과 물리학이 기본적으로 필요한 분야이고, 다양한 건설 재료 실험까지 해야 하는 어려움이 있었다. 내용을 깊이깊이 파내려가야 하는 과정들이 힘들긴 했지만, 주어진 문제들과 몇 시간씩 씨름하며 어려운 수학 문제를 풀어내기를 좋아했던 나에게는 건축설계에 비하면 건축구조는 매우 즐거운 공부였다.

천성이 '호기심 천국'인지라, IMF 구제금융 위기를 겪으면서 자연스레 실물경제에 관심을 가지게 되었다. 더군다나 1990년대 말 우리나라에는 본격적으로 인터넷이 보급되고, 주식시장에서 닷컴 버블 사건도 발생하고 있어서 신문과 책들을 읽으며 경제, 경영에 관심을 가지고 부동산,

증권까지 파고들었다.

　이렇게 딴짓(?)하느라 시간을 흘려보내다 보니 또 졸업이 코앞이었다. 금융 위기의 큰 고비는 넘겼지만, 취업난은 여전했다. 마지막 학기에 정신을 바짝 차리고, 여기저기 취업 원서를 쓰고 필요한 자격시험도 응시하고 정말 온 힘을 다해 열심히 뛰었다. 서류 전형 탈락이라는 고배를 여러 번 마신 끝에 큰 기회가 찾아왔다. 대형 건설회사에 수백 대 일의 경쟁률을 뚫고 서류 전형과 필기시험을 통과하여 최종 면접의 후보에 오른 것이다. 반나절 넘는 시간 동안 프레젠테이션 면접과 임원 면접을 보았다. 결과는 참담했다. 불합격이었다. 나중에 듣게 된 소문으로는, 합격자는 남성 두 명으로 이미 내정되어 있었고 나를 비롯한 다른 후보자들은 그저 들러리였다고 했다. 사회의 벽 앞에 무너지는 내 모습이 씁쓸했다. 그렇게 또 한 번의 좌절을 감내해야만 했다.

　'나는 패배자인가? 앞으로 나는 무엇을 할 수 있을까?' 온갖 생각들이 머릿속을 가득 채웠다. 자신감은 바닥으로 떨어졌고, 엎친 데 덮친 격으로 나의 능력치와는 무관하게 국가 경제 상황도, 취업 시장도 더 나빠져만 갔다. 20대 중반에 백수가 되어 부모님에게 손을 벌려야 되는 상황에 마음이 괴로웠다.

세 번의 이직, 두 번의 진학

안전모를 쓴 여자

우여곡절을 겪으며 건축구조가 주력 사업이 아닌 곳에 취직을 했다. 더 이상 부모님께 경제적 부담을 지워드리기 싫었다. 울며 겨자 먹기로 자존심을 내려놓고 내린 결정이었다.

회사는 모든 것이 마음에 들지 않았다. 소규모 회사에, 작은 사업부서에, 더 작은 건축구조설계팀의 팀원으로 일해야 했다. 직원 중 여성 비율이 매우 낮을 뿐만 아니라 '여직원'은 커피를 타고, 복사를 하고, 단순 업무를 담당해야 하는 인식이 강했다. 게다가 더욱 짜증나게 만든 것은 회사의 내부 규정이었다. '여직원은 치마 유니폼을 반드시 입어야 한다.' 기가 막힐 노릇이었다. 남자들만 일하는 팀에 여자인 내가 들어온 것에 대해서도 팀원들과 부서장은 탐탁해하지 않았다.

업무 특성상 외근이 잦은데, '여자'라서 겪어야 하는 서러운 일들도 많았다. 식당 조리사나 사무소 경리 직원이 아니면 온통 남자뿐인 당시 공사 현장에서 몸집도 작고 약해 보이는 '여자'가 안전모, 안전화를 착용하고 돌아다니는 모습에 '남자'들은 길을 잘못 찾아왔느냐며 놀리거나 손가락질하며 현장에서 나가라고 소리 지른 적도 있었다. 엄연히 건축기사 국가 자격증도 보유한 현장 감독관급 인력인데도 말이다.

정신적으로 무척 혼란하고 괴로웠다. 학교에서 건축구조를 학문으로서 공부하는 것은 재미있었는데, 실무 현장에서 다양한 상황에 부딪혀야 하는 것은 전혀 예상치 못한 일들이었다. 여전히 나는 세상에 무지했고, 달라진 것 없는 철부지 내 자신에게 또 다시 실망했다.

우연히 연구실 게시판에서 매우 '특이한' 대학원 신입생 모집 공고를 봤는데, 그 내용이 관심 끌기에 충분했다. '미래 지도자를 양성하기 위하여 공학을 배운 학생들에게 경제, 경영, 과학기술 정책 등을 가르치며…….' 무언가에 홀린 듯이 덥석 입학원서를 제출했고, 박사 과정에 진학했다. 그렇게 첫 직장 생활은 6개월 만에 끝났다.

불안한 박사 수료생

박사 과정에 진학해서 건축 외의 것도 다양하게 배우다 보니 학부 시절 전공이 재미없어 방황할 때 기웃거렸던 다른 전공이나 교양 과목들이 작게 나마 도움이 됐다. 하지만 박사 과정은 생각보다 힘들고 어려웠다. 공대 생이 경제와 경영, 행정, 법까지 깊이 있게 파고 들어가려니 기초 소양 과 목들이 많이 부족했던 것이다. 힘든 와중에 비슷한 생각을 가지고 이곳에 모인 이들이 있어서 서로 의지가 됐다. 다들 자신의 전공에 만족을 못하는 사람들이 몰려온 느낌이랄까? 암묵적 동지들을 보는듯했다.

그런데 이곳에서도 보이지 않는 성차별을 느껴야 했다. 일부 남학생 들은 애초에 여학생들을 경쟁 상대로조차 생각하지 않았다. 오랜 시간 남 성 중심 사회에 찌들어 있는 우리 사회의 구조적 모순을 학교에서조차 느 껴야 한다는 사실이 불편했다. 전체 내용의 70정도만 알면서도 100을 아 는척하는 남학생들과 토론하며 싸워야 했다. 이렇게 혹독하게 훈련을 받 고 다시 사회에 나가면 이번엔 남자들과 경쟁해도 예전보다 더 잘 할 수 있을 것 같다는 믿음도 생겼다.

박사 과정을 모두 마치고 또 한 번 기로에 섰다. 학위를 받지 못해서 20대 후반인데도 계속 학생이라는 신분을 유지해야 하는지 고민이 되었 다. 소소한 연구비로 생활을 꾸려야 되는 경제적 불안함과, 언제 학위를 받을 수 있을지 알 수 없는 부담감이 밀려들었다.

또 다시 방황하던 중 박사 과정 동안 연구한 분야와 관련성이 높고, 누가 봐도 번듯한 대기업 연구소를 추천받았다. 나에게 매우 괜찮은 선택지였다. 그렇게 두 번째 회사에 입사했다. 학교에서 받는 연구비에 비하면 연봉도 나쁘지 않았고, 여러 가지로 만족스러울 것 같은 직장 생활이 시작되었다.

직언을 하는 여자

기대가 크면 실망도 크다고, 이곳에서 또 복병을 만났다. 배속된 곳은 R&D 지원 부서인데 새롭게 만들어진 자리였고 직속 상사도 입사한 지 얼마 안 된 분이었다. 나도, 상사도 조직에 완벽히 적응을 못한 상황인데다가 업무 파악에도 어려움이 있었다. 결정적으로 내가 일하는 스타일과 성향이 그와는 맞지 않았다. 무엇이든 명확하게 의사소통하고 시간 맞춰 일 처리를 깔끔하게 마무리 짓는 내 성향과 정반대였다.

　업무도 매일 똑같이 반복되는 지루한 일이 많아서 기대했던 일과는 거리가 있었다. 재미없는 업무만 주어지니 슬슬 일이 싫어지고 사람도 싫어지고 모든 것이 싫어졌다. 극심한 스트레스로 위장병에 걸렸다. 시키는 대로 하면 그냥 지나갈 수도 있는 일이지만 아닌 것은 아닌 것이고, 틀린 것은 바로 잡아야 하고, 직언도 서슴지 않으니 상사 눈에는 내가 곱게 보일 리 없었다. 갈등의 골도 깊어졌다. 이번엔 무슨 일이 있어도 최소한 1년

이상 버텨야 하는데, 또 반년도 못 다녀 직장을 그만두는 진짜 실패자가
될 수는 없었다. 탈출구를 찾아야 했다.

　　며칠 밤낮을 고민하다가 지푸라기라도 잡는 심정으로 내가 연구하
던 분야와 가장 유사한 일을 하는 곳으로 부서 이동을 신청했다. 공식적
으로 사내에서 진행되는 절차임에도 불구하고 사업부 간 역학 관계가 얽
혀 있어 무척 조심스럽고 부담스러운 일이지만 나에게 그 선택은 퇴사를
하지 않기 위한 최선의 선택이었다. 서류를 보내고 인터뷰를 마치고 곧 좋
은 소식이 올 것이라 굳게 믿고 있었는데, '산 넘어 산'이라고 했던가. 이유
도 모른 채 부서 이동은 끝내 이루어지지 못했다. 또 다른 비상구를 찾아
야만 했다.

　　다시 학교로 돌아가서 논문을 써야 할 것인지 기로에 있을 때, 한 선
배가 경영전략 컨설팅회사에 나를 추천해주었다. 찬밥 더운밥 가릴 처지
가 아니었다. 부서 이동도 무산된 채 지옥 같은 회사 생활을 하던 나에겐
한 줄기 서광이 비추는듯했고 이번 기회를 놓치면 안 되겠다는 확신이 들
었다. 부푼 꿈에 가득 차 원대한 꿈을 갖고 입사했던 두 번째 직장생활은
가까스로 1년을 채우고 끝났다.

살아남지 않은 독종

경영학의 '경' 자도 모르는 내가 경영컨설턴트를 한다고 하니 주변에서는 연구소에 입사했을 때보다 더한 반응들이 나왔다. '네가 뭘 안다고 거기를 갔니?' '너는 대학 때부터 잡학에는 능했으니 가능도 하겠다!' 비아냥 거림인지 칭찬인지 모를 이야기도 들었다. 전혀 새로운 분야에 도전한다는 부담감도 몰려왔지만 그것을 느낄 여유조차 허락되지 않았다.

출근 첫날, 오전 내내 노트북을 세팅하니 오후가 되자마자 바로 '현장'에 투입되었다. 입사 첫날, 첫 주의 여유로운 업무 패턴을 기대했던 나로서는 날벼락을 맞은 심정이었다. 정신없이 짐을 챙겨 현장으로 갔는데, 무시무시한 포스를 풍기는 팀장이 인사하기가 무섭게 일을 시켰다.

"전공이 건축이라며? 그럼 이 분야 잘 알겠네. 바로 시작해!"

혹독한 신고식은 자정을 넘어서도 끝날 줄을 몰랐다. 당연하다는 듯이 모든 팀원들의 야근이 시작되었고 새벽 2시가 넘어서야 겨우 퇴근할 수 있었다. 밤 9시는 조퇴, 자정은 그냥 퇴근, 새벽 3시쯤 퇴근해야 야근 좀 했다고 하는 농담 아닌 농담을 들었다. 이곳은 정글이구나 싶었다.

의외로 경영컨설턴트라는 직업은 나와 잘 맞았다. 다양한 산업 분야에서 자료들을 찾아 분석하고 토론하며 의미 있는 시사점들을 만들어 사업을 기획하고, 무엇보다 기업 경영의 실질적 측면들과 직결되어 재미있었다. 새로운 적성을 발견했다 싶을 정도로 '정말 딱'이었다. 쉴 새 없이 하루 15시간 이상 고강도 업무를 했지만, 몸은 고되더라도 마음은 행복했다. 토론과 논쟁을 좋아하다 보니 처음 보는 다른 팀장들에게 어처구니없는 말을 듣기도 했다.

"아, 네가 그 시끄러운 애?"

늘 새로운 분야의 또 다른 프로젝트를 하는 것도 날마다 도전이었고, 호기심 천국인 나에게는 오아시스 같은 통쾌함과 즐거움을 가져다주었다. 즐기며 하는 일은 성과도 좋았다. 입사 후 얼마 지나지 않아 정식 컨설턴트로 승진도 하고 연봉도 올랐다.

행복은 오래가지 못했다. 연일 이어지는 야근과 격무에 몸이 망가져 신호를 보내기 시작했다. 노트북을 하루 10시간 이상 매일 들여다보니 안구건조증과 목 디스크가 생겼고, 손목과 어깨에 극심한 통증으로 팔을 쓸 수 없는 지경에 이르렀다. 매일 점심시간을 쪼개어 치료를 받았지만 도저히 버틸 수 없어 한 달간 병가를 쓸 수밖에 없었다. 복귀하고 1년 넘게 '월화수목금금금'으로 일했다. 업무가 바빠서 식사도 거르고, 아침부터 하루 종일 물 대신 커피를 마셔가며 밤을 꼬박 샜다. 그러던 어느 날, 심한 복통으로 구토를 하며 쓰러졌다. 병원에 가서 검사를 받으니 급성위궤양으로 인해 위장에 구멍이 뚫렸다고 했다. 정신이 번쩍 들었다.

또 한 번의 시련이 찾아왔다. 정식 주니어 컨설턴트로 정해진 기간 동안 일하고 성과 평가에서 문제가 없었는데 입사할 때 약속되었던 시니어로의 승진에서 누락된 것이다. 인사 담당자와 부서장을 찾아가서 면담을 하고 뜻밖의 이야기를 들었다. 승진 기준은 충족하지만 입사 후 기간이 다소 짧았고 다른 남자 직원들과의 형평성(?)을 위해서 다음 대상자로 넘기기로 결정이 났다는 것이다. 표면적인 이유조차도 납득할 수 없었다. 원칙이 지켜져야 하는데, 그렇지 않았다. '아무리 유능하고 일을 잘해도 여성은 안 된다.'

편견 앞에서 다시 한 번 좌절할 수밖에 없었다. 건강까지 희생해가며 최선을 다해 일한 직장에서 나는 어떤 존재였는가. 일을 계속해야 하는지, 그럴만한 가치가 있는지 고민이 시작되었다. 매우 합리적일 것이라 믿었던 회사의 인사 시스템이 무력해진 상황에서도 무작정 회사를 관둘 수는 없었다. 복잡한 생각이 머릿속을 가득 채웠다. '다시 학교로 돌아가서 논문을 마무리해야 하나? 또 다른 분야를 찾아야 하나? 아니면 그냥 좀 쉬면 안 되나?'

채용 공고를 뒤져보아도 원하는 조건을 충족시키는 곳을 찾기란 쉽지 않았다. 적성, 이력, 업무, 환경 조건은 항상 반비례한 경우가 대부분이었다. 운명의 장난일까. 마음이 끌리는 공고를 발견했는데, 지원 마감 시간이 채 3시간밖에 없었다. 갑자기 오기가 발동했다. 번갯불에 콩이라도 구워 먹을 스피드로 항상 일했던 컨설턴트 경력을 살리니 그럭저럭 모양

새를 갖춘 입사지원서를 쓸 수 있었다. 밤 11시 59분까지 서류를 고치고 또 고쳐서 '제출하기' 버튼을 마지막에 겨우 눌렀다. 만약 그 당시 우리 집 인터넷 속도가 조금이라도 느려서 자정을 넘기게 되었다면 입사 지원은 허공으로 날아갔을지도 모른다. 한국의 초고속 인터넷은 정말 최고!

95퍼센트 만족스러운 회사

인생에 세 번의 기회가 온다는데, 이번이 그런 기회 중 하나일까 싶었다. 최종 합격 통지를 받고, 그동안 일한 경력들이 인정되어 '과장'이라는 직함을 받았다. 우리나라 최고의 인터넷 서비스 회사에서 일하게 되었다는 자부심과 낯선 곳에서의 묘한 떨림이 네 번째 직장 생활의 시작을 함께했다.

　새로운 둥지는 소규모 벤처기업에서 시작하여 성장해온 기업이기에 대기업과는 다른 수평적 조직 문화와 커뮤니케이션 방식, 합리적인 업무 시스템 그리고 가장 중요한 정시 퇴근 문화까지 내가 일하고 싶었던 이상적인 회사였다. 원서 마감 1분 전까지 고민하며 우연찮게 지원한 곳인데, 이런 좋은 회사에 입사하게 된 것은 내 인생에 드문 행운이라는 생각이 들었다. 맡은 업무는 분야가 ICT 서비스일 뿐 컨설팅회사에서 하던 업무와 크게 다르지 않았다. 기업 특성상 내부 사업 전략이 수시로 변화하고, 그에 맞게 조직 개편도 자주 일어났다. 내가 속한 조직은 그나마 인 하우스 in-house 컨설팅 조직과 유사한 개념이었기에 큰 이변은 없었다.

한번은 고객들이 직접 사용하는 서비스를 기획하는 팀에 파견된 적이 있었다. 수천만 명이 사용하는 서비스를 만드는 국내 인터넷 업계의 최고 기획자들과 함께 일한다는 것은 엄청난 행운이었다. 인터넷 서비스를 사용만 하다가 직접 그 서비스가 어떻게 기획되고 만들어져 고객들이 사용하게 되는지 전 과정을 심도 있게 경험할 기회도 가졌다. 이곳은 정말 뼈를 묻고 일하고 싶다는 생각이 들 정도였다. 행복한 곳에서 일을 하면서 좋은 기운이 가득 찾아왔는지 컨설턴트 시절 망가졌던 몸도 건강해지고 결혼 후 아이도 생겼다. 과장에서 차장으로 승진도 했다.

이런 좋은 곳에서도 쓰나미처럼 모든 것을 집어삼킬 만한 위기의 순간이 있었다. 전사적인 조직 개편으로 옮긴 부서에는 출산을 두 달 앞둔 전임자가 있었다. 그녀는 매우 중요한 프로젝트 총괄 기획을 주도적으로 맡고 있었고, 그 서비스가 곧 출시를 앞둔 시기에 출산휴가가 임박하여 내가 후임자로 내정된 상황이었다. 한 달여 동안 프로젝트 진행 내용들과 업무 전반을 인수인계 받기로 하고 차근차근 일을 하고 있던 차였다. 크리스마스를 앞둔 연말의 어느 일요일에 다급한 연락을 받았다.

"출산 예정일이 한 달이나 남았는데, 갑자기 진통이 와서 …… 아기를 낳았어요!"

모두가 축하할 일이지만, 내게는 청천벽력 같은 소식이었다. 다리가 후들거리고 머릿속이 백지처럼 하얗게 변했다. 업무 파악을 절반도 못했고, 인수인계도 전부 받지 못했는데 갑자기 전임자가 출산휴가를 떠난 것이다. 발등에 당장 불이 떨어졌고, 어떻게든 급한 불은 꺼야 했다. 서비스 출시를 앞두고 있는 시점이었기에 매우 유능한 전문가도 예상치 못한 복병을 만날 수 있는 상황이었다. 말 그대로 '멘붕'이 왔다. 만에 하나라도 문제가 생긴다면 결과적으로 서비스 출시 지연에 따른 책임은 온전히 내가 도맡아야 했다. '어쩌면 나에게는 이렇게 황당한 일들만 일어나는 것일까?'

서비스 기획, 개발, 출시까지 협업을 하는 서른 명이 넘는 개발자와 디자이너들은 갑자기 기획자가 바뀐 것 자체도 매우 불편해했다. 하루에 수십 통의 이메일들이 쏟아져 들어왔고, 서비스 개발 회의에 들어갈 때마다 가시방석에 앉은 기분이었다. 정말 아무도 없는 곳으로 도망가버리고 싶을 정도였다. 정시 퇴근은 꿈도 꾸지 못했고 매일 야근하고 퇴근하면 집에서도 밤새도록 일했다. 우여곡절 끝에 전임자가 기획했던 서비스는 무사히 원래 일정대로 출시를 했고, 나는 1년 같은 악몽의 한 달을 보냈다. 그 시간 동안 세상 태어나 여태까지 먹은 욕을 다 합친 것보다 더 많은 욕을 먹었다. 욕을 너무 먹어서 무병장수할 것 같다.

악몽 같던 시간도 긍정적 경험으로 생각하게 하는 이 회사는 여태까지 다닌 회사들과 비교해볼 때 95퍼센트 만족한다. 그만큼 오래오래 다니고 싶었는데, 또 다른 위기가 찾아왔다. 이번에는 예견된 위기였다. 박사 과정을 수료하고 두 번째 직장에 들어가는 순간부터 마음속 어딘가에 처박아두고 애써 외면하던 문제가 수면 위로 부상한 것이다. 대학원 규정상 박사 학위 논문은 수료를 한 시점 기준으로 8년 이내에 제출이 완료되어야 하는데, 세 번 이직을 하며 회사 생활을 하는 동안 어느덧 그 시간이 다가온 것이다. 기로에 섰다. 또 다시 질문을 던져야 했다. '업무와 육아와 학업, 세 가지를 동시에 할 수 있을까?'

밤잠을 못 이루며, 한 달을 꼬박 고민했다. 세 가지를 동시에 할 수 있는지 판단하기 전에 당장 현실적인 문제부터 해결해야 했다. 당장 회사를 그만두고 학교로 돌아가서 연구를 한다면, 아이는 어렵사리 얻어 겨우 적응하고 잘 다니던 회사의 위탁 어린이집을 관두고 나와야 한다. 아이를 맡길 곳이 없기에 회사는 관둘 수 없는 상황이고, 그렇다면 남은 것은 박사 학위를 포기하는 방법뿐이었다. 막다른 궁지에 몰리니, 내 욕심으로 가족을 희생시킬 수는 없다는 결론에 이르렀다. 게다가 회사 일도 만족스러운 부분이 많았기 때문에 이런저런 이유로 내 자신을 합리화시키고 있었다. '그깟 박사 학위쯤은 없어도 돼! 원래 교수가 되고 싶어서 공부한 것도 아니었어!'

선택이 한쪽으로 기울 무렵 마음 한켠에 설명할 수 없는 불편함이 있었다. 선택지를 뒤집게 만든 것은 남편의 결정적인 한 마디 충고였다.

"네가 평생 후회하지 않을 자신이 있다면 그것을 선택해! 하지만 누구 때문에 학위를 포기했다는 생각이 '1'이라도 든다면 그것은 분명 잘못된 선택이야."

순간 번개를 맞은듯했다. 업무와 육아를 핑계로 현실에 안주하고, 목표했던 것을 중도에 포기하고 물러서서 당장 편한 길로 가려는 속마음을 들켜버린 것이다. 여태껏 수많은 결정들을 하면서도 후회가 없었던 적은 전적으로 내 의지에 따른 선택이었고, 남의 권유로 혹은 누군가의 기대에 부응하기 위한 선택들은 항상 후회를 남겼다는 사실이 떠올랐다. 이 회사를 다니는 동안에는 생각나지 않겠지만, 언젠가 이 회사를 떠나야 할 시점이 오면 학위를 마무리하지 못하고 중간에 포기한 것을 후회할 것 같았다. 포기가 자발적 선택이 아니라 육아 때문이라면 평생 아이와 가족을 원망하게 될 수도 있다는 생각이 들었다. 순간 모든 것이 단순해졌다. 95퍼센트 만족하는 회사를 자발적으로 떠나야 한다는 사실이 매우 고통이었지만, 마음의 결정을 내리며 모든 것을 내려놓으니 오히려 편안해졌다. 그리고 미련 없이 사표를 제출했다.

삶의 기로에서
한번쯤 곱씹어볼 것들

박사가 된 경단녀

박사 과정을 수료한 지 약 7년 만에 학교로 돌아왔다. 오랜만에 돌아간 연구실은 모든 것이 어색했지만, 학위 논문 제출 만료 시한이 얼마 남지 않았기 때문에 여유롭게 적응할 시간조차 없었다. 연구를 손에서 놓은 지 너무 오래되어 바닥부터 다시 쌓아올려야 할 것들이 많았다. 연구할 것이 산더미 같은데 생각만큼 속도는 나지 않았고, 생각하지 못한 부분에서 난관에 봉착했다. 게다가 연구에만 집중할 수 있는 환경이 아니었다. 한참 연구를 하다가도 시간이 되면 모든 것을 멈추고 어린이집으로 달려가야 했다. 아이를 데리고 집으로 가서 씻기고 저녁을 먹이고 재우다 보면 체력적으로 힘들어서 녹초가 되어 아무것도 할 수가 없었다. 육아와 연구 두 가지조차도 병행하기 벅차다는 사실을 느끼며 다시 벽에 부딪혔다. 포기하고 싶었다.

　시간은 계속 흘러 더 이상은 미룰 수 없는 시점이 다가왔는데 논문은 진척된 것이 없었다. 직장만 관두면 수월하게 학위를 받을 수 있을 것이라 생각했는데, 한 번에 두 가지를 한다는 것 자체가 무리였다. 자존감도 바닥으로 떨어졌고, 몸도 마음도 지쳐버렸다. 지도 교수님께 사연을 담은 장문의 이메일을 쓰고 포기하겠다고 말씀드렸다. 돌아온 대답은 심사숙고 해보고 결정하라는 진심 어린 충고였다. 문득 이런 생각이 들었다. '나중에 아이가 자라서 나를 바라볼 때, 나는 정말 떳떳하고 멋진 엄마일까?'

처음 박사 과정에 입학했을 때 그리고 7년 만에 다시 돌아왔을 때의 다짐을 떠올리며 다시 시작해보자 마음먹었다. 규정상 기한이 지나버려서 추가로 적지 않은 등록금을 내고 수업을 더 듣고 동시에 논문 연구도 진행해야 했다. 심리적 부담뿐만 아니라 시간적, 경제적 손해도 막심했다. 그러던 중 학과 사무실 앞에 붙어 있는 공지가 눈에 띄었다. 논문 제출 마감 시한의 예외 규정인 병역으로 인한 기한 연장이 필요한 학생은 서류를 제출하라는 내용이었다. 병역은 나와 아무런 상관이 없지만 무언가에 홀린 듯이 학사규정집에서 해당 내용을 찾기 시작했다. 마치 법률 조항처럼 쭉 정리된 내용을 하나하나 다 읽어 내려갔다.

"유레카!" 예외 규정은 병역만이 아니었다. '임신 출산 등의 사유가 발생한 경우에도 2년간 연장이 가능하다.' 손이 부들부들 떨렸다. 왜 이런 사실을 아무도 내게 알려주지 않았는지, 그로 인해 얼마나 심한 심적 고통과 경제적 시간적 손실을 감수해야 했는지, 모든 것이 원망스러웠다.

한바탕 폭풍이 지나가고, 논문을 쓸 수 있는 2년의 시간을 더 쟁취할 수 있었다. 아직까지도 내가 왜 깨알같이 작은 글씨로 된 학사규정집을 찾아 처음부터 끝까지 읽기 시작했는지 모르겠다. 나에게도 이런 행운이 오나 싶기도 했지만, 쟁취하지 않았으면 그저 날아가 버렸을 행운이었다. 시한부 환자처럼 연명하던 나에게 새롭게 주어진 2년이라는 시간을 정말 치열하게 보냈다. 박사 학위는 애초부터 나에게 맞지 않는 옷을 입으려다 포기했던 느낌이었기에, 학위를 받고 졸업을 하던 날의 감격을 잊을 수 없다. 박사 과정으로 입학한 지 13년 만의 일이었다.

학위만 받으면 모든 것이 다 잘될 줄 알았는데, 또 다른 시련이 곧 찾아왔다. 취업을 해야 했다. 대학원에서 연구와 학업에만 정진한 다른 사람들처럼 연구의 지속성도 없었기 때문에 학교에 남아 무엇인가 일을 도모하기에도 어려움이 많았다. 퇴사하고 나온 직장에 돌아갈 방법도 없었다. 대학교를 졸업하고 취업을 처음 고민하던 시절만큼이나 막막했다. 아니, 그때보다 조건은 훨씬 더 열악했다. 돌봐야 할 아이가 있었다. 아이가 어려서 어린이집 등 시설의 도움을 받는다 하더라도, 퇴근 시간까지 아이를 맡길 수 있는 곳은 없었다. 사실상 풀타임으로 일하는 것은 불가능한 상황이 되어버린 것이다. 나이도 적지 않은, 가방 끈은 너무나 길어서 단순 직무를 시킬 수도 없는, 말 그대로 '대한민국 고학력 경력 단절 여성' 대열에 나도 첫발을 내딛는 순간이었다. 뭐라 설명할 수 없는 씁쓸함이 밀려들었다.

대한민국에서 여자로 태어난 숙명이라고 받아들이기엔 너무나 가혹한 현실에 좌절할 수밖에 없었다. 남들이 다 부러워하는 최고 대학의 박사 학위까지 손에 거머쥐었지만, 할 수 있는 것은 아무것도 없었다. 내가 꿈꾸던 미래는 이런 암울함이 아니었다. 학위를 받자마자 외국으로 연구를 하러 홀홀 떠나는 어린 후배들이 마냥 부러웠다. 현실을 외면할 수는 없었고 지푸라기라도 잡는 심정으로 그나마 아이를 돌보는 것이 가능한 일을 찾기 시작했다. 그런 꿈같은 직장은 적어도 서울에는 존재하지 않았다. 지방에 있는 공공 연구소들은 여지가 있었지만, 온 가족이 나 하나 때문에 삶의 터전까지 옮길 수는 없는 노릇이었다. 고용 시장도 썩 분위기가 좋지 못했다. 박사 학위까지 받고 백수가 되는 사람이 늘고 있다는 신문 기사는 남 이야기가 아니었다.

우보천리의 마음으로

궁하면 통한다고 했던가? 연구실 게시판에 채용 공고가 하나 올라온 것을 발견했다. 분야는 내가 전혀 경험해본 적 없는 새로운 산업이지만 해야 하는 일은 연구실에서 하던 과학기술 정책 연구와 유사했고, 컨설팅회사에서 하던 사업 기획도 도움이 됐다. 채용하는 측에서도 매우 급하게 일할 사람을 찾고 있던 터라 나에게 바로 출근할 수 있느냐고 제안이 왔다.

부모님 품에서 벗어나 성인이 되어 살아온 삶을 돌아보면, 무엇인가 선택을 해야 하는 순간에 그 일이 작든 크든 내가 직접 내켜서 하지 않은 선택지는 항상 후회를 가져왔다. 누군가의 조언으로 했던 선택은 힘든 순간이 왔을 때 조언해준 그 사람을 원망하게 만들었다. 온전한 나의 선택만은 아니었으니 힘든 이유는 내 탓이 아니라고 피해가고 싶은 마음이었는지도 모른다. 대학원 진학은 직접 뛰어가며 부딪히고 찾아내고 원해서, 사실상 내가 모든 것을 결정한 최초의 선택이다. 그 이후 매번 다가온 선택의 순간에서도 주변 상황에 대한 고려를 배제할 수는 없었지만, 결정적으로 선택을 한 것은 온전히 나였다.

누군가는 한 직장에 십 년도 넘게 다닌다는데, 가끔 이런 생각이 들때도 있었다. '직장을 단기간에 네 군데나 옮기는 나는 패배자인가?' 생각을 조금만 바꿔보면, 출근이 전혀 즐겁지 않고 만족감을 주지 못하는 곳에서 이러지도 저러지도 못하며 매일 괴로워하고 불평불만하고 다니는 것보다 빨리 떠나는 편이 훨씬 낫다고 생각한다. 물론 그 결정은 매우 신중해야 하지만 결단을 내리는 순간에는 단호해야 하고, 결정 이후에는 후회하지 않도록 뒤돌아보지 않을 자기 선택에 대한 강한 믿음이 필요하다.

인생에서 어떤 선택을 할 때, 이전에 해왔던 것이 아쉬워서 새로운 분야에 도전하지 못하는 우를 범하지 말자고 생각했다. 조금은 무모해

보일 수 있지만, 돌아보면 내가 하는 선택들의 모든 과정에서 겪은 일들이 새로운 일에서 반드시 씨앗이 되어 전혀 다른 모습으로 나의 역량이 되어 나타난다는 사실을 깨달았다. '손에 움켜쥔 것을 놓아야만 새로운 것을 잡을 수 있다.' 지금 가진 것에 너무 집착할 필요는 없다. 그것이 나의 발목을 잡게 될지도 모른다. 현재까지 걸어온 길과 그 길에서 얻은 것들을 가끔은 놓아주는 용기가 필요하다. 내가 항상 모든 일의 주인공이 되어야 할 필요도 없는 것 같다. 남의 것이 항상 부러워 보이고, 나의 것은 초라해 보이는 느낌을 나도 갖고 있었다. 훌륭한 영화에는 주인공보다 더 빛나는 조연이 늘 있다. 모든 스포트라이트를 혼자 독차지했던 시절의 화려함에서 빨리 벗어나 냉정하게 자신을 돌아볼 수 있어야 한다.

아무도 가본 적 없는 길을 간다는 것은 참 힘든 일이다. 나는 의도치 않게 그런 길을 걸어왔다. 묵묵히 가다 보니 길이 나더라는 말은 사실이었다. 포기하고 싶은 절망의 순간도 많았고 그 순간마다 고통이었지만, 가끔은 우직하게 앞만 보며 가는 것도 필요하다. 너무 많은 것을 얻으려 하지 않고 자신이 원하는 것 하나만 바라보며 너무 힘들 땐 가진 것을 내려놓기도 하며 그렇게 우보천리牛步千里의 마음으로 가다 보면 어느 순간 평탄한 길이 나 있고 정상에 도달하게 된다. 그렇기에 나는 앞으로도 계속 도전하며 살아갈 것이다.

★

괜찮은
전문가
되기

약한 관계로 만들어가는
강한 연결의 힘

성 은 숙

이 글을 쓴 성은숙은 대학과
대학원에서 경영학을
공부했다. 대기업 종합상사
국제금융부에서 직장 생활을
시작했으며 전략, 조직
성과, 마케팅 분야에서 경영
컨설턴트로 오랜 경험을
쌓았다. 영국 옥스퍼드
대학으로 MBA를 다녀온 것을
계기로 유럽과 중국의 다양한
도시에서 글로벌 프로젝트를
수행했으며, 이후 외국계
유통사 마케터로 일했다.
지금은 글로벌 파트너십 및
전략자문회사 ECOINTO와
퍼스널 타임 큐레이션 서비스
DARAMJI를 운영하는
창업가이자 기획자다. AI와
기술의 시대에 인간만이 할
수 있는 일을 찾아다니고,
전 세계 다양한 분야의
전문가들과 연결되어 의미
있는 프로젝트들을 추진하고
있다. 지은 책으로 《전략
BSC 성과 혁신》, 《BSC 실천
매뉴얼》(공저) 등이 있으며,
이 책의 기획자이기도 하다.

지도 밖으로 나갈 용기

회사 밖은 정말 지옥일까?

"회사가 전쟁터라고? 밖은 지옥이다."

몇 해 전 많은 직장인들의 심금을 울렸던 드라마 〈미생未生〉에 나왔던 대사다. 주인공 오상식 차장과 퇴직한 선배가 쓸쓸하게 소주잔을 기울이는 장면이었다. 선배의 깊은 회한이 묻어나는 저 독백은 처연하기 짝이 없었다. 오 차장은 말없이 술잔을 들어 회사를 떠난 선배를 담담하게 응원했다. 여느 직장인들처럼 나도 그 드라마의 모든 등장인물들을 친근하게 느끼고 공감하고 안타까워했으며, 또 많은 위로를 받는 시청자 중 하나였다. 월급쟁이로서의 안정감을 십 수년째 느껴오던 나였기에 그 장면에 크게 공감했지만, 문득 이런 의문이 들었다. '회사 밖은 정말 지옥일까?'

월급쟁이 열혈 시청자라는 이유 외에도 그 드라마가 나에게 특별했던 이유가 또 있었다. 드라마의 배경이 된 건물이 마침 내가 사회생활을

146

시작했던 바로 그 장소였기 때문이다. 서울역 앞 대우빌딩. 지금은 서울스퀘어빌딩으로 이름이 바뀌었다. 이름의 변화를 기억하는 많은 사람들은 그 건물이 간직한 작은 역사의 일부분을 경험한 사람들일 것이다. 나에게도 그런 특별함이 있는 곳이었다. 벌써 20년이나 지난 과거가 되었지만 주인공 장그래와 신입 사원들이 건물 로비를 분주히 뛰어다니던 모습, 대리와 나란히 석양을 바라보며 알 수 없는 미래를 위해 현재의 자신을 위로하는 장면들이 마치 나의 신입 시절을 떠올리게 했다. 나도 그들과 같은 마음으로 뛰어다니고 석양을 바라보며 위로받은 적이 있었기에 마음이 짠했다. '여태 잘 살아남았구나.' 하는 생각에 스스로가 대견했다. 상상을 조금 보태니 드라마의 모든 등장인물들이 내 과거의 장면들과 겹치면서 김 대리, 최 과장, 이 부장으로 되살아났다. 공교롭게 드라마 속 회사도 종합상사였다. '㈜대우 국제금융부 인턴사원 성은숙'으로 사회생활을 시작한 나는 누구나 예상할 수 있는 전쟁터에서 15년 넘는 시간을 잘 살아내고 있는 중이었다. 드라마가 시작될 때는 인턴사원 장그래의 마음이었다가 회를 거듭할수록 오 차장의 처지와 심경에 공감하는 것은 어쩌면 당연했다.

그 드라마가 끝난 2년 후, 나는 지옥이라는 회사 밖 현실에 한 발을 내디뎠다. 사업이라니, 나조차도 예견하지 못한 일이었다. 그런데 이게 웬일인가. 3년째 용케 살아남았다. 모든 일은 처음이 가장 어렵다는데, 비로소 '시작이 반'이라는 말이 현실처럼 느껴진다. 남들처럼 평범한 직장 생활을 했고 큰 변화를 계획하지도 않았지만, 직장 생활을 끝으로 새로운 일을 만들고 나를 찾아주는 사람들이 조금씩 늘어나면서 회사라는 울타리를 넘어선 그곳이 반드시 지옥은 아니라는 것을 실감하고 있다.

나는 누구, 여긴 어디?

2017년 한 통계 자료에 따르면 월급쟁이의 안전 시계는 51.7세라고 한다. 자신의 직장 생활이 안전할 것이라고 믿는 나이인데, 직장인들의 꿈이 되어버린 정년퇴직 나이와는 큰 차이가 있다. 이 연령은 매년 내려가는 추세이며 여성들에게는 더 빨리 찾아온다. 통계적으로 그 말이 맞는다면 나도 피할 수 없다. 직장 생활을 할 수 있는 기간을 12시간으로 가정하면 내 시계는 9시 45분경을 지나고 있었다. 남은 두 시간 동안 안전한 곳을 찾을 것인가, 지금 새로운 방향을 만들 것인가. 안전한 것이 더 이상 안전하지 않고 불확실성만이 확실한 현실이자 미래가 되었다는 위기감을 느꼈다.

'나는 누구, 여긴 어디?' 너무 식상한 표현이라 허무한 웃음이 난다. 하지만 스스로에게 던지는 '현실 질문'이 되면 정말 난감하다. 회사라는 울타리의 경계를 밟고 섰을 때 그 질문은 차라리 공포에 가깝다. 내가 누구인지 그리고 어떤 인생을 살고 있는지에 대해 그동안 한 번도 물어본 적이 없었다. 직장 생활을 시작하면서는 경력 사다리를 타고 위로 올라가는 길을 당연하게 생각했다. 운이 좋게도 그 길을 따라갈 수 있었다. 그 사다리의 끝이 어디를 향해 있는지, 왜 계속 올라가기만 해야 하는지, 내려올 때는 언제일지 한 번도 생각해보지 못했다는 것을 문득 깨달았다. 두 시간 남짓 남은 '안전한 직장 생활' 대신 새로운 일을 지금 당장 시작하지 않으면 안 되었다. 마음 한켠에는 혹시라도 실패하면 월급 안전지대로 되돌아갈 마지막 기회는 남아 있지 않을까 하는 기대도 놓지 않을 만큼 용기 없는 시작이었다.

　　사업 개시를 선언한 후 일부러 바쁜 일정을 만들고 새로운 사람들을 만났다. 내가 만든 새 명함을 건네는 것은 세상에서 제일 어색한 일이었다. 그제야 지금까지 사람들이 나를 '어떤 유명한 회사'의 명함을 가진 아무개로 대해 왔을 뿐, 나는 그다지 중요한 존재가 아니라는 것을 실감했다. 상황이 바뀌었으나 그동안 익숙했던 조직 생활에서 한동안 벗어나지 못했다. 많은 준비를 했다고 생각했지만 시행착오를 거치면서 하나도 준비된 것이 없었다는 것을 깨달았다. 초조한 시간은 생각보다 오래 계속되었고 시간이 지날수록 공포감으로 변했다. 우울한 마음은 고난도의 이불 발차기를 동반했고 한동안 묵언 수행자처럼 말수도 적어졌다. '이제 어떡하지? 나의 화려한(?) 커리어는 여기서 끝인가? 다시 회사를 알아봐야 하나? 너무 늦었으면 어떻게 하지?' 복잡한 심경을 지인들에게조차 들키고 싶지 않았다. 귀에서는 붕붕거리며 벌이 날아다니는 것 같았지만 겉으로는 세상 평온한 사람처럼 보였을 수도 있다. 웬만한 어려움이 있어도 겉으로 잘 드러내지 않는 성격이라 그 심정을 눈치 챈 지인들도 그다지 많지는 않았을 것이다. 우선은 낮은 포복으로 견디는 것만이 묘수였다.

"드디어 사업한다고 들었어. 너 정말 대단하다. 너니까 잘 할 수 있을 거야. 잘되고 있지?"

아니었다. 이제와 털어놓자면 한동안 내 마음은 말린 대추처럼 쪼그라들었다. 시작 단계부터 진행되던 계약 건들은 하나도 빠짐없이 줄줄이 무산되었다. 6개월 동안 놀았다. 아무 일도 생기지 않았다. 마음과 발바닥을 뜨거운 냄비 위에 올려둔 것처럼 불안해졌다.

'에라 모르겠다.' 싶은 마음이 들 때쯤 영국에서 함께 공부했던 친구들이 한국에 왔다. '이 친구들을 위해 완벽한 여행 계획이나 준비하자.'고 마음먹은 후 3주간의 긴 여행에 동행했다. 그것이 나중에 이야기할 비즈니스의 새로운 아이디어가 되리라는 것을 그때는 몰랐다. 대추같이 한없이 쪼그라든 당시의 내 마음이 시인 장석주가 〈대추 한 알〉에서 표현한 '저절로 붉어질 리 없는 태풍 몇 개, 천둥 몇 개 그리고 벼락 몇 개'가 들어앉아 있을 수도 있다는 작은 가능성을 그때는 몰랐다.

'괜찮은' 전문가의 의미

스스로 판단하는가, 타인에게 판단되는가?

나는 무엇을 잘하고 못하고 좋아하고 싫어하는가? 사업을 하기 전 경영 컨설턴트로 다양한 회사들의 문제들을 고민하고 전략과 해결 방안을 찾는 일을 했다. 마케터로서 브랜드를 만들고 새로운 시장을 개척했다. 그러는 동안 내가 누구이며 어떻게 살기를 원하는지는 한 번도 생각해본 적이 없었다. 인생 최대의 아이러니가 분명하다. 많은 사람이 공감하는 말콤 글래드웰Malcolm Gladwell의 저서 《아웃라이어Outliers》에 나온 '1만 시간의 법칙' 대로 지난 15년간 열심히 일해 왔다고 자부하는 기간을 하루 8시간으로 꼬박 계산해도 두어 개 분야의 전문가는 너끈히 되어 있어야 마땅한 일이었다. 그런데 어느 하나 잘할 수 있는 사람이 아닌 것처럼 느껴졌다.

준비 기간을 포함해 성과 없이 보낸 1년 후 결국 '백 투 더 월급 세계'를 기웃거렸고 두어 번 헤드헌터를 만난 적도 있었다. 그러다가 문득 이런 생각이 들었다.

'언제까지 타인에게 이력서로 평가받아야 할 것인가? 회사라는 울타리가 언제까지 내 커리어를 보장해줄 수 있을까? 그래봤자 두 시간 남았다고.'

나는 마음을 고쳐먹기로 했다.

'이만하면 충분하다. 이제는 명함과 이력서만으로 타인이 나를 판단하게 하는 일을 그만하는 게 좋겠다.'

물론 여전히 대책은 없었다.

나만의 전문 영역 찾기

"나는 비즈니스 파트너십과 전략 자문 서비스를 제공하는 회사를 운영하고 있다. 주로 해외 기업이나 정부기관을 대상으로 한국과의 다양한 파트너십을 모색하고 전략적 인사이트를 제공하는 것이 주된 영역이다. 그리고 해외에서 다양한 목적으로 한국을 방문하는 외국인들에게 방문 목적에 맞는 사람, 비즈니스 기회, 경험을 연결하는 서비스 브랜드를 운영하고 있다. 두 서비스 모두 회사와 프로페셔널들에게 가장 소중한 자원인 '시간'을 최대한 가치 있게 쓸 수 있도록 한다는 공통점이 있다. 나는 지금까지 내가 쌓아온 경험과 역량을 기반으로 인적 네트워크를 통한 가치의 연결에 관심이 있고, 또 그 일을 잘한다."

이렇게 선언했다. 처음에는 조금 어색했지만 잘하고, 더 잘하고 싶은 분야를 찾아서 내가 전문가임을 선언하면 원하는 방향으로 더 잘할 수 있게 노력하게 된다. 주변에서도 관심을 갖고 도움을 주는 사람들도 생기게 된다. 스스로 자신 있게 말하지 못하는 전문 영역을 타인이 먼저 알아봐줄 리는 만무하다.

내가 원하는 분야에서 괜찮은 전문가가 되는 것, 훌륭한 전문가 말고 딱 괜찮은 전문가. 이것을 생존 전략으로 삼았다. 그렇다고 '괜찮은 전문가'가 되는 일이 쉽지만은 않다. 자기 확신과 결단력은 기본이요, '이것이 나의 전문 영역이다.'라고 말할 수 있는 약간의 뻔뻔함, 그리고 '이 정도면 괜찮다.'고 생각하는 무한한 자기 긍정까지. 다행인 것은 분야는 상관이 없다. 자신이 가장 좋아하고 잘할 수 있는 영역을 스스로 정하면 된다. 지나치게 유능할 필요도 없는 것이 유능함은 타인이 만든 기준이지만 괜찮음은 내가 정한 기준이기 때문이다. 그러니 상대의 칭찬이나 비난에 감정의 희비를 겪지 않아도 된다. 상처받을 이유가 없다. 아일랜드의 소설가 오스카 와일드Oscar Wild도 "Be Yourself, Everyone Else is Already Taken. (그대 자신이 되어라, '다른 자신'은 이미 누군가가 차지했다.)"라고 하지 않았던가.

회사의 울타리를 벗어난 한동안은 지옥 같았다. 드라마의 명대사를 인정할 수밖에. 허물어진 내 존재감의 마지막을 보았고 그 다음을 위한 시작은 보이지 않았다. 하지만 그대로 서 있기만 할 수도 없는 노릇 아닌가. 눈에 보이지 않는 그 경계를 밟고 아주 조금씩 무게중심을 다른 발로 옮기니, '혹시 지옥이 아닌 세상도 있지 않을까.' 싶은 마음이 들 뿐이었다. 내가 만든 새 명함을 처음 건넬 때의 복잡한 감정들을 생생하게 기억하고 있다. 앞으로도 어떤 크고 작은 변화를 겪게 될지 모르는 40대의 인생을 살고 있지만 이제는 내 이야기를 조심스럽게 공유해도 괜찮을 것 같은 생각이 들었다. 대한민국의 많은 직장인들이 내가 겪은 것과 비슷한 직장 생활을 경험하고 있을 것이고 어쩌면 그 다음 방향을 모색하고 있을지도 모른다. 그 변화의 방향을 회사 안에서 만들어도 좋고 회사를 나와 새로운 것에서 찾아도 좋다. 우리 중 한 사람에 불과한 나의 이야기이지만 각자의 인생에 어울리는 방향을 찾는 작은 쉼표가 되었으면 좋겠다.

이제, 스스로 정한 전문 영역에서 '괜찮은 전문가'가 되어가는 세 가지 새로운 방향을 이야기해보려고 한다.

첫째, 내가 다양한 분야의 많은 사람들과 관계를 만들어온 비결.

둘째, 작은 네트워크의 연결 고리가 되어 관계를 넓혀왔던 노하우.

셋째, 성공에 대한 나만의 기준으로 괜찮은 전문가가 되고 있다는 확신.

관계를 만드는 비결

성공의 8할은 관계

사회 초년병 시절에 미스코리아처럼 일했다. 컨설턴트로 일하면서 아무도 등 떠밀지 않은 무대에 혼자 비장한 모습으로 고군분투했다. 빈틈없는 정장에 허리는 꼿꼿이 세우고 노트북은 옆구리에 바짝 붙여 들고 걸었다. 당연히 핸드백보다 중요했다. 한겨울 출근길에 하이힐을 신고 뛰다가 빙판 위에서 미끄러졌던 일촉즉발의 상황에서, 핸드백과 노트북이 동시에 하늘로 튀어 오르는 순간에도 노트북을 먼저 낚아챘다. '나이스 캐치! 저게 박살나면 오늘도 밤을 새야 한다고!' 땅에 떨어지기 직전에 받아낸 노트북 무게 때문에 왼쪽 네 번째 손가락이 빙판에 찢어졌고 피가 뚝뚝 떨어졌다. 그 흉터가 아직 남았다. 약간의 저음과 느릿한 목소리로 조곤조곤 이야기하는 습관은 신입 시절의 생존 본능이다. 해결 방안을 요구하는 고객 앞에서 잠시라도 시간을 벌어야 했다. '말하면서 생각하자. 침착해.' 하고 늘 긴장을 삼켰다. 바람을 잔뜩 넣은 헤어스타일에 자신감 넘치는 웃음을 짓는 미스코리아들의 입가가 애처로운 긴장감으로 바들바들 떨리는 것처럼 나도 그렇게 하루하루 그 무대에서 홀로 버텼다.

꿈, 끼, 꾀, 깡, 끈. 컨설턴트의 5대 핵심 역량이라며 동료들 간에 우스갯소리를 하곤 했다. 하긴 어떤 분야라도 그 다섯 가지만 있다면 이루지 못할 일이 없을 것 같다. 그 시절 비록 끈(네트워크)은 넓지 않지만 앞의 네 가지에는 결코 뒤질 수 없다며 근거 없는 자신감을 보였다. 열심히 노력하면 꿈(이상), 끼(자질), 꾀(논리), 깡(근성)이 있는 프로가 될 수 있을 거라고 생각했다. 그런데 끈(관계)이 전문가가 되기 위한 8할이라는 것은 미처 깨닫지 못했다.

'어떻게 하면 좋은 끈을 얻을 수 있을까?'는 동료들과의 수다에서도 빠지지 않는 주제였다. 잘 생각해보면 '끈'은 다른 네 가지 요건과 다르게 단기간에 얻을 수 있는 것이 아니다. 혼자 노력해서 기를 수 있는 역량도 아니다. 타인과의 관계에 방점을 두고 장기전으로 준비해야 한다. 좋은 관계는 타고날 때 가진 조건이 주는 것이 아니라 정직하고 바르게 시간에 투자해야 얻을 수가 있다. 관계야말로 '괜찮은 전문가'가 되기 위한 가장 중요한 요소라는 것을 충분히 이해하기까지 십 수년이 걸렸다. 미스코리아(?)처럼 고군분투하던 시절로 다시 돌아갈 수 있다면 그 무엇보다 상대와의 관계에 지금보다 더 많은 노력을 기울이겠다. 더 다양한 분야의 사람들을 만나고 재능을 나누고 그들과 연결되어 새로운 가치를 만들 수 있는 가능성을 열어두겠다. 생각이 다른 사람을 이해하고 그 생각으로부터 배우겠다. 다시 돌아갈 수만 있다면 꼭 그렇게 하고 싶다.

사람을 중심에 두기

많은 사람들과 팀을 이루어 일해왔지만 지금까지 함께 일하는 팀원을 자의로 바꾼 적은 단 한 번도 없었다. 회사에서 정해준 팀으로 일할 때도 그랬지만 고객이 팀원 교체를 요구하는 경우에도 마찬가지였다. 현재의 팀이 더 나은 결정이라고 나, 회사 그리고 고객을 설득했다. 십 수년 전에 다니던 회사에서는 신입 사원이나 인턴이 입사하면 공교롭게도 모두 내가 맡은 프로젝트에 투입되었다. 나도 경력자로 입사한 지 얼마 되지 않았으니 팀원 개인의 역량을 알 방법이 없었고 팀원들을 골라서 내 팀으로 배치해달라고 요구할 입장도 아니었다. 더군다나 회사 내에는 이미 오랫동안 업무 스타일을 맞춰온 '내 사람'들이 암묵적으로 존재하고 있었다. 그 관계를 깨뜨리는 것은 가능하지 않았다. 업무 능력을 인정받은 팀원을 데려온다 해도 뒷말만 무성할 터였다. 경영 컨설팅 업무는 정신노동의 강도가 극에 달하기 때문에 팀원 개인의 역량이 곧 프로젝트 성과로 이어진다. 유사 프로젝트 경험이 많은 팀원들이 있으면 프로젝트 진행이 훨씬 수월해지는 것은 당연하다. 그런데도 당시의 나는 그 욕심을 낼 처지가 아니었다.

"성 팀장, 너 아니면 누가 해? 이번에도 좀 그렇게 하자."

"아니, 지난번에도 그렇게 말씀하셨잖아요?"

"대안이 없어, 대안이. 다른 팀 프로젝트가 아직 안 끝났다고."

"그럼 다음에는 제 의견대로 맞춰주실 건가요?"

"물론이지."

물론은 무슨. 그 다음, 그 다음에도 내 몫이었다. 아무것도 모르는 신입 사원이 결의에 찬 얼굴로 쳐다보면, '외면하고 싶다.'고 생각한 적도 있었다. 이미 펼쳐진 상황을 불평할 것인가, 아니면 이것도 팔자소관이자 인연이라고 받아들일 것인가? 옵션은 하나뿐이었다. 불평할 시간이라도 아껴서 약속한 일정에 일을 마치자. 내가 너그럽고 포용적인 사람이어서가 결코 아니다. 기대도 실망도 적게 하고 싶었다. '안 되면 되게 하라.'보다는 '어떻게든 다 되게 되어 있다.'는 밑도 끝도 없는 자기 긍정도 한몫했던 것 같다. 누구를 데리고 와도 완벽하지는 않았을 것이다.

신입 사원으로 똘똘 뭉친 팀으로 광화문 사거리에 있는 어느 공공 기관의 비전과 전략 수립 프로젝트를 진행할 때였다. 컨설턴트 K는 말과 행동이 느렸고 새로운 일에 잘 적응하지 못했다. 생각이 많아 가끔은 딴 방향으로 빠지기도 한다. 컨설턴트의 역량을 갖추기에는 시간이 더 필요했다. 그러니 마감을 앞둔 내 속은 끓어오르는 된장찌개 같았다. 프로젝트가 시작되면서 업무 영역은 변경되고 고객은 새로운 업무 범위를 추가해달라고 끊임없이 요구했다. 합의는 쉽지 않을 것 같았다. 몇 주째 긴장된 상황이 계속되었다. 일은 매일 새벽까지 이어졌다. 어느 날 점심 식사를 하고 돌아오는 길에 고객과 마주쳤다. 한 행정관이 쏘아붙인다.

"프로젝트 매니저죠?"

"네, 식사 맛있게 하셨어요?"

"일을 그렇게 하면서 밥이 그 목구멍으로 넘어가요?"

모든 고객이 나를 쳐다보고 한바탕 시원하게 웃었다. 당혹스러운 순간이 번개처럼 지나갔다. 사건은 이미 종료되었지만 사무실로 돌아온 후에도 기분이 좋지가 않았다. 조금 있으니 K는 할 이야기가 있다며 부르더니 조용히 "그 일에 너무 마음 두지 마세요." 한다. 아주 담백하고 따뜻한 한마디였다. 그 후로 다행히 일은 잘 진행되었다. K의 일이 예전보다 훨씬 빨라지지는 않았지만, K는 항상 주변을 살피고 누구보다 섬세하게 프로젝트의 문제를 인지하고 주변 사람들에게 따뜻한 말로 지원해주었다. 그렇다면 K는 일을 못하는 팀원이었을까? 결코 그렇지 않았다. 내가 넓은 시각에서 K의 능력을 제대로 살피지 못한 것이다.

단 한 가지만이라도 괜찮은 사람

딱 집어 그때부터라고 말할 수는 없지만 함께 일하는 사람들에게서 괜찮은 한 가지를 발견하는 것은 참 반가운 일이었다. 새로운 사람을 만날 때마다 호기심이 생겼다. 팀원들은 말할 것도 없고 고객이나 업무 파트너들에게도 그런 마음이 들었다. 의외의 모습을 발견하는 재미가 있었다. 일의 성과도 뒤따라왔다. 초면의 사람들과 짧게는 몇 주에서 길게는 해를 넘기며 일을 하기에 관계의 어색함을 줄이기 위한 내 나름의 노력이기도 했다. 그 덕분에 좋은 친구, 동료, 조언자들을 만날 기회가 많았으며 스스로도 인복이 많은 사람이라고 믿는다.

상대에게 단 한 가지만이라도 괜찮은 사람이 되려고 한다. 그러면 지금의 관계를 잘 유지하면서도 또 다른 가능성을 열어둘 수가 있다. 내가 상대와의 관계에서 기대하는 한 가지다. 일은 사람이 하는 것이다. 최소한 나에게는 일 그 자체가 재미의 대상이 되지는 않았다. 학창 시절 공부가 정말 재미있다는 모범생 친구들이 도무지 이해되지 않았다. 나에게 일은 그 자체의 재미보다는 관련된 사람이나 상황이 즐거움의 원천이었다. 매번 새로운 일, 새로운 문제, 새로운 상황에서도 그다지 당황하거나 주눅들지 않는 것도 사람들과의 관계가 하루하루 건너야 할 미션이자 호기심의 대상이었기 때문이다. 덕분에 다양한 분야의 사람들이 항상 주변에 있고 풀어야 할 문제가 보이면 의견을 나눌 얼굴들이 떠오른다. 그러면 문제의 반은 이미 해결되고 있었다.

사막에는 모래 언덕과 바람만 있는 것이 아니다. 내가 건너온 사막에는 다양한 '사막 공동체'가 있었다. 미어캣들은 나보다 먼 곳을 보고 길을 알려주었다. 겉에 박힌 가시만큼 날카로운 논리를 던지는 선인장이 나를 성장시켰다. 사막여우들은 큰 귀를 쫑긋하여 내 고충을 듣고 주변을 살펴주었다. 다만 잘 보이지 않았을 뿐이다. 앞으로도 그들을 찾아내는 일은 전적으로 내 능력에 달렸다. 함께 길을 걸어갈 공동체를 만드는 것이 인생의 미션 중 하나가 되었다.

위기를 기회로 만들 줄 아는 분별력

사회생활을 하다 보면 가끔은 예상하지 못하는 상황에 부닥치게 된다. 제일 당혹스러운 것은 관계에서 위기가 올 때다. 이런 경우는 갑작스럽게 닥치거나 지속적으로 다가와 정서적 피폐함을 유발시킨다. 어떤 경우라도 견디기 쉬운 일은 아니며 어떻게 헤쳐 나가느냐가 정말 중요하다. 나도 회사에서 뒷담화의 대상이 된 적이 있었다. 동료들과의 관계에 문제가 있었던 적이 없었기에 어떻게 그 상황을 헤쳐 나가야 할지 막막하기 그지없었

다. 소문의 원천과 상황을 파악한 후 처음 떠오른 생각은 '그동안 참 운이 좋았구나.'였다. 난관은 꽤나 오래 계속되었고 발생하지 않은 일을 해명하고 교묘한 인신공격을 방어하는 일은 그야말로 도전이었다.

뒷담화를 만들어낸 당사자들이나 사실인 양 이야기하는 사람들만이 문제가 아니었다. 사람을 미워할 이유를 만들자면 셀 수 없이 많다. 더군다나 이해관계로 묶인 회사에는 그런 요소들이 곳곳에 숨어 있다. 나는 무엇보다 팀원들 사이에서 발생한 갈등에 균형을 잃은 보스에게 크게 실망했다.

무라카미 하루키도 오랫동안 뜻하지 않은 오해나 비난에 시달린 경우가 많았다고 한다. 그는 《직업으로서의 소설가職業としての小説家》에서 이렇게 말했다.

나는 그런 네거티브한 일을 맞닥뜨릴 때마다 거기에 관여한 사람들의 모습이나 언행을 세밀히 관찰하는 데 주의를 기울였습니다. 어차피 난감한 일을 겪어야 한다면 거기서 뭔가 도움이 될만한 것이라도 건져야지요.

그런 체험이 소설가로서 큰 자양분이 되었고 그런 일에서 오히려 배울 것이 많았다고 회고하고 있다. 역시 대가다운 태도다. 나는 그저 소인

배처럼 견뎌내기만 했을 뿐이었다. 관계의 위기는 어떤 상황에서든 발생할 수가 있다. 악의적인 태도를 보이는 사람들을 인지하고 이에 현명하게 대응하는 능력은 좋은 관계를 유지하는 것만큼이나 중요하다. 인생의 큰 위기는 대부분 상대와의 '관계'에서 발생한다. 본인의 의지와 상관없이 마주해야 하는 위기는 때로는 큰 내상을 동반하기도 한다.

Not all storms come to disrupt your life, some come to clear your path. (모든 폭풍우가 당신의 삶을 파괴하려고 오는 것이 아니다. 어떤 것은 당신이 가야 할 길을 청명하게 밝혀주기 위해 오는 것이다.)

얼마 전 소설가 파올로 코엘료가 그의 SNS에 올린 짧은 문장이 매우 인상 깊었다. 위기가 기회가 된다는 말이 있지만, 위기가 곧바로 기회가 되는 법은 없다. 위기에 닥치면 눈앞을 가린 막막함이 새로운 기회가 들어올 문마저 닫아버리는 경우가 많다. 기회는 수많은 시도와 실패를 거치면서 내 안의 작고 미숙한 자아와 함께 키워야 한다. 하지만 위기는 그동안 내 안에서 이미 만들어진 수많은 역량 조각들을 수면으로 끌어올려 기회로 연결해줄 닻이 되기도 한다. 위기를 헤쳐 나가는 능력이 전문가로서 거듭날 수 있는 필수 불가결한 조건이 아닐까?

사람을 연결하다

약하지만 강한 연결

대학원 시절 흥미 있게 읽은 논문이 있다. 1973년 발표된 마크 그라노베터Mark Granovetter의 〈The Strength of Weak Ties약한 관계의 힘〉에 따르면 사회적 네트워크를 이루는 세 가지 연결에는 '강한 관계, 약한 관계, 관계없음strong, weak, absent ties'이 있고, 그중 약한 관계 간에 더 많은 정보와 지식이 공유된다는 것이다. 실제로 가까운 친분 관계strong ties에서 공유된 정보들은 내부적 결속력에 의해 외부로 확산되기 어렵다는 것을 평범한 일상에서도 쉽게 경험할 수 있다. 반면 지인의 지인 혹은 SNS 등의 약한 연결 관계에서 알게 된 인맥을 통해 예상 외로 원하는 일을 성공적으로 달성하게 되는 경우가 많다. 대학원 수업에서 가장 인상 깊게 기억하는 내용인데 당시에도 막연하게 그 약하게 연결된 많은 사람들이 긍정적인 생각과 정보를 나누는 강력한 사회적 시스템을 만드는 것을 상상했다. 이러한 '약한 관계'는 공동의 목표가 분명할 경우 더 좋은 성과를 기대할 수 있으며 오늘날 우리가 지향해야 할 새로운 협력 방식이 아닌가 생각한다.

이 약하지만 강력하게 연결된 네트워크에 대한 힘이 사회적으로 어떤 힘을 발휘할 수 있을지를 실험하고 경험하는 것이 내가 인생과 일에서 지향하는 바다. 혼자라는 한계를 인정할 것, 그리고 타인과의 연결에서 더 큰 성과를 얻을 수 있다는 믿음을 통해 스스로 괜찮은 전문가가 되어가는 훈련을 하는 중이다. 십 수년간 에너지를 올인해왔던 월급을 놓았을 때의 복잡한 심경을 잘 기억하고 있다. 그 마음의 기저에는 조직을 떠나 안전하지 못한 곳에 내던져졌다는 불안감이 제일 컸다. 하지만 각자의 취약성을 인정하고 약한 연결의 힘을 믿는다면 주변 환경을 안전한 곳으로 만들 수 있는 주체가 될 수 있다.

다양한 사람들과 연결되어 일을 하다 보면 거절을 당하는 경우가 많다. 숱한 거절들에 이제는 내성이 붙을 만도 하지만 '거절당하기'는 언제나 두렵다. 그래서인지 부탁을 받으면 상대도 같은 마음일까 봐 거절을 잘 못한다. 보기와는 다르게(?) 꽤나 소심한 편인데, 이렇게 고백하면 박장대소하며 손사래를 치는 지인이 분명 나올 것이다. 아마도 직업적 특성상 다양한 분야의 사람들을 많이 알고 지내고 앞에 나서서 의견을 내는 외향적인 부분만을 봐온 것이 이유일 것이다. 어쨌든, 어떤 일을 진행하게 되면 상대에게 '거절에 대한 부담'을 주지 않으려고 애쓴다. 내가 쓰는 방법은

'거절은 언제라도 할 수 있어요. 한번 만나요.'라고 이야기하는 것이다. 실제로 일이 무산되더라도 상대에게 원망하는 마음은 전혀 들지 않으며 상대의 최선을 믿는다. 상황이 안 되었을 뿐이다. 지금이 아니면 또 다른 기회를 만들면 되겠지 하고 생각한다.

리더 말고 연결 고리가 되다

나에게는 비밀을 털어놓는 사람들이 많은 편이다. 왜 그런지는 잘 모르겠다. 학교 다닐 때부터 지금까지 고민 상담을 요청하는 친구들과 선후배들이 많았다. 성별과 나이를 불문하고 각종 진로, 연애, 인간관계, 직장 생활의 고충 등 다양한 주제로 나를 찾았다. 곰곰이 그 이유를 생각해보니 내가 '캐묻지 않는 편'이라서 그런 것이 아닐까 한다. 나는 호기심을 충족하려고 타인의 사생활을 먼저 묻지 않는다. 그래서인지 비밀을 털어놓기에 꽤 괜찮은 상대이고 그 비밀이 누설되지 않을 것이라고 생각해주는 것 같다. 간혹 같은 상황을 겪은 사람들의 서로 다른 속내를 나만 알게 되는 경우도 있다. 나는 그걸 모른척하고 잘 들으면 된다. 서로의 비밀을 지켜주는 것은 기본이다. 의견을 교환해야 할 경우가 생기면 핵심만 슬쩍 거들면 된다. 아마도 그것이 내가 다양한 분야의 '괜찮은' 전문가들을 많이 알고 연결되어 있는 비결 중 하나인 것 같다.

크고 작은 프로젝트와 팀을 이끌어왔기에 팀워크의 중요성을 잘 알고 있다. 큰 조직을 이끄는 리더들의 고충과 영향력도 곁에서 봐와서 잘 알고 있다. 몇 년 전까지만 해도 조직에 큰 영향력을 줄 수 있는 역할을 하는 것이 커리어의 가장 큰 방향이라고 믿어왔었다. 요즘에는 세대, 분야, 경험이 다양한 사람들이 만나서 이루게 될 다양성의 조화, 전문성의 공유 그리고 이런 경험의 확장을 통한 작은 전문가들의 집단 지성과 역량을 어떻게 발휘할 수 있는지에 더 많은 관심이 있다. 작은 역사들을 이루어온 개인들을 어떻게 설득하여 자연스럽게 한곳으로 모이게 할 것인가가 미션이 되었다. 그 과정에서 발생한 호기심과 새로운 생각들에 대한 대답들을 구하는 일은 매우 흥미롭다. 눈에 보이는 리더의 역할보다는 '연결 고리'가 되어 단체를 움직이게 할 수 있는 것도 참 재미있는 일이다. 그 역할을 하는 사람은 함께하는 그 사람들만큼만 평범하면 된다. 이처럼 아주 평범한 사람들의 행동으로 만들 수 있는 집단 지성은 전문가의 정의를 빌리더라도 매우 단순해서 '어디 한번 나도 시도해볼까?' 싶은 마음이 들게 한다. 전통적인 조직의 운영 원리를 뛰어넘는, 오늘날 꼭 필요한 성과 창출의 방식이 아닐까 생각된다.

대니얼 코일Daniel Coyle의《최고의 팀은 무엇이 다른가The culture code》에서 인용한 MIT의 펜틀랜드Alex Sandy Pentland 교수는 집단 지성Collective

Intelligence을 숲 속의 원숭이들의 행동 방식에 비유하고 있다.

> 열정적인 원숭이 한 마리가 다른 원숭이를 불러 모으는 신호를 보냅니다. 이내 그들은 뛰어와 뭔가를 같이하기 시작합니다. 집단 지성이 작동하는 방식이지만 대부분의 사람들은 이를 놓치기 마련이죠. (중략) 동료들이 아이디어를 제안하면 우리의 행동은 변합니다. 이것이 집단 지성이 형성되는 과정이며, 나아가 문화가 창조되는 순간인 것이죠.

성공 기준을 디자인하다

룰 정하기

'성공成功: 목적하는 바를 이룸.' 국립국어원 표준국어대사전의 정의다. 재미있는 것은 옥스퍼드 사전의 두 번째 의미다. 'The good or bad outcome of an undertaking. (어떤 일의 좋거나 나쁜 결과)'

이렇게 보니 성공이라는 단어에 타인의 가치 판단이 들어 있지 않다. 내가 목적하는 바를 정하면 된다. 이루고 난 결과는 내 몫으로 받아들이면 된다. 열심히 공부해서 좋은 대학을 나오는 것에 성공의 기준을 둘 이유도 없다. 대기업을 들어가서 언제쯤에는 반려자를 만나 서울 한복판 33평 아파트에 살게 되는 그 '소박한' 꿈을 우리 중 '어떤 이'의 성공으로 인정해주면 어떨까? 내가 성공의 여부를 결정하는 주체가 되면 항상 성공할 수 있다. 성공과 실패로 나누기보다 '결과가 그렇게 되었다.'고 이해하고 개선의 방향을 만드는 것도 좋은 방법이 된다. 물론 용기가 필요한 일이다. 담대함과 자기 확신, 평정심 등은 필수다. 그렇게 본다면 타인의 성공 기준인 부나 명예를 얻기 위해 애쓴 삶은 지금껏 견디기 쉬웠던가? 자기 주도적 성공을 위해 다음 세 가지를 이야기하고 싶다.

첫째, 새로운 가능성을 찾을 것.

둘째, 자신만의 성공 기준을 정할 것.

셋째, 삶을 대하는 방식에 재미를 더할 것.

새로운 가능성의 발견

다람지多覽智는 회사에서 운영하는 퍼스널 타임 큐레이션 서비스Personal Time Curation Service이다. 우리가 잘 아는 그 동물의 날렵함과 배려의 마음은 물론, 많이 보고 지혜를 얻어가라는 의미를 구체화했다. 아주 우연한 계기였다. 사업을 준비하던 시기에 영국에서 함께 공부한 친구들이 한국을 방문하면서 3주간의 긴 여행을 함께할 기회가 있었다. 기대에 못 미치는 성과에 좌절하던 시기이기도 했지만 딱히 무엇을 해야 할지, 뭐라도 할 수나 있을지도 몰랐던 때였다. 그런데 그 여행이 오히려 친구들과의 의미 있는 시간은 물론 새로운 비즈니스 아이디어를 함께 가져다주는 계기가 되었다. 여행 막바지에 제주도 한 숙소에서 아침식사 준비를 하는데, 호주에서 의사로 일하는 친구가 내게 제안을 했다.

"이번 여행을 아이디어로 개인 여행 서비스를 만들어보는 건 어때?"

웃으며 농담하지 말라고 손을 내저었다. 당시 계획하는 일만으로도 고민은 충분하다고 생각했다. 다른 데 마음을 둘 여유가 없었다. 친구들이 돌아간 후 생각해보니 프로페셔널들을 위한 개인화된 전문 서비스가 부족한 것은 사실이었다. 직장인은 물론 사업가, 전문 인력들의 니즈는 찾아내기도 힘들지만 쉽게 드러나지도 않는다. 게다가 개인화된 요구 사항들이 대부분이다. 대신 시간의 가치를 최대화할 수 있는 방법을 제공하면 핵심 서비스가 될 수도 있겠다고 생각했다. 두 명의 파트너들과 당장 새로운 기획을 시작했다.

회사를 다니면서 출장이 많았던 개인적인 경험도 아이디어를 구체화하는 것에 도움이 되었다. 출장을 가면 일에 대한 부담이 커서 일을 마친 후의 짧은 시간에 꼭 원하는 한 가지만이라도 하고 싶은데 마음의 여유가 없었다. 해외 출장에서는 사전에 잠시 정보를 찾는 것조차 여의치 않아 늘 시간에 허덕였지만 그 도시의 사람, 문화, 사는 방식을 알게 되는 그 시간은 출장의 또 다른 매력이었다. 내가 해외를 가더라도 필요한 서비스였다. 한국에 오는 많은 비즈니스 출장자, 전문가 그리고 사업가들이 공감할 니즈라고 판단했다. 특히 한국의 문화적 다양성, 복잡한 비즈니스 환경, 언어 소통의 어려움 때문에 외국인들에게 꼭 필요한 서비스가 될 수 있을 것이라 생각한다. 물론 최고급 비즈니스 센터나 컨시어지concierge 서비스들이 있지만 비즈니스 고객들이 본질적으로 원하는 것은 단순한 지원 서비스보다는 그들의 전문 영역이나 비즈니스에 영감을 얻을 수 있는 사람, 경험, 인사이트를 찾는 일일 것이다.

최근 몇 년 블레저Bleisure라는 단어가 해외 미디어들 사이에서도 종종 등장하고 있다. 비즈니스business와 여가leisure가 합성된 신조어인데, 프로페셔널들의 출장 니즈 변화가 반영된 흐름이라고 한다. 〈포브스〉에서 2016년 인용한 설문 조사에 따르면 응답자의 78퍼센트가 비즈니스 출장과 휴가가 연계되면 업무 수행에서 가장 큰 보상이라고 여긴다고 한다. 또한 익스피디아 미디어 솔루션Expedia Media Solutions의 2017년 연구에서는 60퍼센트 이상의 비즈니스 여행이 여가와 함께 이루어졌고, 2016년에 비해 약 40퍼센트 이상 증가되었다고 한다. 자체적으로 진행된 설문 조사에서도 해외 출장 시 약 2.3일의 휴가를 쓰며 출장지가 멀수록 길어지는 특징이 있었다. 요즘에는 워라밸work and life balance 보장과 직무만족도 제고를 위해 제도화하려는 해외 기업들도 나타나고 있다. 이렇게 통계적인 수치를 보니 아주 오래 고민해서 만들어진 서비스처럼 보일지는 모르겠으나 모든 아이디어의 시작은 '반짝'하는 그 순간에 잡아야 하는 것이 아닐까. 그 순간의 작은 아이디어에 또 다른 기회들이 그물처럼 연결되어 있을지는 아무도 모를 일이다.

'그래서 다람쥐로 얼마나 벌어?' 월급쟁이 연봉 불문율은 지키면서도 새로운 서비스를 시작했다고 하니 매출과 고객 수를 궁금해 한다. 거기에다가 '사무실은 어디야?', '직원은 몇 명이니?', '투자 계획은 어떻게 되니?' 등이 당연한 듯 뒤따르는 질문들이다. 이런 주제로 대화를 이어가다가 문득 우리 사회에는 여전히 너무 많은 '당연한 것'들이 있어 놀랐다. 사업을 하기 위해서는 번듯한 사무실과 유능한 직원들이 상주해야 하고 게다가 스타트업이라면 유명 투자자들의 러브 콜을 받거나 인수되어 한 번에 큰돈을 벌 수 있는 아이디어야 한다는 것이다. '못되더라도 구글이나 페이스북처럼 되겠다는 큰 꿈이라도 꿔야지. 그래야 평균이라도 가면서 남들처럼 사는 것 아닌가?'라고 묻는다. 성공이란 과연 그런 것인가? 타인에 의해 인정받지 못하면 존재 가치가 없는 것인가?

스스로 인정할 수 있는 기준을 세우고 그 결과를 받아들이겠다는 마음이 있으면 상황은 달라진다. 나는 사업을 하면서 최대한 몸을 가볍게 하는 것을 목표로 했다. 세계 곳곳에 있는 유능한 파트너들과 연결되어 프로젝트가 생기면 방향을 잡고 일사불란하게 움직일 것을 운영의 방향으로 잡고 있다. 수익은 심플하게 나누고 각자 하고 싶은 일과 삶의 방향을 방해하지 않는 것도 큰 지향점이다. 이것이 우리가 만든 가볍고 강한 네트워크의 그림이었다. 다양한 분야의 회사들과 협력 관계를 넓히고 조금씩 글로벌로 확대되는 것을 미션으로 삼았다. 그렇다면 매출, 사무실, 직원, 투자 모두 부족한 그 일은 성공하지 못한 것인가?

타인의 기준으로 성공을 판단하던 시대가 조금씩 변하고 있다. 여전히 다수의 생각에 비켜 살아가는 것은 조금 불안한 일이기도 하다. 끊임없는 자기 훈련을 요구하기 때문이다. 방향을 잘 잡고 감정을 잘 다스려야 한다. 타인의 조언을 받아들이면서도 본인만의 영역을 구축하는 일은 참 어렵다. 마음속으로 '나는 완전한 인간이 아니라 온전한 인간으로 살아가겠다.'는 다짐을 오늘도 매일 한다.

인생의 주인공

얼마 전 뉴욕에서 뮤지컬 배우인 한 고객이 다람지 서비스에 연락을 해왔다. 지인의 소개를 통해서였는데 내가 아주 신이 났다. 브로드웨이의 배우와 현장의 이야기를 나눌 수 있는 기회가 아닌가? 첫 이메일 답장으로 서비스는 꼭 필요할 때 쓰고 원한다면 우리 집 손님방에 묵어도 좋다는 답변을 보냈다. 지인의 친구이니 내 친구나 마찬가지라고 생각했고 그녀 역시 흔쾌히 그 호의를 받아들였다. 해외의 친한 친구를 맞을 때처럼 설레었다. 내 집에 있는 동안은 편안하게 지내길 바랐다. 사실 유학 시절부터 알고 지낸 해외의 많은 친구들이 지금 이 서비스에 대한 아이디어와 영감을 주었다고 믿기 때문에 그들이 한국에 오면 집을 내어주는 편이다.

시간이 지나면서 그녀의 요구 사항이 감당할 수 있는 범위를 넘어서기 시작했다. 아주 사소한 것은 물론이고 체류 기간 동안 추가 인원을 포함한 모든 비용을 회사에서 부담하면 브로드웨이의 지인들에게 홍보를 해주겠다는 것이다. 잠시 고민에 빠졌다. '이건 애초에 이야기되지 않은 일인데, 그래도 서비스 홍보에 도움이 되려나? 뉴욕 브로드웨이잖아. 아니지, 그래도 애초에 정한 기준에 따라 서비스를 운영하는 것이 당연하지.' 서비스가 론칭된 지 얼마 되지 않았으니 다양한 홍보 방안을 구상하는 시기인 것이 맞지만 기준 없이 흔들리는 서비스 운영 정책과 겉으로 멋있어 보이는 말에 현혹되어서는 서비스를 계속 유지할 수 없을 것이라는 생각이 들었다. 결국 그 제안은 받아들이지 않았다. 요구 사항이 무리하다고 생각되거나 잘해낼 수 있는 범위를 넘어선다고 생각하면 정중하게 거절한다. 물론 양보와 배려는 당연한 일이라고 생각하고 있지만 나와 팀이 원하지 않는 생각과 행동을 하는 것을 최대한 피하기 위해서다. 물론 좋은 기회를 놓친 것은 아닌가 하고 지금도 가끔 생각할 때도 있지만, 이때는 스스로에게 이렇게 작게 속삭이면 된다.

'나도 주인공이에요. 아주 괜찮은 내 인생에서.'

작은 전문가들의 세상

개인과 조직에게 미래를 위한 비전이 필요한 시대가 있었다. 안정적으로 발전하는 시기에는 당연히 필요한 일이었다. 그런데 한 치 앞도 모르게 된 현실에서 어떻게 5년 후, 10년 후의 미래를 예측할 수가 있겠는가? 빅 픽처를 그리느라 자원과 에너지를 쓰는 것보다 작지만 자신만의 영역을 키워 괜찮은 전문가로 살았으면 좋겠다. 지옥 같은 회사 밖 세상이나 또 다른 전쟁터 같은 회사를 경험하지 않기 위해서는 자신의 전문 영역을 찾아야 한다. 어려운 일일지라도 의미 있는 과정이라고 생각한다. 내 것이 아무리 작게 느껴져도 당당해야 하고 상대의 것이 아무리 커 보여도 부러워할 필요가 없다. 어차피 그것은 내 것이 아니다.

세상의 모든 사람들이 각자의 모습으로 살아갈 때 오히려 전체가 온전한 빛을 발할 것이라고 믿으며, 부족한 설명의 깊이를 더하고자 감명 깊이 읽은 책의 한 구절을 인용한다.

궁극적인 진리를 향해 열심히 나아가되 거기에 닿는 것은 불가능하다는 걸, 혹은 가능하다 해도 확실히 입증하는 건 불가능하다는 걸 인지하고 있어야 한다. 결국 우리 각자는 커다란 그림의 일부만 볼 수 있을 뿐이다. 의사가 한 조각, 환자가 다른 조각, 기술자가 세 번째, 경제학자가 네 번째, 진주를 캐는 잠수부가 다섯 번째, 알코올중독자가 여섯 번째, 유선방송기사가 일곱 번째, 목양업자가 여덟 번째, 인도의 거지가 아홉 번째, 목사가 열 번째 조각을 보는 것이다. 인류의 지식은 한 사람 안에 담을 수 없다. 그것은 우리가 서로 맺는 관계와 세상과 맺는 관계에서 생성되며, 결코 완성되지 않는다. 그리고 궁극적인 진리는 이 모든 지식 위 어딘가에 있다.

폴 칼라니티Paul Kalanithi의 《숨결이 바람 될 때When Breath Becomes Air》 중에서

이제 작은 전문가들의 세상이 온다. 그들은 각자의 세계에서 전문적인 지식과 경험으로 자신의 세계를 구축해온 아주 '괜찮은 전문가'들이다. 나도 그렇고, 당신도 그렇다.

★

이타카로
가는
길

예술가 되기와 예술가로 살아가기

윤 석 원

이 글을 쓴 윤석원은 대학에서
커뮤니케이션디자인을,
대학원에서 현대미술을
전공했다. 2010년 첫 개인전
이후 회화를 중심으로 작업을
이어가고 있다. 작게는 마른
식물에서 넓게는 역사 속
장면들까지도 작업의 소재로
다루며, 생명이 있는 것들이
나고 지는 과정에서 품었을
다음 세대를 위한 긍정과
그 한계들을 어떻게 담아낼지
고민하고 있다.

불편한 시선들

자긍심보다는 뻔뻔함

사람 쓰기 힘든 일요일이나 품을 두 개 넣긴 많고 한 개 넣긴 애매할 때 아
버지를 쫓아 잡부로 따라나선다. 신축 현장은 아니고 주로 개보수 현장이
다. 오래된 아파트나 학교, 지하 주차장의 형광등을 LED 등이나 센서 등
으로 교체하는 일이 많다.

    "사람은 기술이 있어야 해, 그래야 남 눈치도 볼 일도 없고, 늙어서도
일할 수 있어."

    환갑, 진갑을 한참 지나 칠순을 바라보고 있는 아버지가 툭하면 내
게 던지시는 얘기다. 아버지는 농고 졸업 뒤 상경해 전화기 공장에서 일하
다가 훈련소 사단장 전화기를 고치고는 (실은 수리 방법을 몰라 일하던 공장에
연락해 새 전화로 바꿔주고는) 소총수에서 통신병이 되셨다. 이후 집에서 도란
스(트랜스, 변압기)를 만들어 청계천 거래처 등에 납품하시다가 내가 중학

교 2학년이 되던 해 IMF 외환위기를 맞았다. 배운 게 도둑질이라 전기공사 현장에 다니기 시작했고, 이제는 기술 무르익은 20년차 베테랑이 되셨다. 작은 체구의 아버지는 천정 닥트에 몸을 구겨 넣거나 전신주를 타시는 일이 잦다. 사다리에 올라 간단히 조명을 달거나 재료와 장비를 챙기고 정리하는 일만 하려드는 내게 아버지는 자꾸 스위치 박스나 콘센트 배선 접지법 등을 알려주며 배워두면 평생 쓸 수 있다고, 지금도 늦지 않았으니 따라다니며 제대로 익혀보라 하신다.

"전기는 도배만큼은 아니지만 그래도 노가다 중에 조적組積이나 철근, 목수보다는 훨씬 양반이고 기술만 좋으면 대접도 잘 받아."

"그림 그리는 것도 다 기술이에요."

매번 소심하게 쏘아붙이듯 답하며 잡부 품삯에 살짝 더 보태 건네주시는 일당을 챙긴다. 디지털 시대가 도래한 지 오래지만 여전히 전기의 힘은 절대적이고 그만큼 아버지의 자긍심은 대단하다.

그렇다고 내가 그림 그리는 것을 반대하시는 건 또 아니다. 으레 어른들이 그러시듯 배고픈 직업이니 다만 밥벌이할 방책도 함께 마련하라는 걱정인 걸 안다. 작업실 이사나 전시장에 배선 따야 할 일이 있을 땐 시간 내서 도와주고 어머니보다는 그림에 관심 있는 편이라 개인전은 꼭 보러 와서는 한 말씀씩 거들기도 하신다.

"네가 그래도 나 닮아 그런지 손재주가 없지는 않은 것 같네."

최근 어느 국내 유명 작가의 2018년 상반기 경매 낙찰 총액이 52억 원이라는 뉴스를 보며, 어머니는 저 사람 누군데 저렇게 그림값이 비싸냐며 좋겠다고 하신다.

"저분 한참 전에 작고했고 와이프도 돌아가셔서 그림 가지고 있는 사람들이 돈 버는 거지, 작가와는 아무 상관없어요."

시큰둥하게 답하며 물론 살아 있을 때도 유명했다고 말을 얹는다. 대학 졸업 뒤 작가가 되겠다고 말씀드렸을 때 부모님은 말할 것도 없고 누나들 역시 내게 쓴소리를 많이 했었다.

"네가 아주 세상 물정 몰라 환상에 젖어 있구만."

가까이에 작업하는 친한 친구도 없었고, 딱히 하소연할 곳도 없어 분한 마음에 이불을 싸매고 울기도 여러 번 했다. 급기야 어디 다치거나 병이 나서 가족들에게 내가 그림이라도 그리는 게 다행이라는 소리를 들었으면 좋겠다는 철없고 한심스런 생각을 한 적도 있었다. 옛말 틀린 게 없다고 예술은 배가 고픈 일이라고, 막상 지내다 보면 하고 싶은 일을 택했으니 회사 다니며 가정 꾸리는 주변 친구들처럼 살 수는 없는 노릇이라 여기며 감내해야 할 일이 많다. 그래도 시대가 시대고 아직 부모님께 얹혀 사는 모양새라 솔직히 당장 밥 굶거나 물감 살 돈이 없어 그림을 못 그리고 있지는 않다. 조금 남아 있는 이 뻔뻔스러운 마음이 다 사라지기 전에 어서 독립을 해야 한다.

그래도 쉽지 않은 일

예술가에 대한 인식도 많이 달라지고, 전시 공간은 물론 지원 제도들도 개선되고 있다. 한국전쟁이 끝나고 서울에 전시장이라 할만한 곳은 백화점 내 갤러리나 공보관 몇 곳이 전부라, 명동 일대 온갖 예술가들의 아지트였던 다방에서 전시들을 했다는 전설 같은 얘기를 들은 적이 있다. 근 몇 년 동안 작가들 스스로 만들어 운영하는 자생 공간이나 비영리 대안 공간이 활발히 생겨났고 기업들 역시 메세나 활동으로 미술관을 짓거나 작가들에게 창작 공간을 제공하는 프로그램을 운영하며 공모를 여는 등 지원을 늘리고 있다. 또 전국적으로 각 지자체 역시 지역 이름이나 지역 출신의 유명 작가 이름을 내건 레지던시나 전시 공간을 열고 있다. 현재 서울 시내만 갤러리 및 대안 공간은 약 1천여 곳에 이른다. 기존의 갤러리나 딜러들을 통한 판매 방식 말고도 온라인을 통해 작품을 홍보하고 판매/대여하는 것은 물론, 작품을 에디션이 있는 디지털 판화로 제작하거나 작품 관련 파생 상품을 굿즈로 만드는 등 새로운 수익 구조들이 다양하게 생겨나고 있다.

2011년 시나리오작가 최고은 씨가 지병과 생활고로 숨진 뒤 '예술인복지법'이 만들어졌고, 예술인들의 직업적 지위와 권리를 법으로 보호하고, 복지 지원을 통해 창작 활동을 증진시킬 목적으로 한국예술인복지

재단이 설립됐다. 예술인 패스 발급, 표준계약서 보급, 창작지원금은 물론 산재보험이나 일반 심리 상담과 성폭력 피해 신고 상담까지 지원하고 있다.

　　다양한 제도적 지원과 개선 노력에도 불구하고 여전히 어려움은 있다. 갤러리는 많지만 대부분 일주일 전시에 수백만 원을 상회하는 대관비용을 치러야 하고, 다수의 실험 공간들의 경우 접근성이 떨어져 작가들이나 일부 관계자들만 찾는 실정이기도 하다. 전시장이나 레지던시도 위치나 시설, 지원 수준에 따라 암묵적으로 서열화되어 있다. 다양한 형태의 전시 공모와 창작지원금을 받기 위해서 그 다양한 형태만큼의 제각기 다른 기준의 포트폴리오와 절차를 밟아야 하며 그마저도 경쟁이 치열해 재수, 삼수는 기본이다. 여느 청년들의 취업기가 그렇겠지만, 작가들의 다양한 공모 지원과 낙방의 무한 반복은 취업이라는 분기점도 없기에 다만 1년 단위로 비슷한 과정을 거듭하며, 작가로서 내실을 다지며 성장하기보다는 자칫 스펙 쌓기로 주객전도될 위험이 짙다. 어렵게 선정됐다 하더라도 해당 기관이나 지역에서 원하는 내용이나 방식의 성과 보고전을 요구받거나, 크게 지어진 공간을 가성비 좋게 채워야 하거나, 사회에 대한 비판적 시각을 가진 작업들은 검열 아닌 검열에 놓이기도 한다. 교육부 대학평가지표 역시 미술대학 졸업자들의 4대 보험 가입이 가능한 직장 취업률이나 전시 횟수 등 산술적으로 계산되는 항목들을 엮어 순위에 밀린 곳을 없애거나 통폐합시켜버렸다. 최소 2, 3년에서 길면 7, 8년 이상 입시에 돈과 공을 들여야 하고 등록금도 의대나 수의과대학보다 높은 축에 속하는 미대지만 졸업 후 눈에 띄는 성과를 내기 전까지는 사회적으로 집계되기 어려운 투명인간이 되어버려 작가를 지망하는 많은 졸업생들은 별다른 선택지 없이 대학원에 진학하는 경우가 대부분이다.

실상 정말 지원금이 필요한 작가들은 아르바이트를 하느라 지원금 신청에 엄두를 내지 못하는 경우도 있고, 위장 전입으로 지역 지원금을 신청하거나 혹은 시골로 이사해 영농 정착 지원금을 받아 몰래 작업을 이어가는 이들도 있다. 지난해는 창작 지원금 선정 기준을 선착순으로 한다는 소식에 마치 수강 신청의 승부사들처럼 작가들이 일시에 복지재단에 접속해 서버가 다운됐다. 그럼에도 많은 작가들은 앉은 자리에서 컵라면 등으로 끼니를 때우며 서버 복구를 기다리며 오랜 시간 동안 화면 앞을 떠나지 못했다. 작가 되기가 예전보다 쉬워졌다지만 작가로 살아가기란 여전히 녹록치 않다.

미술 생태계

"엄마한테 얘기는 하고 왔니?"

　　대학원 면접 첫 질문이었다. 스물일곱 먹고 대학원 면접에서 들을 말은 아니라서 잠시 머리가 멍했다. 지금 생각해보면 그럴 만도 한 게 시각디자인과를 갓 졸업하고, 딱히 회화 작업이라 할 수도 없을만한 습작들을 모아, 또 나름 정성은 들인다고 수제본으로 양장 하드커버를 만들고 스텐실로 이름을 새겨 포트폴리오를 냈고(그냥 깔끔한 클리어 파일에 꺼서 내면 되는 것을), 응시자들 중엔 유일하게 양복을 입고 왔으니 면접관 눈에 내가 얼마나 어리바리해 보였을까 싶다. 다른 응시생들을 보며 속으로 복장 규정에 정장 착용 금지가 있는 건가 하고 생각했다. 임용고시 낙방 후 깔끔하게 마음을 접고 그림을 택했다. 취미 화실 강사로 일하며 대학원을 준비했다. 마침 다녔던 대학에 현대미술과 대학원이 생긴 걸 알았다. 집에서 자전거로 15분, 시설도 새 것일 테고, 다니던 학교라 편한 것도 있고, 좋아하는 작가가 (내게 그 질문을 던진) 교수로 재직하고 있으니 더 고민할 것도 없었다. 선배라 할만한 사람들이 없는 것도 마음에 들었다.

　　예술가라는 직업이 미래가 불안하다고는 하지만, 미래는 둘째 치고 눈앞 상황 파악도 못하고 대학원에 들어갔다. 뭐랄까, 자기가 하려는 운동이 어떤 종목인지도 모르고 무작정 달리기 연습만 한 채 운동부에 들어가려 문을 두드린 꼴이었다. 막상 입학을 하니 전공은 동양화, 서양화, 조소가 아니라 평면, 입체, 미디어로 나뉘어 있었다. 수업도 역시 작가 연구나 현장 연구는 물론, 태도와 개념으로서의 현대미술, 장소와 맥락, 사운드 스케이프와 공간, 실상과 허상, 생태로서의 환경, 대안적 미디어, 현대미술과 철학/기호학/심리학/사회학/건축, 시뮬레이션의 역사와 상호작용 매체 등 이게 다 뭔가 싶었다. 그림을 뺀 나머지 모든 것을 배우는 것만 같았다. 대학원 진학에 반대하시던 아버지를 설득하겠다고 70세까지의 인생 타임라인을 그려가며 브리핑을 했던 장면이 떠오르며 사람이 무식하면 용감하구나 싶었다.

　　현대미술의 어법을 배우고 미술 생태계를 파악해야 했다. '예술제도론Institutional Theory of Art'은 미국의 미학자 조지 디키George Dickie가 과거 모방론, 표현론, 형식론 등에 기대 내려졌던 예술 정의의 한계를 극복하고자 만든 개념이다. 예술 작품이란 작품 자체에서 그 고유한 의미가 독자적으로 발현되기보다 '예술계'에 의해 그 대상(작품)에 부여된 특별한 종류의 '사회적 지위'에 의해 인정된다는 것이다. 예술계란, 작가는 물론 관객, 비평가, 미술관장, 기자, 딜러, 컬렉터 등의 사람들과 학력, 미술상, 아티스트 레지던시, 전시 이력, 평론, 판매, 경매, 전시, 관람 등 미술과 연계된 모든 시스템을 아우른다. 골방에 박혀 혼자 그리면 되는 시절은 진즉에 끝났다.

때마침 매일같이 드나들던 미술 관련 사이트에 공지가 올라왔다. '미술사 스터디 멤버를 찾습니다.' 유학 준비생, 전공을 바꿔 이론 대학원에 다니는 원생, 예술경영 전공자, 회화는 물론 뉴미디어를 다루는 작가, 애니메이터 등이 모였다. 서로 책을 추천하고 분량을 나눠 매주 돌아가며 발제 담당자가 요약 발표한 뒤 질문을 던졌다. 서양미술사는 물론 동서양역사, 대중문화사, 다양한 현대철학과 미학 이론들도 공부했다. 스터디룸 비용을 아끼려 ECC(이화여대)나 홍문관(홍익대) 휴게실 등에서 자주 모였다. 함께 전시를 보거나 무료 강연, 다큐 영상 등을 구하면 돌려봤다. 멤버가 빠지면 다단계 판매원을 늘리듯 주변 인물로 충원했다. 헐거운 관계 같았지만 자발적으로 모인 사람들이라 참여도가 남달랐고 학교와 책에서는 알 수 없었던 경험을 했다.

실시간 길 찾기

'하루하루는 성실하게 살고 싶고, 인생 전체는 되는 대로 살고 싶다.' 영화 평론가 이동진이 이런 말을 했었다. 나도 가끔 도봉산을 오를 때면 자운봉을 목표로 하고 길을 나서지만 정작 산행이 시작되면 발아래 있는 작은 돌부리 하나, 젖은 낙엽 하나를 조심히 살피며 걸을 수밖에 없다는 것을 새삼 깨닫는다. 작가가 되겠다는 막연함과, 회화를 전공하지 않았다는 조급함에 도움이 되겠다 싶은 일들을 닥치는 대로 했다. 스터디는 물론 당시 할 수 있었던 거의 유일한 공식 외부 전시였던, 아시아의 대학생과 청년 작가들의 미술 축제인 아시아프ASYAAF에도 팔리지는 않더라도 꾸준히 그림을 냈다. 여러 신진 작가 공모에 계속 응모했다. 우리나라 최대 규모의 국제 아트페어인 키아프KIAF에 간식을 싸서 몇 시간씩 보고 다니며 갤러리들의 동향을 살폈다. 처음에는 거대한 박람회장 안에서 길을 잃고 헤매기도 했으나 해가 갈수록 관람 시간이 줄었다. 쇼핑을 많이 하다 보면 쇼윈도만 봐도 편집숍 주인의 취향을 바로 알 수 있듯 수백 개의 갤러리 부스에 다 들어가 보지 않고도 갤러리 성향이 파악되고 내가 선호하는 것들도 추려졌다. 대학원 졸업 전후로는 포트폴리오를 따로 만들어 방문판매원처럼 눈여겨보던 갤러리에 돌렸다.

시장조사, 작품 가격 선정, 노출과 판매, 미술계 내 이슈와 동향 파악 등 바깥의 얘기들도 알아야 했지만 정작 가장 중요한 것은 나를 아는 일이었다. 무엇을 그려야 할지 혹은 그리지 말아야 할지, 내가 무엇에 마음을 움직이는지. 학교를 다닐 때는 다양한 시도와 실패가 용인됐다. 다뤄보지 않던 재료들을 만지고, 입체 작업을 하거나 퍼포먼스도 했고, 영상물을 제작해보며 나의 작업 취향이 무엇인지 파악했다. 세상이 다채로워진 만큼 예술의 범주도 확장되었고 예술로 승인되는 종류의 작업들도 셀 수 없이 많아졌다. 내가 양말공장 사장이 될 것인지, 구두 장인이 될 것인지, 전화기를 팔 것인지, 부동산을 팔 것인지, 대하소설을 쓸 것인지, 광고 카피를 쓰고 싶은 것인지를 알아야 했다. 작업은 작업대로 이어가면서도 작가 이력서의 스펙을 골고루 채워야 했다.

당장 신경 써야 할 미술 현장은 크게 세 가지였다. 시장 자본이 주를 이루는 아트마켓과 학교/미술관/레지던시와 같이 학술적 토대와 공적 자금을 기반으로 한 곳, 그리고 주로 SNS를 기반으로 운영되고 그 활동이 인증되는 젊은 작가와 기획자들이 만들어내는 자생적 활동장이었다. 그 사이에 작가와 평론가, 컬렉터와 딜러, 갤러리스트, 교수, 학예사, 독립 기획자, 공무원 그리고 사기꾼들이 있었다. 이 세 가지 축은 서로 긴밀하고도 은밀히 영향을 주고받으며 돌아가고, 각각의 축 안에서도 지역 조폭들이 그렇듯 서로 섞이지 않는 고유한 영역이 존재한다. 음식들이 한상에 차려져 다 같은 먹거리로 보이지만 제 성질에 맞는 그릇들에 각기다 따로 담겨 있는 것같이 각 구역을 차지하고 있는 존재들이 욕망하는 바와 추구하는 가치들은 확연히 달랐다. 밥상에서야 비빔밥이 가능하겠지만 미술판에서의 비빔밥은 죽도 밥도 안 되기에 서로 추구하고자 하는 바를 분명히 알아야 했다.

모든 업계가 그렇겠지만 작가는 변화하는 시대와 사회 환경을 더더욱 예민하게 살펴야 한다. 사회 변화에 발 빠르게 맞춰 변화하거나 시의에 맞게 목소리를 내기 위해서가 아니다. 자신의 신념에 따라 추구하려는 방향으로 오래도록 작업을 끌고 나가려면 변화의 내용과 속성을 파악하고 그것들로부터 자기가 하려는 것의 의미가 꾸준히 유효할 수 있게 방책을 강구하며 조율해야 하기 때문이다. 작업을 해나가는 일은 차량 운전보다는 항해술에 더 가깝다.

자발적 곤궁

재능 아닌 재능

"선생님, 그림은 언제 그리세요? 영감이 와야 그리는 거 아니에요?"

"그러면 굶어 죽어요."

한 날은 그림을 봐주다 수강생이 묻기에 답했다. 지금 내가 그림을 그려 얻는 수익 리듬은 공산품의 생산보다는, 농사짓는 일을 더 닮았다. 물론 작가마다 제작 규모나 유통 경로 확보 차이에 의해 공산품 납품에 더 가까운 이들도 있겠지만, 아직 나는 후자 쪽이거나 때로는 교육사업과도 비슷한 거 아닌가 한다. 대학원 졸업 후 출품 연령 제한으로 아시아프에 마지막으로 참여하던 해, 처음으로 그림을 팔게 됐고 그 계기로 한 갤러리와 연을 맺으며 작업을 이어오고 있다. 예전보다 상대적으로 상황이 많이 나아졌다. 개인전은 물론 아트페어 등에 출품해 1년에 몇 차례 작품 판매 기회를 갖기도 하고 드물기는 하지만 제법 눈에 띌만한 성과도 없지 않아 전처럼 마냥 막막하고 절망적이지는 않다. 전엔 작업하다 때려치우면 무엇을 할까 생각하며 화실을 하거나 가구 만드는 일들 해야겠구나 하고 수시로 비장함을 다졌었다. 그래도 농사일이 그렇듯 이렇게 생기는 수입으로는 안정된 생활을 이어 나가기가 힘들어 돈 될만한 공모전에 출품도 하고, 대학원을 들어가던 해부터 지금까지 그림 가르치는 일을 주업 같은 부업으로 삼고 있다.

"죄송하지만 이번 학기는 정원 미달로 폐강해야 할 것 같아요."

지금까지 4년을 꼬박 채워 맡고 있는 취미 미술 수업이 처음 개강하고 얼마 안 됐을 때 폐강 위기를 맞은 적이 있었다. 정원 20명에 3개월 단위 개강, 주 1회 2시간, 평일 저녁에 진행하는 기초 드로잉 수업이었다. 수익은 수강 인원수에 비례해 아카데미와 내가 4대 6으로 나눈다. 나는 강의와 수강생 관리를, 아카데미는 공간과 교보재 등 시설을 제공하고 접수와 환불, 공지 등 행정 업무를 담당한다. 정원의 과반 이상 등록되지 않을 경우 폐강한다는 규정이 있다.

미술 관련 사이트와 카페 게시판에 홍보 글을 올리고, 페이스북과 인스타그램 수업용 계정을 팠다. 혹시나 하고 전에 일하던 화실 학생들에게도 문자를 돌렸다. 수업하는 곳이 아카데미라는 이름을 가지고 있기도 하고 나 역시 원 데이 클래스나 체험 위주의 수업보다는 기초를 튼실하게 가르치는 수업을 지향하고 있었는데 학생들이 줄면서 내가 하고 있는 수업 방식이 과연 옳은 것인가에 대한 의심마저 들었다. 하루 만에 그려낼 수 있는 간단한 수업 커리큘럼을 마련하기도 하고 또 회원들 간에 친목을 도모하면 나아지려나 싶어 서로 소개도 시켜주고, 회식을 하는 등 애를 썼다. 차도는 없었다. 등록 인원은 여전히 아슬아슬했고, 안 하던 짓을 하려니 스트레스도 늘어 작업에도 집중하기가 힘들 지경이었다. 결국 수업 시간을 30분 늘리는 조건으로 정원을 줄이고 내가 잘할 수 있는 방식에 더 집중했다. 소묘가 체질에 맞지 않은 사람들은 한 학기를 못 채우고 환불하기도 했지만, 시간이 지나며 기본기가 잘 다져진 회원들은 난이도를 높이며 계속 수강했다. 몇 학기가 지나자 일부는 수채나 유화를 다뤄도 될 정도가 됐고 수강생들도 늘어 수업이 안정되어 갔다.

"수강 신청 정원이 마감되어 기존 회원들이 신청 못하고 있어요."

심화반을 추가 개설했고, 다른 강의를 듣고 있던 수강생들 중 기초를 더 다지려는 사람들이 찾아왔다. 올여름 두 반 모두 정원이 또 초과되어 수업 정원을 다시 20명으로 늘렸다.

돈보다 비싼 시간

나 역시 배운 게 도둑질이라고 대학 들어가던 해부터 입시미술학원에서 일했다. 대학 미술동아리와 군 시절 미술동호회에서도 가르쳤다. 이후 고등학교 교사미술회와 방과 후 수업, 취미 화실, 디자인 연구소, 방문 지도, 개인 과외, 대기업 임직원 대상 사외강사 등으로 일했다. 잠깐 아동미술학원에서도 일해봤고, 보수 높은 입시학원을 다녀볼까 하는 유혹도 느꼈다. 아동 미술은 기가 빨려서, 입시는 심적 부담감에 할 수가 없었다. 청년 취업난, 일자리 부족, 기업 투자 위축, 저성장 등등 나라 안팎으로 살기 힘들다고 하지만 솔직히 그러려니 싶다. 나야 언제나 불황이다. 상황이 조금 나아지긴 했지만 불규칙하고 단발적인 수입 증가로는 안정성 마련이 어렵다. 대학원생 수준의 지출을 유지하려 하고 있다. 지금도 작품 제작에 필요한 비용은 늘리되 그밖에 생활비는 가급적 줄이려 한다. 졸업 후 작업실을 꾸려나가기 위해서 아르바이트를 더 늘렸다. 고용 안정성이 없는 일들이라 수입 창구를 다변화해야만 한 가지 일이 끊겨도 타격이 적었다. 또 하는 일들에 시간적 유연성 있어야 불규칙한 일정 변화에 따라 탄력적으로 조절하는 것도 가능했다.

한번은 수업을 여러 개 하던 중 그림도 좀 팔려 잠시나마 대기업 다니는 친구들만큼 돈을 만져본 때가 있었다. 돈이 좀 생기니 그동안 술 얻어먹었던 생각도 많이 나며, 옷도 좀 사 입고, 안 다니던 결혼식도 가고, 여기저기 모임에 얼굴을 드밀고, 일부러 사람들을 만나고 돈을 쓰러 다녔다. 돈을 벌기에도 쓰기에도 시간이 드니 작업을 거의 못했다. 수입을 늘리는 만큼 수입을 동결하는 일도 중요했다. 사실 돈을 벌자고 마음먹으면 왜 못 벌겠냐는 생각도 없지는 않다. 그림 그리는 것도, 가르치는 것도 기술이니 수요가 많고 반응이 즉각적인 곳으로의 방향 전환을 꾀하면 될 것인데, 그림을 하고 싶은 것이지 그림을 이용해 당장 돈을 벌고 싶은 것은 아니다. 돈을 버는 일보다 당장은 시간 버는 일이 더 중하다. 작업을 위한 절대 시간이 절실하다. 소설가 김영하가 어떤 강연에서 이렇게 말했다. '뮤즈가 찾아와 영감을 주려고 해도 작가 출퇴근 시간을 알아야 맞춰올 수 있다.'

지금은 전에 비해 일을 줄였고 필요한 지출만큼만 벌고, 가급적 번 만큼만 쓰려 노력 중이다. 상황이 허락할 땐 시간과 에너지를 크게 더 들이지 않는 선에서 단기 아르바이트를 한다. 작가가 가난하게 살아야 할 이유는 없지만 남들 하고 사는 것만큼 다 누리자면 그만큼 벌어야 하고 또 고생해 번 만큼 쓰고 다니려는 게 사람 마음이다.

취존-캐릭터와 퀄리티

어머니는 내 그림엔 별 관심이 없고 일주일에 두 번 나가는 거의 유일한 사회/경제 활동인 드로잉 수업에 더 관심이 많으시다. 학기가 바뀔 때마다 이번엔 수강생이 얼마나 있냐고 꼬박꼬박 물어보신다. 최근엔 정원을 늘렸다 말씀드렸다. 크고 작은 주방에서 20년 넘게 조리사로 근무하고 있는 어머니는 '밥장사를 해도 한자리에서 최소 3년을 꾸준하게 품질을 유지해야 진짜 단골이 생기는 법'이라며 '이제 좀 자리가 잡히는가 보다.' 하고 말씀하셨다.

생각해보면 아카데미 수업 초기에는 내게 무슨 강점이 있는지 잘 몰랐던 것 같다. 학생이 빠져나갈 때면 그 사람 나름의 사정은 생각도 않고 내가 뭘 잘못해서 그런가 싶어 수업에 온전히 집중을 못한 때도 있었다. 지금은 신규 학생이 들어와도 쓸데없이 말을 걸며 호구조사를 하거나 기존 수강생과 소개해주려 하지도 않는다. 애써 분위기를 밝게 하려 노력하지도 않고, 수업 때 트는 음악도 내가 평소에 듣던 라디오 채널을 그대로 틀어놓는다. 몇 년째 함께 수업을 하지만 직업이 뭔지, 집이 어딘지도 모르는 회원들이 많다. 대부분은 와서 그림만 그리고 간다. 사람들과 친해지고 싶은 이들도 있겠지만 어떤 이들은 관계 맺기가 가져오는 스트레스를 피하고 싶어 한다.

못하는 걸 억지로 하려 들기보다 잘 하는 걸 열심히 하는 게 낫다. 작업도 그렇지만 수업 역시 내가 가진 가치관에 맞는 방향을 꾸준히 유지하다 보면 생각과 결을 같이하는 사람들을 만나게 된다. 나는 '그림 그리는 자신을 좋아하는 사람'보다는 '그림을 좋아하는 사람'과 더 취향이 맞다.

내가 만드는 항로

결핍을 동력으로

"너 비실기로 들어왔냐?"

    디자인 학부라고는 했지만 1학년 때는 손으로 하는 과제들이 많았고, 어린 시절부터 일찌감치 그림을 그려오던 친구들을 따라가기 어려웠다. 누구는 나더러 성적으로 들어왔냐, 또 누구는 여자와 아이는 그리지 말라 놀렸다. 여자를 그리면 남자 같아 보였고, 아이를 그리면 나이 들어 나왔다. 월드컵 4강 신화 열기가 가득하던 그해, 창고로 쓰던 옥탑에 책상을 놓고 잭 햄Jack Ham의 《인체 드로잉 해법》을 사다가 무작정 베꼈다.

    고1 가을 축제 때 만난, 미대 입시를 준비하던 여학생의 '지금 시작해도 늦지 않는다.'는 말에 혹해 그 친구를 따라 미술학원에 다녔다. 수시 두 곳과 정시 가, 나군에 다 떨어졌다. 그림을 접기로 하고 재수종합문과반에 등록했다. 어머니는 가서 다군 시험만 보고 오라 하셨다. 덜 말리고 나온

머리카락이 얼어붙던 그날, 생전 처음 그려보는 고개 숙인 비너스 앞에서
같이 고개를 숙였다. 4시간짜리 시험에 3시간 반도 채우지 않고 나왔다.
주변에서 하나같이 시간 다 채워 석고를 또 까맣게 태우듯 그렸으면 떨어
졌을 거라 했다.

군 생활 중 주 5일 근무가 시범 실시되며 동아리 활동이 생겼다. 운
동 싫어하는 사람들을 중심으로 미술동아리를 만들어 운영하고, 개인 정
비 시간에는 잡지 떼기를 했다. (그림 연습법 중 하나로 잡지 한 권에 나오는 모든
이미지들을 따라 그린다.) 전역 후 미술관에 딸린 커피숍에서 일하며 전시가
없을 때는 그림을 걸고 떼고, 사다리를 타고, 벽을 칠하고, 수장고 정리를
도왔다. 많은 그림들을 보며 그림이 더 고파졌다. 일하며 알게 된 작가들
에게 습작을 보이며 조언을 구했다. 스스로의 재능 여부에 관한 고민보다
는 노력하면 시간이 걸리더라도 조금은 나아질 것이라는 막연한 믿음이
있었다. 문법 모르고 단어만 외워도 영어 점수가 조금은 올랐던 생각을 했
다. 계속 취미 화실을 다니며 한국화를 비롯해 여러 그림을 배웠다.

"얼마나 그려야 사람을 잘 그릴 수 있을까요?"

화실 선생님은 이렇게 답했다.

"그린 그림들을 네 키만큼 쌓아봐."

합정역 우만연(우리만화연대) 드로잉 워크숍에도 나가고, 크로키북을
들고 지하철 2호선에서 엉덩이에 땀이 차도록 앉아 몇 시간씩 돌며 사람

들을 그렸다. 찜질방에 들어가 널브러진 이들을 먼발치에서 몰래 그리다 걸려 그림이 찢긴 적도 있다. 복학해서 현대미술과 수업을 듣고 학점교류 생으로 홍익대 회화과에 한 학기를 다녔다. 실기실 한켠을 내주고 텃새 없이 챙겨주던 친구들과 수업 반장 조건으로 오전/오후 누드 크로키 수업을 듣게 챙겨줬던 선생님이 있었다. 많은 작가들이 자신의 결핍으로부터 작업의 동인을 얻고는 한다. 작업의 동력이 무엇이냐는 질문에 그림 그리기 자체가 동력이 된다고 답한다. 현대미술을 감싼 화려한 수식들이 많지만 내 작업의 근원에는 그리는 일 그 자체가 핵처럼 들어 있다.

내 안의 불꽃 꺼뜨리지 않기

졸업 후 무얼 그려야 할지 막막했다. 학생 때야 캔버스에 물감이라도 발라만 가도 욕이라도 해주는 사람이 있었지만, 혼자 작업을 하면서는 그리라는 사람도, 무얼 그리라는 사람도 없었다. 모두가 그렇지는 않았지만 많은 교/강사들은 사회 이슈나 현대철학 담론들을 선명하게 보여주는 작업을 선호했고, 나 역시 작업에 어떤 이즘ism이나 주장을 담아야 하는 것이라 착각했었다. 혼자 지내며 그러한 것들이 진짜 내가 하고 싶은 얘기들인지 회의가 들었다. 학교를 다니며 어떤 일관된 주제나 기법을 꾸준히 다뤄온 것이 아니라 기준이 될만한 것도 번복할만한 것도 없었다. 성과가 아니라 당장 걸어갈 길이 필요했다.

옆에서 뭐라 하는 이도 없기에 '기억과 감정의 삼부작'이라는 이름을 짓고 계획을 세웠다. (좋아하던 박찬욱 감독의 '복수 삼부작'이나 폴 오스터Paul Auster의 〈뉴욕 삼부작〉에서 이름을 따왔다.)그간 다뤘던 작업의 소재들이 아니라 그것들을 바라보는 내 시선에 초점을 맞췄다. 과거, 현재, 대과거의 인상들이 지금 이 순간 어떻게 편집/각색되어 내게 존재하는지를 알아보고자 했다. '미뤄진 것들', '자라나는 것들', '만난 적 없는 것들' 세 가지로 나눠 오래전 갔었던 여행지에서의 기억, 현재 일상에서 인상, 내가 태어날 즈음이나 너무 어려 기억하지 못하는 일 등 평소 그리고 싶었던 소재부터 시작해 개인전을 준비했다. 당장 전시 공간이 잡힌 것도, 기금을 받은 것도 아니었지만 계획만으로도 기운이 났다. 2012년에 계획해 2016년까지 세 번 전시를 치러 마무리했다.

처음에는 남들 앞에서 혼자 지은 이름을 내뱉기가 멋쩍었다. 그래도 작업 설명을 하려니 할 말이 필요했고, 뱉은 말이 있어서 또 작업은 이어나가야 했다. 이후 평론에도 그 이름이 들어가고 보도 자료에도 쓰이며 진짜 그 연작의 이름으로 불려졌다. 지금은 작업의 내용과 방향이 달라졌지만 삼부작으로 진행한 세 번의 개인전은 스스로 만든 '비빌 언덕'이 됐다. 흔히들 작가란 전에 없이 색다르고, 풍부한 경험을 통해 얻은 소재로 예술 작품을 만들어낸다고들 믿는다. 물론 그런 경우도 있겠지만, 비근한 일상과 비록 곤궁할지라도 우리 삶이 가진 켜들 사이에서 감각의 날을 세워 의미를 찾아낼 줄 모른다면 아무리 낯설고 거대한 소재를 다룬다 한들 좋은 작업을 만들어내는 데 한계가 있을 테다. GPS 네비게이션이 나오고 스트리트 뷰 서비스가 되는 세상이지만 작업을 해나가는 일에는 딱히 지도가 없다. 일단 점을 하나 찍으면 위치가 생기고 두 개를 찍으면 방향성이, 세 개째부터는 경로가 만들어진다.

옛말에 티끌 모아 태산이라 했지만 요새는 티끌은 모아봐야 티끌이라 한다. 개별성을 지닌 서로 다른 작은 성과들을 모은다고 큰 성과가 되지는 않는다. 하지만 집중할 것은 티끌이 아니라 그것을 모으는 과정에 있다. 작은 성과들을 내는 동안 쌓은 경험과 성취감을 이용해 더 규모 있고 고된 일에 도전할 수 있는 동력으로 삼아야 한다. 작업을 하다 보면 많은 관심을 받고, 여기저기 불려 다니며 활발히 활동하는 시기가 있는 반면 그렇지 못한 시기도 찾아온다. 긍정적 반응들은 분명 좋은 동력으로 작용하기는 하나 그것들은 결과로서 밖에서 발생한 것이다. 자칫 외적 동력에 취하고 그것에만 의존해 지내느라 처음 작업을 하게 됐던 자기 안에 불꽃을 꺼뜨리지 않도록 주의해야 한다. 자신에 대한 뻔뻔하리 만큼 강한 신뢰와 애정을 꾸준히 갖는 동시에 안팎으로 생겨나는 결과들을 남 일 대하듯 볼 줄도 알아야 한다.

나태, 도태 그리고 탈태

외로움과 고독 사이

흔히 음악을 배울 때는 혼자 배우는 게 낫고, 미술을 배울 때는 여럿이 배우는 게 낫다고 한다. 물론 음악도 합주나 합창을 할 때도 있지만 그때는 전체를 위한 부분으로의 역할과 조화에 중점을 둔다. 입시에서야 모아놓고 줄 세우기를 하면 얼마간의 경쟁 효과를 보기도 하겠지만, 여럿이서 미술을 배우는 게 더 나은 진짜 이유는 내가 재보다 잘하는지, 못하는지를 견주기 위함이 아니라 얘도 다르고 재도 다르고 '이게 다 다른 거구나.'를 깨닫는 게 중요하기 때문이다.

배움의 시기를 지나 작업을 하게 되면 혼자 작업하는 경우가 대부분이다. 팀을 이뤄 활동하지 않는 한 공동작업실을 나눠 쓰거나 레지던시 프로그램에 입주해 지내도 자기만의 독립된 영역을 쓰기 마련이다. 혼자 있는 시간을 견딜 거리를 찾다 보니, 오디오북이나 음악을 틀어놓고 작업하

207

며 수시로 페이스북과 인스타그램을 들여다본다. 다양한 작가들을 생각하면 마치 우주 공간에 떠 있는 별들 같다. 함께 궤를 돌거나 자주 만나지는 않지만 멀리서 빛을 주고받고, 인력과 척력을 통해 지지되고 또 움직인다. 그래서인지 늦은 밤 타임라인에 올라오는 작가들의 포스팅을 보고 있노라면 각자 우주로 쏘아 올리는 신호 같아 보인다. 어느 작가에 대한 시장의 인기는 가격에 비례하겠지만, 작가들 사이에서의 존경은 고독하게 보냈을 시간에 비례할 수도 있을 일이다. 외로움은 배고픔과 같아 아무 때나 찾아오고, 무좀이나 당뇨와 비슷해서 완치도 어렵다. 누구 잘못도 아니고 다만 악화되어 합병증이 생기지 않게 달래며 데리고 사는 수밖엔 도리가 없다. 가왕 조용필이 노래하지 않았던가. '모두를 건다는 건 외로운 거라고.'

올해 초 개인전 오프닝 날 손님들을 챙기며 정신없이 자리를 옮겨 맞이하고 배웅하느라 정작 보고 싶어 하던 작가들과 인사만 대충하고 얘기 한마디 못 나눈 일이 있다. '아, 이게 잔칫집이 아니라 초상집이랑 비슷할 수도 있구나.' 주인공이라는 사람은 없어도 손님들끼리 자리를 지키고 앉아 맘 편히 떠드는 곳. 사람이 적으면 모양 빠질까 싶은 마음인지, 간만에 핑계로 만난 얼굴들이 서로 반가워 그런 건지 모를 일이지만 늦게까지 자리 지키고 있어준 동료들이 새삼 고마웠다.

작가로 평단이나 관객들에게 관심을 받고 사랑을 받는 일이 중요하지만 솔직한 마음으로는 내가 좋아하는 작가들에게 인정을 받는 작가가 되고 싶다. 여전히 학생 시절처럼 동경하는 작가들이 많다. 경쟁자들은 다른 의미에서 보면 협력자이기도 하다. 동종 업계가 모인 시장에서 옆 가게가 망해 나가면 당장 내가 잘될 것 같지만 길게 보면 그렇지 않다. 업체가 많아도 분명 세세한 결이 다 다르고, 그만큼 다채로운 결들이 모여 새로움을 낳기도, 서로를 돋보이게 하며 활기를 더하기도 한다. 이 세계에 다양한 작가들이 있다는 것은 그만큼 다양한 생각과 시선들이 존재하고 또 존중을 받고 있다는 증거다. 종종 작업이 잘 안 풀릴 때 좋은 전시를 보고 오면 몸살을 앓다 링거 맞은 듯이 기운이 돈다.

마르지 않을 샘

전처럼 스터디를 할 상황이 여의치 않아 페이스북에 비밀 클럽을 만들었다. 작가를 한 명 정하고 반나절 정도 품을 들여 작품 이미지와 정보, 생애, 평론 등을 한 달에 한두 번 포스팅한다. 페이스북 친구들 중 관심 있어 할 만한 사람들을 조금씩 강제 가입시켜 지금은 회원수가 300명이 조금 넘는다. 주로 잘 알려지지 않은 이들 중 작업이 좋거나, 알고는 있었으되 깊게 모르던 작가를 고른다. 2015년 1월부터 만들어 국적과 장르에 상관없이 130명가량을 포스팅했다. 구글링을 통해 동시대 작가들은 물론 오래전 작가들의 작품 이미지를 손쉽게 얻을 수 있지만, 작가들의 생애나 작품 속에 담긴 더 깊은 이야기를 얻으려면 수고를 더 들여 조각들을 맞춰야 한다. 그렇게 얻은 이야기들은 작품만큼이나 흥미롭고, 이 시대의 작가들에게도 시사하는 바가 있다. 사실 남들에게 정보를 제공하려는 마음이라기보다 내 공부를 하기 위해 작가 연구를 시작했다가 점점 게을러지는듯해 기왕 하는 거 비공식적이나마 공개적으로 하고, 남들에게 도움도 될 수 있으면 좋겠다 싶은 마음이 들었다.

동기창董其昌은 서화에 향기가 나려면 만 권의 책을 읽고, 만 리를 여행하라 했다. 후대의 누군가는 동기창의 그 말에 각계각층의 다양한 사람들과 폭넓게 교제하라는 말을 덧붙였다.

독만권서 행만리로 교만인우讀萬卷書 行萬里路 交萬人友

또 90세가 넘은 미국의 현역 화가 알렉스 카츠Alex Katz는 젊은 예술가들에게 보내는 글에서 이렇게 말했다.

그림을 그리는 것은 사회적 행위이고, 하나의 공동체로부터 발전한다. 자신의 공동체를 찾으라.

작가들이 자기 나름의 이유와 계기로 작업을 시작하게 되었겠지만, 작업이 에너지 발산이나 숙련된 조형 기술에 그치지 않게 하려면 끊임없이 주변과 시대를 살피고 사람들과 교류하는 일이 필요하다. 독서는 물론 면밀한 관찰을 통해 사물과 사건에 대한 이치를 깨닫는 일, 또 배운 것들을 통해 직접 경험하지 않은 일을 미루어 생각해볼 수 있는 힘과, 그러한 것들을 사람들과 나누며 자기 생각의 폭과 방향을 성찰하는 일이 필요하다. 대중과의 소통에서 얻는 것들도 있겠지만, 작가들과 모여 생각을 나누고 배울 수 있는 것들도 있다. 레지던시 생활을 함께하거나 프로젝트를 함께 수행하며 힘든 시간을 이겨냈을 때는 끈끈한 동료애를 나눈 친구를 얻게 된다. 하지만 연인 관계 역시 그렇듯 혼자여도 좋은 사람들이 모였을 때 함께여도 좋지 않을까 싶다. 설사 자주 보지 못해도 오랜 시간 서로를 지켜봐주는 가운데 지지하고 성장할 수 있는, 형식은 유연하지만 내용이 단단한 관계들을 만들어가야 한다.

작가란 직업일 수도 있지만 더 멀리서 보면 삶의 방식이자 태도라 할 수도 있다. 미술대학을 졸업하고 30대, 40대, 50대를 지나면 체에 걸러지듯 작가들이 줄어든다. 하지만 어떤 이는 미대 졸업 뒤 취업해 가정을 꾸려 살다 억눌러 품어왔던 창작열로 지천명 가까이 되어 붓을 다시 들고, 60대 중반의 지금까지 주목받으며 왕성히 활동하고 있기도 하다. 원자폭탄이나 원자력발전 모두 우라늄의 핵분열을 이용한다. 내면의 열정을 어떻게 다스리는지에 따라 폭탄 같은 힘이 될 수도 있고, 끊임없이 새로운 힘을 만들어내는 동력으로 전환할 수도 있을 것이다.

이타카로 가는 길

인간으로의 삶

전시를 하거나 책을 하나 내면 작가라 불린다. 하지만 작가가 되는 일과 작가로 살아가는 일은 좀 다른 것 같다. 누가 전업이고 누가 아닌지 선명히 나눌 수 없듯, 그림을 그리기 위해 돈을 버는 것과 돈을 벌기 위해 그림을 그리는 것 역시 뫼비우스의 띠처럼 엮여 있다. 나 역시 다른 일을 관두고 그림만 그려 먹고살 수 있는 삶을 꿈꾸고 있지만 그렇게 하기 어렵다. 정말 그림만 그릴 수 있으면 다 필요 없어가 아니라, 그러면서 살면서도 남들 사는 것과 비슷하게 살아가려고 하는 욕심이 있기 때문일 것이다.

경제적 어려움, 주변의 우려와 반대, 무관심, 질병 혹은 외로움이나 소음과 물론 나이 들며 맞이하는 육신의 쇠약함마저 작업을 방해한다. 이러한 것들을 극복하며 작업을 꾸려 나가려는 노력은 어떤 성공을 위해서라기보다 성장을 위해서이고 긴 여정의 다양한 순간은 성취가 아닌 퇴보

213

나 지지부진함으로 그려질 때도 있을 것이다. 어떤 작가들은 반응 좋은 작업을 평생 카피하듯 그려내며 명성을 유지하기도 하고 어떤 작가들은 끊임없는 실험으로 성취와 실패를 반복하며 평탄치 않은 그래프를 만들어낸다. 두 가지 모두 쉽지 않을 테지만 나는 후자 쪽을 택하고 싶다. 스스로 살아 있는 박제가 되기보다, 설사 퇴보할지라도 한 걸음 더 나아가며 우아하게 늙고 싶다.

소설가 김홍신의 책《인생견문록》에는 이런 내용이 있다.

사하라 사막을 횡단하며 가장 고통스러웠던 것은 신발 속의 모래 한 알이었다.

발바닥을 찌르는 모래알의 괴롭힘은 더위와 허기와 갈증을 잊게 하고 고통에서 빨리 벗어나기 위해 더 빨리 걷게 만든다는 것이다. 나 역시 일상에서 오는 여러 어려움들에 괴로워하다가도 사실 죽을 만큼 힘들지는 않은 일들에 신경 쓰느라 작업을 하며 느끼게 될 큰 어려움은 지나칠 수도 있겠구나 싶었다. 생각해보면 내가 겪는 괴로움의 대부분은 작가라는 직업적 특수성 때문이라기보다는 생활인으로 누구든 겪을 수 있는 성격의 일들이 대부분이다. 남들을 보면 넓은 대로를 느긋하게 갈지자로 걸어가며 사는 것 같은 이도 있고, 누구는 좁은 못대가리 위에서 파르르 떨며 사는 것 같기도 하다. 하지만 그 넓은 대로는 비포장 진탕일 수도 있고, 또 그 못은 튼튼한 벽에 박힌 황금 못일 수도 있다. 예술을 하면 굶어 죽기 십상이라고들 하는데, 따지고 보면 예술하다 굶어 죽은 사람보다 그냥 굶어 죽는 이들이 훨씬 많다. '작가'로의 삶에 어려움이 커질수록 '인간'으로서의 삶을 건실히 살아가는 길에서 답을 찾아야 할 테다.

그림이라는 곳

지금까지 여러 공간을 써왔다. 옆 사람 숨소리도 들리는 공용작업실부터 호텔 스위트룸 같은 곳까지, 유배지 같은 대부도에서 연남동 핫 플레이스까지. 각기 작업실마다 장단점은 있었고 어디서든 작업은 했고, 됐고, 해야 했다. 돌아다니는 것을 딱히 좋아하지도 않고, 작업하자면 오랜 시간 틀어박혀 있어야 하는 터라 역마살과는 거리가 먼데도 아이러니하게 이사가 잦다. 총 11번의 이사를 하면서도 버리지 않고 작업실 한켠에 매번 붙여놓는 시가 있다. 그리스 시인 콘스탄틴 카바피Constantine P. Cavafy의 〈이타카Ithaca〉다.

  이타카로 가는 길을 나설 때

기도하라, 그 길이 모험과 배움으로 가득한
오랜 여정이 되기를.
라이스트뤼고네스와 퀴클롭스
화가 난 포세이돈 – 그들을 두려워 마라.
네 생각이 고결하고
네 육신과 정신에 숭고한 감동이 깃들면
그들은 너의 길을 가로막지 못할지니.
네가 그들을 영혼 속에 들이지 않고
네 영혼이 그들을 따르지 않는다면
라이스트뤼고네스와 퀴클롭스
사나운 포세이돈 – 그들과 마주치지 않으리.

기도하라, 그 길이 오랜 여정이 되기를.
크나큰 즐거움과 커다란 기쁨을 안고
미지의 항구로 들어설 때까지
네가 맞이할 여름날의 아침은 수없이 있으리니.
페니키아 시장에서 잠시 길을 멈추고
어여쁜 물건들을 사라,
자개와 산호, 호박과 흑단

온갖 관능적인 향수들을
무엇보다도 향수를, 주머니 사정이 허락하는 최대한.
이집트의 여러 도시들을 찾아가
현자들에게 배우고 또 배우라.

언제나 이타카를 마음에 두라.
너의 목표는 그곳에 이르는 것이니.
그러나 서두르지는 마라.
비록 네 갈 길이 오래더라도
늙고 나서야 그 섬에 이르는 것이 더 나으니
길 위에서 너는 이미 풍요로워졌으니
이타카가 너를 부유하게 해주기를 기대하지 마라.

이타카는 아름다운 모험을 선사했다.
이타카가 없었다면 네 여정은 시작되지도 않았으리니.
이제 이타카는 너에게 줄 것이 하나도 없다.

설령 그 땅이 불모지라 해도, 이타카는 너를 속인 적이 없다.
길 위에서 너는 지혜로운 자가 되었으니

마침내 이타카의 가르침을 이해하리라.

트로이전쟁을 마친 오디세우스가 고향 이타카로 향하는 여정을 담은, 호메로스Homeros의 대서사시 〈오디세이〉를 축약한 시다. 이 시의 마지막 구절 중 '이타카는 너를 속인 적이 없다.'는 말이 인상 깊다. 이타카로 향하는 길 위에서 현자가 되고 풍요로움을 얻는 일 모두 이타카가 주는 것이 아니라 그 여정을 어떻게 보내는지에 달려 있다. 이타카는 단지 길을 나서게 했을 뿐이다.

내게는 그림이 이타카다. 살아가며 '그림'에 방점을 찍고 그곳에 매달리거나 핑계 대기보다 '나'에게 집중해야 한다. 시구절처럼 내가 마음에 괴물을 들이지 않아야 하고, 내가 배워야 하고, 내가 기도하며 걸어가야 한다. 이제 막 작가로의 여정을 시작했고, 갈 길이 한참 남았다. 길 끝에 가면 있다는 정체 모를 성공에 목매고 살기보다는 여정 중에 있을 고비들을 넘기며 얻게 될 지혜와 인연을 소중히 여기며 살아가고 싶다. 만약 나이 들어 무엇인가에 배신당했다 느낀다면 그것은 '그림'이 아니라 내가 나를 배신했기 때문일 것이다. 내가 택한 이 여정이 오래도록 이어지길 바란다.

★

같지
않지만
다르지
않아

꼰대 탈출 매뉴얼 Ver. 1

서현주

이 글을 쓴 서현주는 대학에서
경영학을 공부하고 경영정보시스템
전공으로 석사와 박사 학위를
받았다. 경영 컨설턴트로 기업 인수
합병, 금융기관 수익관리시스템
진단, 지식경영시스템 구축 등의
경력을 쌓은 후, 학교로 돌아와
정보통신기술을 근간으로
하는 경영전략과 혁신, 조직
문화 진단 및 변화 관리 분야의
강의와 연구를 수행하고 있다.
현재 이화여자대학교 경영학과
초빙교수로 근무하고 있으며,
최근에는 데이터 분석에 기반을 둔
경영과 예술, 사회 전반의 네트워크
전략으로 관심 분야를 확장해가고
있다. 《Enterprise Solutions》,
《사례로 배우는 e비즈니스 IV》 등을
공동 집필했다.
최근 지천명의 나이를 앞두고 어른
노릇에 대한 관심이 부쩍 늘었다.
어떻게 하면 그래도 봐줄만한 꼰대
어른이 될 수 있을까? 지금까지의
삶에 영향을 미친 다양한 어른들의
모습을 돌아보고 평소 무심코
저지르고 뒤늦게 후회했던 몇 가지
꼰대 짓을 반성하며 그 해답의
실마리를 찾아보려고 한다.

노력이 다는 아니잖아요,
알면서

노력하면 무엇이든 다 할 수 있다

"딱 한 명 뽑았어요. S대에서 온 친구 딱 한 명."

"아니, 그럴 거면서 서른 명이나 면접은 왜 했대?"

"그러게 말이에요. 그 친구, 지각까지 했는데……. 도대체 어떻게 하면 제가 뽑힐까요?"

"……."

취업 준비생들에게 선망의 대상인 한 업체의 최종 면접에 다녀온 학생과의 대화다. 답을 해야 하는데, 뭐라고 해야 하나. 이 대화를 인터넷에 띄우면 어떤 댓글이 달릴까? '그러게 공부 더 열심히 해서 S대 가지. 못 가놓고 왜 똑똑한 애한테 트집이냐?' 자기도 못 갔으면서 덮어놓고 디스. '나는 최종 면접이라도 올라가 봤으면 좋겠네.' 차라리 귀엽기라도 한 솔직한 질투? 그리고 꼭 빠지지 않고 등장할 얘기. '이제 조금만 더 노력하면 되겠네요. 파이팅!' 위로와 격려 같지만 어쩌면 희망 고문. 그러니까 어떻게 노력할지 방법을 알려달라고 방법을!

얼마 전 〈그것이 알고 싶다〉라는 TV 프로그램에서 군 의료 실태 문제를 다루었다. 국방의 의무를 수행하고 있는 장병들이 기초적인 의료 서비스를 제대로 받지 못하는 상황이 너무나 안타깝고, 병사들의 건강관리보다 탄약 관리가 더 철저하게 이루어지고 있는 현실이 쓴웃음을 짓게 했다. 프로그램에서는 제때 치료를 받지 못해서 안타깝게 목숨을 잃거나 심각한 장애를 갖게 된 장병들뿐만 아니라 열악한 환경에서 진료를 수행해야 하는 군의관들의 고충도 다루고 있었다. 임상 경험이 부족한 군의관들이 학교 보건실보다 못한 진료 환경에서 전공 영역에 관계없이 한 부대 모든 장병들의 건강을 책임지고 있다. 부족한 인력 탓에 의학 지식이 전혀 없는 장병들이 군의관 보조로 불법 의료 행위를 하는 일이 다반사다.

"의료 사고가 터졌을 때 책임을 물을 사람이 필요해요. 그게 우리죠."

인터뷰에 응한 전직 군의관이 쓸쓸하게 말했다. 가슴이 답답해졌다. 이렇게 척박한 현실 속에 있는 군의관들에게 군 의료사고의 책임을 전가하면서 '아무리 그래도 당신이 더 노력했어야지.'라고 말할 수 있을까?

임신과 출산 기간 동안 나는 컨설턴트 커리어를 마무리하고, 대학에서 파트타임으로 일을 하고 있었다. 아이와 여유 있는 시간을 보내는 것은 행복했지만 마음 한켠에서는 이대로 경력이 단절되는 것은 아닌지 시간이 흐를수록 마음이 조급해지고 있었다. 그러던 차에 마침 좋은 기회가 다가왔다. 출범한 지 얼마 안 되는 서울 소재 대학원대학교에서 내 전공 영역의 전임교수 인력을 급히 필요로 하고 있었다. 앞뒤 가리지 않고 지원했고 다행히 임용되었다. 한두 가지 마음에 걸리는 것은 있었지만 일단 일을 하는 것이 중요했다. 다행히 학업 의지가 가득한 학생들과 좋은 교수진 그리고 신생 조직 특유의 활기 덕분에 강의와 학생 지도 모두 즐거웠다. 현장 경력을 가진 학생들과의 협업으로 시사성 있는 학술 연구도 활발하게 진행할 수 있었다. 강의가 거의 저녁 시간에 진행되는 문제가 있었지만, 지방 소재 학교로 출퇴근하는 친구들을 생각하면 결코 불평할 수 없는 좋은 환경이었다.

하지만 시간이 지나도 해결되지 않는 근본적인 문제가 있었으니, 바로 업적 평가 기준이었다. 실사구시를 목표로 내건 신생 학교는 교수의 학문적 성취보다는 외부 프로젝트 수주나 창업에 더 높은 평가 점수를 부여했다. 교수 대부분이 직간접적으로 벤처 사업에 관여하고 있었고, 공학 계열 교수진이 다수를 차지했기 때문에 외부 프로젝트 평가의 금액 기준도 연구 기자재 비용이 거의 필요하지 않은 인문사회 계열에서는 상상하기 힘든 수준이었다. 컨설팅 이외의 현장 경력과 산업 네트워킹이 일천했던 나는 차선책으로 학술 연구 프로젝트와 논문 출간, 공학 계열 교수들과의 협업 프로젝트에 집중했다. 하지만 그것만으로는 좋은 평가를 받을 수 없었고, 결국 고심 끝에 5년 반 만에 학교를 그만두게 되었다.

경제가 좋아질 기미가 좀처럼 보이지 않으면서 직업과 직장이 자신과 잘 맞는지 여부를 고려하는 것이 젊은이들에게 배부른 소리처럼 느껴지고 있다. 특정한 일을 하는 데 적합한 천성이나 적성이 있다고 생각하지는 않는다. 어떤 직업이든 다양한 성격과 역량, 배경을 가진 사람들이 모여서 일을 해야 중장기적으로 시너지 효과가 나기 때문이다. 하지만 인력 선발 기준이나 업무 성과 기준이 현재 자신이 보유한 역량과 맞지 않는다면 짧은 시간 내에 좋은 결과를 만들기 힘들다. 더 나쁜 것은, 맞지 않는 일을 억지로 버텨내는 생활이 지속되면 불필요한 좌절에 빠져들게 된다는 것이다. 일은 다시 구할 수 있지만 자존감은 한 번 잃으면 회복하기 쉽지 않다. 그렇기 때문에 덮어놓고 항상 무슨 일이든 열심히 하는 게 답은 아니다. 내가 그랬으니까 당신도 무슨 일이든 열심히 노력하면 잘될 거라는 무책임한 격려가 어른이 할 일이 아니라면, 과연 어른의 역할은 무엇일까?

삶의 방향을 수정하고 좌절을 극복하는 과정 보여주기

'차라리 내가 시험을 다시 보고 싶다.' 중·고등학생 자녀를 둔 내 또래 부모들과 고충을 나누다 보면 종종 듣게 되는 말이다. 아이가 공부하도록 독려하는 것이 얼마나 힘들면 차라리 자기가 시험을 다시 보고 싶다고 할까? 그런데 이런 이야기를 들을 때마다 한편으론 이런 생각도 든다. '어쩌면 정말로 그렇게 하는 게 답일지도 몰라.'

1989년 초, 대학 입학을 앞둔 겨울방학에 나는 학교 앞 전산학원에 앉아 있었다. 수강 과목은 거의 반년 과정인 '정보처리기사 자격증 대비반'. 대학 전산학과 학생들이 졸업 전에 취득하는 자격증이라는 것은 꿈에도 모른 채 상담원이 권해준 과정을 별 고민 없이 듣던 중이었다. 당시에는 지금처럼 컴퓨터 프로그래밍 관련 강좌가 다양하지 않았으니 상담원도 프로그래밍을 배우겠다고 찾아온 잠재 수강생을 그냥 돌려보낼 수도 없고 난감해하다가 권한 것이 아닐까 생각된다.

MS-DOS 디스켓을 넣고 전원을 켜야 한다는 것밖에 아는 게 아무것도 없는 상황에서 학원 강의를 듣기 시작하였고, 문법에 맞춰 코딩한 결과를 실행하면 화면에 글자가 나타나거나 원하는 기능이 수행되는 게 재미있어서 서너 달에 걸쳐 포트란, 코볼, 파스칼 등의 언어를 배웠다. 대학 입학 후 첫 한두 달은 학교 수업 듣는 시간보다 전산학원에 있는 시간이 더 많았을 정도로 프로그래밍 공부에 푹 빠졌다가, 기계어를 배울 때쯤 내용이 어려워지면서 자연스레 그만두게 되었다. 대신에 마침 1학년 부원을 모집 중이던 단과대 컴퓨터동아리에 가입하였고, 다른 동아리 부원들과 교대로 특강 보조를 도맡는 대신 대학 시절 내내 컴퓨터실습실을 마음껏 사용할 수 있었다. 컴퓨터에 대한 관심이 지속되면서, 결과적으로 대학원에 진학할 때 경영정보시스템을 전공으로 선택하는 계기가 되었다.

수업을 듣는 학생 중에서 가끔 내가 어떻게 정보시스템에 관심을 가지게 되었는지 궁금해하는 경우가 있다. 기억을 더듬어보니 문득 어른 두 분이 떠올랐다. 1980년대 중반, 아버지는 취미로 컴퓨터 사용법과 베이식 프로그래밍을 공부하셨다. 거실 한켠에 XT컴퓨터라는 신기한 물건이 놓여 있었고, 아버지는 직장 일을 마치고 늦게 귀가하더라도 한두 시간은 꼭 통신 강의 교재를 옆에 두고 컴퓨터 사용법을 익히셨다. 한편, 학교에서는 수학을 가르치는 고3 담임선생님이 당시 보급되기 시작한 OMR카드 전산 처리를 담당하고 계셨다. 보안이 필요한 작업이라 교무실이 아닌 별도 공간을 사용하시던 담임선생님께 갈 때마다 집에서 볼 수 없었던 커다란 컴퓨터와 카드 리더기 등 호기심을 자극하는 기계들을 접할 수 있었다. '미래의 작업 환경은 이런 모습이겠구나.' 하는 막연한 느낌과 함께.

만약 어른들이 곧 컴퓨터 사용이 보편화될 것이라든가, 성공하기 위해서는 다른 사람보다 한 발 앞서 컴퓨터에 익숙해져야 한다는 등의 조언(이라고 쓰고 잔소리라고 읽음)을 반복했다면 시작도 하기 전에 컴퓨터에 질려버렸을지도 모르겠다. 그보다는 퇴근 후 피곤한 상태인데도 시간 가는 줄 모르고 즐겁게 컴퓨터 사용법을 익히고, 불과 1~2년 전까지만 해도 수작업으로 처리하던 학교 업무를 훨씬 효율적이고 깔끔하게 마무리하는 모습을 보여주는 것만으로 십대 후반 청소년의 호기심을 자극하기에 충분했다.

　젊은이들에게 어른의 생각을 일방적으로 '너는 잘 모르니 내 판단을 믿어라.'는 식으로 전한다면, 일견 고민하는 시간을 줄여주는 것 같은 착각이 들 수 있지만 방향에 대한 진정한 이해가 없기 때문에 과정에서 쉽게 지치게 된다. 설사 좋은 결과를 얻게 된다고 해도 점점 더 스스로 생각하는 힘을 잃어버리게 될 것이다. 삶은 한두 번의 좋은 결과만으로 완성되지 않는다. 한 고비를 넘으면 다른 고비가 나타나는 것이 인지상정이다. 내가 그래왔던 것처럼 너도 참고 노력하면 무조건 잘될 것이라고 무책임하게 독려하기보다는 자신이 먼저 미래를 위해 방향을 설정하고 때로 좌절하기도 하고 때로는 조금씩 방향을 수정하며 앞으로 나아가는 모습을 가감없이 보여준다면, 눈에 보이는 성과가 나타나는 데 조금 더 시간이 걸릴 수는 있겠지만 후배들도 그 과정을 관찰하면서 자연스럽게 자신만의 방향을 설정하고, 그것을 이루기 위한 역량을 만들어갈 수 있지 않을까.

　　허나 내가 오른 곳은 그저 고갯마루였을 뿐, 길은 다시 다른 봉우리로
　　거기 쓰러진 나뭇등걸에 걸터앉아서 나는 봤지.
　　낮은 데로만 흘러 고인 바다
　　(중략) 하여 친구야, 우리가 오를 봉우리는 바로 지금 여기일지도 몰라

우리 땀 흘리며 가는 여기 숲속에 좁게 난 길

높은 곳에 봉우리는 없는지도 몰라

김민기의 〈봉우리〉 가사 중에서

쉿!
욕하면서 닮는답디다

학연과 지연, 혈연

최근 경영의 화두는 '연결'이다. 인터넷과 웹, 빅 데이터 분석, 소셜 미디어 서비스 등으로 인해 세상은 과거 어느 때보다도 긴밀하게 연결되고 있다. 연결의 중요성에 대해 학생들에게 설명하면서 특히 유의하는 것이 합리적인 정보 교환을 위한 연결과 우리 사회에 만연한 학연, 지연, 혈연을 구분하는 것이다. 전자가 강조되는 사회의 경우 정보를 필요로 하는 사람이라면 누구나 필요한 시점에 정보를 이용하게 되므로, 모든 사람의 복지가 향상될 수 있을 것이다. 반면, 후자가 강조되는 사회에서는 일부 계층에게 정보가 집중되어 결국 사회 전반에 불필요한 특권 의식과 피해 의식이 확산되게 될 것이다. 이렇게 이야기하면 많은 학생들이 '이론적으로는 이해하는데, 실질적으로는 두 가지가 잘 구분되지 않는 것 같다.'고 반응하곤 한다.

몇 해 전 〈공부의 배신〉이라는 다큐멘터리를 시청하다가 마음이 무거위진 적이 있다. 일부 대학생들이 학교 점퍼, 소위 '과잠'에 출신 고교 이름을 새기고 일 년에 한 번씩 고등학교 교복을 입고 등교하는 행사를 한다고 했다. 요즘 학생들이 과잠을 즐겨 입는 모습만으로도 신기했는데, 출신 고교 이름까지 새긴다니. 무엇이 그들을 그렇게 행동하게 했을까? 자신의 노력에 대해 충분히 보상을 받지 못한 사람은 항상 목이 마르다. 어린 시절부터 성적에 따라 부모의 표정이 달라지고, 학교에서는 반이 나뉘고, 대학 입시에 앞서 치열한 고교 입시를 겪었을 아이들. 그토록 가고 싶었던 고등학교에 합격하더라도 3년간의 학교 생활만으로 자신들의 노력이 충분히 보상되지 않는다고 생각하는 게 당연하다. 욕하면서 배운다고 했던가? 어른들이 여전히 버리지 못하고 있는 학벌지상주의가 치열한 입시 경쟁과 맞물려 수많은 젊고 공부 잘하는 꼰대들을 만들어내고 있는 것이다.

10여 년 전 컨설팅 프로젝트를 수행하던 중 자료 수집을 위해 지방 산하기관을 방문한 적이 있다. 중앙 부처 공무원을 대동한 공식적인 회의 자리였기 때문에 기관장을 대상으로 하는 인터뷰였지만, 그를 보좌하는 주요 관계자들이 기관장실 소파에 빼곡하게 앉아서 인터뷰 내용을 경청하고 있었다. 자료 수집을 하는 것인지, 취조를 하는 것인지 헷갈릴 정도로 무겁고 어색한 분위기에서 조심스럽고 깊이 없는 내용의 문답이 오갔다. 그 지역을 잘 알고 있는듯한 내 언급에 기관장이 물었다.

"이 지역에 자주 오시나 보네요?"

"아, 제 본적이 이곳이에요. 지금도 친지들이 많이 살고 있습니다."

별 생각 없이 대답했다. 그런데 바로 그 순간 갑자기 여기저기서 짧은 웃음이 터지며 순식간에 기관장실의 공기가 달라졌다. 기관장과 관계자들의 목소리는 활기를 찾았고, 한결 편안한 분위기에서 미처 질문하지 못한 사항까지 보충 설명을 들으며 인터뷰를 마무리했다. 결국, 예정에는 없었지만 일반인들은 출입할 수 없는 시설까지 추가로 참관하였고 건물 입구까지 이어진 배웅을 받으며 서울로 돌아왔다. 컨설팅 팀과 중앙 부처 관계자들로부터 칭찬을 들었지만, 정작 나는 찜찜한 마음을 내내 거둘 수가 없었다. 내 고향도 아닌 부모님의 고향이 내가 하는 일에 이 정도로 도움이 되다니. 사회생활을 준비하고 시작하는 젊은이들이 '연줄'을 만드는 게 얼마나 중요한지를 깨닫는 것은 정말 순식간의 일이겠구나.

정보 공유를 통해 작은 성공의 경험 쌓기

올봄, 〈SBS 스페셜〉이라는 프로그램에서 최근 또 하나의 화두인 '블록체인'을 사회 전반에 안착시킨 성공 사례로 에스토니아의 이레지던시 e-residency를 소개했다. 모든 에스토니아인은 태어남과 동시에 이레지던시 라는 전자시민권을 가지게 되고 각종 서류 발급과 병원 진료, 상거래 활동, 심지어 쇼핑 포인트 혜택도 누릴 수 있다. 일례로, 갑자기 사고를 당한 환자가 병원으로 이송될 때 이레지던시 카드번호를 병원에 미리 알리면 환자의 신상뿐만 아니라 지병, 특정 약품에 대한 부작용 여부 등을 모두 알 수 있다고 한다. 게다가 병원비 결제까지 가능해서 병원에 도착하고 나서 발생할 수 있는 대부분의 지연 상황을 최소화할 수 있다.

흔히 4차 산업혁명 시대에는 모든 것이 연결된다고 한다. 모든 것이 연결되고 이를 통해 엄청난 정보가 공유되는 시대가 코앞에 다가왔지만 사람들은 여전히 가족이나 지인 중에 누군가가 의료계에 있어야만 안심하고 병원에 가고, 고향 친구가 권하는 보험에 가입하며, 유력한 학교 선후배의 경조사를 빠짐없이 챙긴다. 인연을 소중히 하는 것은 당연한 일이다. 하지만 그것을 본인의 이익을 위해 이용하는 것은 다른 문제다. 물론 개인적인 인연을 이용하는 경우 일의 처리 과정이 매끄럽고 호의적인 대접을 받게 되기 쉽다. 하지만 일의 결과에 있어서는 그렇지 않은 경우와 큰 차이가 없을 거라고 생각된다. 기술 발전을 통해 더 많은 정보가 공유되는 세상이 되면 그나마 존재하던 결과의 차이는 사라질 것이다. 미래 사회를 준비하기 위해서는 특정 기술이나 분야에 대한 지식도 필요하지만, 새로운 시대를 살아가기 위한 마인드를 가지는 것이 더욱 중요하다. 이런 의미에서 2016년 9월에 시행된 청탁금지법이 그 어떤 첨단 기술보다 우리 사회의 미래를 변화시킬 중요한 계기라고 생각한다.

나는 만 45세에 백내장수술을 한 특별한 환자였다. 동네 안과에서 이제는 수술이 필요하니 백내장수술 경험이 많은 중대형 병원을 찾아가라는 진단을 받은 후 고민이 시작되었다. 이제까지 그래왔던 것처럼 가족과 지인들에게 수소문해서 병원과 의사를 소개받을까? 그런데 인터넷 검색을 해도 40대 환자를 수술한 사례는 많지 않아서 어떤 안과 의사라도 관련 경험이 많을 것 같지 않았다. 잘못하면 지인이나 소개 받은 의사에게 부담을 줄 수 있겠다는 생각이 들었다. 고민 끝에 백내장수술을 많이 하는 것으로 알려진 안과 전문병원에 무작정 찾아가는 편을 택했다. 접수처 직원에게 상담을 청했고, 몇 가지 질문을 던지고 나서 직원이 한 전문의를 추천했다. 그 의사에게 왼쪽 눈의 백내장수술을 맡겼고, 정밀 검사 후 수술이 이루어졌다. 낯선 환경으로 인해 긴장했지만 전문성과 경력 등 객관적인 정보를 믿어보기로 했다. 경과는 좋았고 나에게도, 의사에게도 흔치 않은 경험이 추가되었다.

개인적인 인연에 기대지 않고 중요한 의사 결정을 하는 것은 쉽지 않다. 나 역시 아직도 부모님이나 다른 가족들과 관련하여 중요한 의사 결정을 할 때에는 사적인 인연에 기대게 된다. 하지만 첨단 기술을 이용하여 자신에게 적합한 정보를 얻을 수 있는 통로가 늘어나고 있고, 그 정보의 신뢰성을 제고하는 기술적인 노력이 계속되고 있다. 객관적인 정보를 통해 얻은 결과가 사적인 인연을 이용했을 때보다 성공적이거나 최소한 별다른 차이가 없어진다면 어떨까? '동문 관계가 좋은 학교에 가야 졸업한 후에 기댈 곳이 많다.'든가 '집안에 의사와 변호사는 한 명씩 있어야지.'하는 식의 구태의연한 생각이 사라지고, 필요한 사람이 적절한 시기에 적절한 서비스를 받는 합리적인 사회 시스템이 자리 잡을 수 있을까? 기술이 완벽하게 갖춰지더라도 그렇게 되는 데에는 시간이 걸릴 것이다. 인간의 마음은 기술보다 느리게 변하기 때문이다. 한국인이 가장 중요하게 여기는 가치가 '평등'이라고 한다. 이는 많은 사람들이 우리 사회가 공평하지 않다고 느낀다는 반증이기도 하다. 이미 누리고 있는 것을 하나도 놓지 않고 '더 좋은' 사회를 만들 수는 없다. 보다 투명하고 합리적인 사회를 만들기 위해 조금 어색하고 민망하더라도 인맥을 기반으로 하는 기득권의 고리를 끊는 어른들의 노력이 필요하지 않을까.

> 후진 사회의 이상이 개인을 동화시킬 수 있는 아주 강력한 공동체적 삶을 창출하고 유지하는 것이라면, 선진 현대사회의 이상은 사회적 관계에 더 많은 형평성을 도입함으로써 사회적으로 유용한 모든 힘들이 자유롭게 발전되는 것을 보장하는 것이다.
>
> 심용환의 《헌법의 상상력》 중에서

내가 곧
그들이기도 하지요

태도가 문제

'스펙은 더할 나위 없이 좋은데 기본적인 태도가 안되어 있어, 태도가.' '시키는 일은 잘하는데 스스로 일을 찾아다니지 않아. 도대체 일에 대한 열정이 없어.' 주로 중역이나 중간관리자인 지인들이 마음에 들지 않는 신입 사원들에게 내리는 평가는 표현에만 다소 차이가 있을 뿐 내용은 거의 동일하다. 이들은 늘 빈 사무실에서 부하 직원들 대신 야근을 하고, 자신이 신입 사원이었을 때의 열정을 그리워한다. 누구도 행복하지 않은 상황. 그 이유는 무엇일까?

　몇 해 전 타계한 올리버 색스Oliver Sacks는 신경과 전문의였다. 산에서 하이킹을 하는 도중에 일어난 사고로 한쪽 다리의 신경과 근육이 몇 달간 마비되었고, 그는 사고 경위와 구조 및 회복 과정에 대해 저서인 《나는 침대에서 내 다리를 주웠다A Leg to Stand On》에서 상세히 다루고 있다. 사고 초반, 현장에서 혼잣말로 자신과 대화하며 침착하게 부상 상태를 진단하고, 좋아하는 클래식 음악을 떠올리며 구조될 때까지 마음의 안정을 유지하던 그는 병원에 도착해서 긴장이 풀리자 영락없는 민폐 환자로 돌변한다. 불친절한 간호사에 분노해 끊임없이 호출 벨을 누르고, 수술을 위해 전신 마취를 해야 한다는 동료 의사들에게 부분 마취로 안 되겠냐며 불만을 제기한다. 생각보다 더딘 회복 속도에 커다란 공포를 느끼고, 짜증을 내고, 자신의 감정을 이해하지 못하는 것처럼 보이는 의사와 물리치료사들에게 섭섭해한다. 이렇듯 의사인 동시에 환자였던 경험을 통해 색스는 '환자로서의 경험과 나중에 바깥세상으로 돌아갔을 때의 경험, 의사와 환자 사이에 형성되는 관계의 복잡성과 그들이 특히 둘 다 잘 모르는 문제를 이야기할 때 겪는 대화의 어려움, (중략) 이 모든 요소들이 (중략) 더욱 깊이 있고 인간적인 의학의 길을 여는 데 공헌'할 것으로 기대했다.

일상에서 우리는 의사인 동시에 환자다. 나는 어느새 초보 운전자 시절 전조등을 깜빡이며 위협 운전을 하던 야속한 뒤차 운전자가 되었고, 신혼 시절에는 도대체 이해할 수가 없었던, 하루 종일 콩콩거리며 뛰어다니는 윗집 아이의 엄마가 되었다. 그러면서 한편으로는 아재 개그를 던지는 나를 후배들이 이해해주지 않는다고 섭섭해한다. 다른 사람을 이해하는 것은 쉽지 않고, 색스의 경우처럼 상대방의 입장이 되어보지 않은 경우라면 더욱 그러하다.

입장 바꿔 생각해보기

2013년 겨울, 예술의 전당에서 대표적인 젊은 예술가이자 절친한 선후배이기도 한 손열음과 클라라 주미 강Clara Jumi Kang의 듀오 콘서트를 관람했다. 환상적인 호흡으로 프로그램을 마치고 앙코르 곡을 연주하던 중 갑자기 음악이 멈췄다. 클라라 주미 강의 바이올린 현 하나가 끊어진 것이다. 관객에게 양해를 구하고 두 사람이 무대 뒤로 내려간 뒤 바로 웅성대는 관객들 앞에 손열음이 다시 나타나서는 피아노 앞에 앉는다.

"바이올린 현을 교체하는 데 시간이 좀 걸린데요. 그동안 뭘 연주하면 좋을까요?"

관객으로서는 선뜻 특정한 곡을 청하기가 망설여지는 순간이었다. 관객의 마음을 읽은 그녀는 곧 익숙한 쇼팽의 〈녹턴〉 중 한 곡을 연주했고, 마치 기대하지 않은 선물을 받는 듯 행복한 마음으로 연주에 빠져들었다. 잠시 후 바이올린을 정비하고 다시 무대에 오른 클라라 주미 강은 열렬한 환호를 받았고, 두 사람은 추가로 앙코르를 두 곡이나 더 선사했다.

공연은 예정보다 30~40분 늦게 마무리되었고, 집으로 돌아오는 차 안에서 문득 이런 생각이 들었다. 내가 손열음이었다면 위기 상황에 어떻게 대처했을까? 그대로 연주회를 마쳤을 수도 있다. 아니면 잠깐 무대에 나와서 양해를 구하고 다시 들어갔다가 현을 교체한 다음 둘이 함께 다시 나올 수도 있었겠지. 그랬다면 앙코르 곡을 연주하던 중이었으니 아쉬운 마음을 안고 자리를 떠나는 관객들도 있었을 것이다. 하지만 그녀는 관객들의 입장을 최대한 배려하여 예정에 없던 솔로 연주를 하는 의사 결정을 했고, 대부분의 관객들은 자신들을 배려한 그녀의 행동에 감동하여 마지막 앙코르 곡이 끝날 때까지 자리를 지켰다. 그녀의 판단력과 배려로 인해 공연 중의 해프닝이 당황스러운 기억이 아니라 특별한 에피소드로 그 순간을 함께한 클래식 애호가들의 마음에 남게 된 것이다.

　　손열음의 행동이 남달라 보였던 데에는 오래전의 내 경험이 한몫했다. 아직 연극계에 평일 4시 공연이 존재했던 1990년대 초반, 한 소극장에 기국서 연출의 〈햄릿 Ⅳ〉를 관람하러 갔다. 첫 번째로 입장한 나는 앞줄에서 세 번째 가운데에 자리를 잡고 앉았고, 잠시 후 한 커플이 들어와서 나와 멀찍이 오른편에 자리를 잡았다. 공연 시작 시간이 다가왔지만 더 이상 입장하는 관객은 없었다. 무대 뒤편에서 웅성거리는 소리가 들렸다. 아마도 공연을 해야 할지 여부에 대해 의견을 나눈 것이겠지. 어쩌면 공연을 보지 못할 수도 있겠다고 생각하던 바로 그때, 암전. 다시 조명이 들어오고, 어느새 무대 중앙에 서 있던 배우가 나와 눈을 맞추며 첫 대사를 시작하였다. 헉, 무서운 내용의 대사도 아니었는데 갑자기 등골이 서늘해졌다. 시작에 불과했다. 공연 내내 객석을 바라보는 배우들의 시선 중 최소 절반 이상이 나에게로 향했고, 게다가 등장 배우들은 왜 그렇게 많은지. 고백하

건데 연극 내용이 하나도 눈에 들어오지 않았고, 공연이 끝날 때까지 배우들의 눈길을 피하느라 무대를 제대로 쳐다보지도 못했다. 오른편의 커플도 비슷한 심정이었는지 막이 내리고 커튼콜이 채 끝나기도 전에 서둘러 밖으로 나갔다. 스태프 한 사람이 나를 신기한 관객이라고 생각했는지 다가와서 무언가 물어본 것도 같은데, 핑계를 대고 부리나케 극장을 빠져나왔다. 이 공연은 오랫동안 나에게 그저 당황스러운 경험으로 기억되고 있었다.

하지만 손열음과 클라라 주미 강의 공연을 관람한 후 이 오래된 경험에 대해 다시 한 번 생각해보게 되었다. 입장을 바꿔 생각해보면, 그날 배우들은 세 명뿐인 관객을 위해 조명과 음향을 켜고 혼신의 연기를 펼쳤다. 빈 객석이 허전하지 않았을 리 없고, 전날 밤 늦게까지 생계를 위해 아르바이트를 했을 배우와 스태프들은 차라리 그 시간에 세 명의 관객에게 양해를 구하고 저녁 공연을 위해 휴식을 취하는 게 나았을 수도 있다. 하지만 그들은 공연을 강행했다. 입장은 달랐지만, 내가 손열음처럼 상대방의 마음을 헤아리고 그들이 공연을 위해 힘들게 할애했을 노력을 소중히 여겼다면 그 고마운 공연을 조금 더 침착하고 편안하게 감상하고, 공연이 끝난 뒤에도 황급히 빠져나가는 대신 아낌없는 격려를 보낼 수 있었을 것이다.

일상에서는 어떤가. 소위 어른이라는 나는 타인, 특히 젊은 세대들을 대할 때 그들이 처한 상황과 마음 상태를 충분히 고려하고 있나. 혹시 그들의 입장보다는 내 경험과 지식만을 의사 결정과 판단의 근거로 삼고 있지는 않은가. 그러다 보니 아직은 미숙할 수밖에 없는 그들의 태도와 산출물을 단지 노력과 열정이 부족한 결과라고 섣불리 판단하고 있는 것은 아닐까. 물론, 젊은 세대들의 성장을 위해서는 어른들의 생산적인 충고와 따끔한 질책이 필요하다. 하지만 이와 더불어 그들이 이 순간까지 오기 위해 거쳐 왔을 지난한 과정을 헤아리고 이해하려는 마음도 함께해야 하지 않을까.

사상과 사람의 확산은 왜 폭력을 줄이는 개혁으로 귀결될까? (중략) 또 다른 인과적 경로는 사람들에게 타인의 관점을 취해보라고 권유하는 계기가 많아진다는 것이다. 인도주의 혁명에는 (중략) 구타와 화형과 채찍질에 희생된 사람들에 대한 목격자 증언이 있었다. (중략) 아프리카계 미국인과 동성애자가 버라이어티쇼에 연예인으로 출연했고 (중략) 페미니스트들이 토크쇼에 나와 의견을 개진했고, 곧 그들의 견해가 드라마나 시트콤 인물의 입을 통해 흘러나오게 되었다.

타인의 눈으로 세상을 보는 가상 현실적 경험만이 감정 이입과 관심의 범위를 넓힌 것은 아니었다. 지적 영민함도-말 그대로 일종의 지성이다.-거들었다. 그 능력 덕분에 사람들은 각자의 출신과 지위에 갇혔던 편협한 사고에서 벗어나게 되었고, 가설적인 세상을 상상하게 되었고, 기존의 신념과 가치가 지배했던 습관, 충동, 제도를 반성하게 되었다.

스티븐 핑커Steven Pinker 의《우리 본성의 선한 천사The Better Angels of Our Nature》중에서

월담, 어떠세요?

울타리 밖은 위험해

고등학생인 아이가 마음 맞는 친구들과 인권동아리를 만들었다. 무슨 활동을 하는지 궁금해하고 있었는데, 얼마 전 교내에서 여성용품을 모아 가까운 쉼터에 전달하고 왔다면서 평소와는 조금 다른 표정으로 기관 소개 책자를 보여준다. 주로 가출 청소년이나 십대 미혼모들을 도와주는 기관이라고 한다. 중학교 때 지역 푸드 뱅크에서 봉사하고 온 후에 지었던 바로 그 표정을 다시 본다. 낯선 세계를 처음 접했을 때의 한마디로 표현하기 어려운 느낌과 성찰.

20년 전, 법무부가 발주한 시스템 개발 프로젝트에 참여했다. 막연히 법을 다루는 정부 부처라고만 생각했던 법무부에는 다양한 산하기관이 있었고 사용자 요구 사항 분석을 위해 구치소, 교도소, 소년원, 보호관찰소 등에서 일하는 직원들을 만나게 되었다.

인터뷰를 위해 찾은 서울소년원. 심각한 수준의 범죄를 저지르거나 반복해서 폭력을 저지른 아이들이 모인 곳이라고 들어서 약간의 호기심과 두려움을 가지고 방문한 것이 사실이다. 현관에 철책이 내려져 있고, 신원을 확인한 후에 출입이 가능하다는 점을 제외하면 일반 중·고등학교와 다를 바 없는 평범한 교사. 현관에 들어서는 순간, 마침 수업이 끝나는 부저가 울리고 아이들이 줄지어 교실에서 나오기 시작했다. 직원이 인솔하고 줄을 맞춰 함께 움직이는 것이 일반 학교의 쉬는 시간과는 달랐지만, 십대 아이들 특유의 짓궂은 표정과 옆 친구와 장난을 주고받는 모습은 그날 아침 출근길에 만났던 동네 아이들과 전혀 다를 바 없었다. 아이들이 지나간 후 뒤이어 교실 문을 닫으며 나온 사람은 멋진 가죽점퍼를 걸친 외국인이었다. 동행한 직원의 얘기로 그는 서울에 있는 학원의 영어 강사인데, 수년째 아이들에게 영어를 가르치는 봉사를 하고 있다고 했다. 그 외국인 교사 외에도 소년원과 보호관찰소 직원들을 인터뷰하면서 이 아이들을 감시한다기보다는 돌보고 계도하는 것을 평생의 업으로 삼은 사람들을 만날 수 있었고, 이 경험을 통해 '나의 세계'와 '그들의 세계' 간에 별다른 경계가 존재하지 않는다는 것을 깨닫게 되었다.

그로부터 10여 년 후, 이번에는 법원의 문화 개선 프로젝트를 수행하게 되었다. 지금은 변하고 있지만 당시 법원은 한 사람의 부장판사와 두 사람의 배석판사가 팀을 이루어 재판과 야근을 포함하는 업무 시간 내

내 함께 일하는 구조였다. 과중한 업무로 늘 격무에 시달리는 판사들에게 팀은 가족보다 훨씬 더 많은 시간을 함께하는 존재였고, 효율적으로 업무를 처리하고 서로 불편해지지 않기 위해서는 위계 구조를 철저하게 지키는 생활이 필요했다. 그런데 판사 인력 중 여성이 차지하는 비율이 높아지고 '학원에서 고시를 준비한' 젊은 세대가 많아지면서 위계질서와 상사의 명령에 순응하기보다는 사생활을 중요하게 생각하는 새로운 분위기가 나타나기 시작했다. 향후 고시가 아닌 법학전문대학원 출신들까지 유입되면 '고시 몇 회'로 깔끔하게 정리되던 위계적 조직 문화가 얼마나 어떻게 달라질지 법원 구성원들의 고민이 깊어지고 있었다. 문화의 문제라서 외부인이 뾰족한 해결책을 제시하기는 쉽지 않았지만, 법원의 문화가 점차 판사들의 사생활을 보호하고 엄격한 위계 구조의 단점을 극복하는 방향으로 변화해야 한다는 쓴소리를 할 수밖에 없는 상황이었다. 일부 '어른' 판사들의 역정을 들으며 겨우 프로젝트 결과 보고회를 마쳤다.

최종 보고서를 마무리하며 여러 가지 생각이 고개를 들었다. 여럿이 엘리베이터 앞에 섰을 때 문을 여닫는 버튼을 누르는 것조차 서열로 정해지는 엄격한 규범을 가진 사람들이 과연 법과 규범을 어기고 재판정에 선 사람들을 자신의 울타리에 포함시켜 생각할 수 있을까? 반대로, 법을 지키며 사는 사람들을 보호하는 상식적이고 공정한 법 집행을 위해서는 범법자들을 이해하려고 노력하지 않는 편이 더 나은 걸까? 어려운 문제였다.

울타리 밖에도 내가 있다

한번은 공학을 전공한 석박사급 인재들로 구성된 연구 기관의 지적 자산 활용 전략을 수립하고 있었다. 해결해야 할 중요한 문제 중 하나가 각 연구단과 연구실 간의 커뮤니케이션 이슈였다. 예를 들어, 프로젝트를 진행하다가 전문가가 필요할 때 연구소 내부에 해당 분야의 권위자가 있는데도 이를 알지 못하고 많은 비용을 들여 외부 전문가를 영입하는 문제가 종종 발생하고 있었다. 연구원들과 인터뷰를 하는 과정에서 문제의 근본 원인을 쉽게 찾을 수 있었다. 우리의 질문은 간단했다.

"한 달에 몇 번이나 건물 내 다른 연구실, 다른 층, 다른 건물(연구단)에서 일하는 사람들과 식사를 하거나 이야기를 나누시나요?"

답은 질문보다 더 간단명료했다.

"안 만나는데요. 내가 왜 다른 연구단 사람들과 밥을 먹어야 하죠?"

다른 건물에서 일하는 사람과 함께 식사를 하거나 이야기를 나눈 적은 거의 없었고, 같은 건물의 다른 층 연구실에서 일하는 사람과도, 같은 층의 바로 옆 사무실에서 일하는 사람과도, 학교나 전 직장 등 다른 인연이 없다면 식사나 이야기를 나눈 적이 거의 없었다.

매년 수많은 학제 간 협력 연구 프로젝트가 발주된다. 대부분의 신기술이 하나의 기술 분야만으로 이루어지지 않기 때문에 이제는 제 밥그

릇 챙기는 식의 폐쇄적 연구로는 변하는 기술 상황에 대처할 수 없다. 마음 같아서는 연구실 간의 벽과 책상 사이의 파티션을 다 없애고 싶었다. 그럴 수는 없었기에 우리가 제시한 몇 가지 실행 방안 중 가장 간단한 것은 각층에 비치된 음료수 자동판매기 옆에 테이블과 의자를 넉넉히 두는 것이었다. 차 한잔하며 무심코 다른 사람들의 이야기에 귀를 기울이다 보면 자신도 모르는 사이에 견고한 울타리에 조금씩 구멍이 날 것이라고 기대했기 때문이다.

최근 미투 운동Me Too movement과 각종 시위를 통해 침묵을 지키고 있던 피해자와 잠재 피해자들의 움직임이 활발해지고 있다. 그동안 없던 움직임이다 보니 일각에서는 지나친 편 가르기나 역차별, 피해자 코스프레 등으로 변질되는 것을 우려하기도 한다. 양쪽 입장 모두 일리가 있다. 다만 한 가지 분명한 것은 그동안 듣지 못했거나 듣지 않으려고 했던 것들에 대해서 이제라도 귀를 기울일 필요가 있다는 것이다.

글로벌 컨설팅사 소속으로 국내 대형 금융기관의 인수 합병 프로젝트에 참여했을 때의 일이다. 회사에서 수주한 아시아권에서 가장 큰 프로젝트였기 때문에 많은 해외 전문 인력이 프로젝트에 참여했다. 한국인 직원들은 외국인 동료와 팀을 이루어 업무뿐 아니라 고객과의 의사소통을 도와주는 일도 겸해야 했다. 다음날 아침까지 급히 처리해야 하는 일이 생겨 새벽까지 사무실에 둘만 남아서 일을 하던 중 외국인 동료가 제안했다.

"너무 피곤한데, 혹시 괜찮으면 외국인 직원들이 묵는 호텔의 비즈니스 센터에 가서 나머지 일을 하면 어떨까?"

1, 2초간 지금 생각해도 신기할 정도로 여러 가지 생각이 동시에 머리를 스쳤다. '이거 뭐지? 아니야, 하루 종일 일하고 생전 안 하던 야근까지 하니 피곤하긴 하겠다. 좀 편안한 곳에서 일을 하는 게 나을까. 아무리 그래도 이 시간에 숙소 건물에 함께 들어가는 걸 동료들이 보기라도 하면……. 크, 이 친구는 별생각 없이 얘기한 건데 나 혼자 너무 오버하는 거 아니야?'

결국 전혀 쿨하지 못했던 나는 그의 의도를 확인하지 못한 채 눈을 피하며, 자리를 옮기는 것보다는 사무실에서 빨리 끝내는 게 낫지 않겠냐고 얼버무리고 서둘러 남은 일을 마무리했다. 일을 끝내고 잠시 눈을 붙이기 위해 귀가하면서도 여전히 조금 전의 상황에서 벗어나지 못하고 생각에 잠겨 제한속도를 초과하고 있다는 것조차 한참동안 알아차리지 못했다. 다른 사람이 보기에는 별것 아닌 해프닝일 수도 있지만 스스로는 다시 생각하고 싶지 않은 기억인지 당시에도, 시간이 지난 후에도 다른 사람에게 이야기를 전한 적이 없다. 요즘도 가끔 그때 일이 생각나면 혼자 쓴웃음을 짓곤 한다. '그때 나는 적절하게 대처한 걸까. 다른 방법을 택했다면 어떤 결과가 초래되었을까.'

성별이나 세대, 지위와 상관없이 우리는 일상에서 수많은 '불편한 상황'을 만난다. 그것은 말이나 행동일 수도 있고, 미묘한 눈길이나 표정일 수도 있다. 별것 아닌 상황이 모여 우리는 불편해지고, 편을 나누어 서로 미워하게 된다. 해결책은 어쩌면 간단하다. 감정적으로 불편한 상황에서 자신이 바라는 것을 표현하고 즉시 벗어날 수 있으면 된다. 마치 좁은 길을 막고 있는 사람에게 '죄송하지만 지나가게 좀 비켜주시겠어요?' 하는 것처럼. 거기까지 이르는 과정이 다소 낯설고 불쾌하더라도 지금까지 듣지 못했던 사람들의 목소리에 좀 더 귀를 기울이는 노력이 필요할 것이다. 나 역시 누군가의 울타리 밖에 있는 사람이다. '그렇게까지 하지 않아도 그동안 잘 살았는데.' 식의 태도로 울타리 밖 사람들을 외면한다면, 그 방어적인 행동이 언젠가 울타리 밖에 서게 된 자신에게 부메랑이 되어 돌아오지 않을까.

> 오늘날 대부분의 사람들은 별 불평 없이 삶을 견디고 그 정도로만 존재의 가치를 믿지만, 그것은 인간이 각자 혼자서 결정하고 결심하기 때문이고, 절대로 자신이 설정한 틀 밖으로 나오지 않기 때문이다. 사람들은 자신의 틀 밖에 있는 것들을 전혀 알지 못하거나 희미한 그림자 정도로 인지한다.
>
> 프리드리히 니체의 《인간적인, 너무나 인간적인 Menschliches, Allzumenschliches》중에서

여전히 물음표

참 어려운 일이다

학생들의 낯빛이 순식간에 어두워진다. 그중 몇몇이 쏘아 보내는 베일 듯 날카로운 시선. 그렇다. 내가 또 꼰대 같은 소리를 한 것이다. 이십대 학생들을 늘 접하며 생활하는 것은 행복하면서도 한편 잔인하다. 신체뿐 아니라 정신도 나이가 들고 있다는 것을 매순간 느끼게 되기 때문이다.

게다가 세상은 그 어느 때보다 정신없이 변하고 있다. 몇 해 전 당시 서너 살쯤 되었던 조카가 여행 중인 조부모와 스마트패드로 통화를 하고 있었다. 한참 동안 대화를 나눈 후 "할머니 바꿔줄게." 하며 할아버지가 스마트패드를 할머니에게 넘기는 순간, 조카 녀석은 거의 반사적으로 스마트패드 화면을 왼쪽으로 스크롤했다. 그렇게 하면 할아버지 왼편에 있는 할머니를 볼 수 있을 것이라고 생각한 것이다. 어른이 통화자를 바꾸기 위해 하드웨어를 이동시킨 반면, 태어나면서부터 터치스크린과 스마트기기를 접한 아이는 기기 안의 가상공간에서 자연스럽게 대상의 위치를 찾은 것이다. 얼마 전에 들른 인공지능 관련 전시회에서는 내 말을 알아듣고 반응하는 챗봇chat bot이 돌아다니고 있었고, 더 나아가 MIT 미디어 랩이 최근 발표한 기사에서는 인공지능 스피커와 어린아이들의 대화로 인해 아이들이 바람직하지 않은 관계 형성 방식과 언어 습관을 습득하게 될 수 있다고 경고하고 있다. 일상을 바꾸는 기술 변화는 삶을 편리하게 할 뿐만 아니라 타인이나 외부 환경을 만나고, 받아들이고, 서로 영향을 주고받는 방식까지 완전히 바꾸고 있다.

이런 상황에서 괜찮은 어른이 되는 것은 참 어려운 일이다. 쉴 새 없이 변하는 세상에서 멘토 역할을 해야 하지만 예전 방식만 고수하는 잔소리꾼이 되어서는 안 되고, 앞장서서 일을 추진해야 하지만 함께 일하는 사람들 특히 다른 세계에 사는듯한 젊은이들의 마음을 이해하는 리더십을 발휘해야 한다. 오랜 경험에서 나오는 지혜는 소중하지만 맥락 없이 자신의 생각을 강요해서는 안 된다. 권위는 필요하지만 권위적인 생각과 행동은 환영받지 못하며, 젊은이들을 허물없이 대하는 것은 좋으나 나이가 어리다고 함부로 반말이나 명령조의 말투를 써서는 안 된다. 그러다 보니 꼰대 상사나 선배로 인해 힘들어하는 일은 이제 개인의 차원을 벗어나 심각한 사회문제가 되었다.

그렇다면 어떤 어른이 되어야 할까? 누구에게나 존경받는 멋진 어른은 아니더라도, 최소한 주위 사람들에게 꼰대 소리는 듣고 싶지 않은데 말이다. 참 어려운 일이다.

그럭저럭 봐줄만한 꼰대 되기

인터넷과 사회 네트워크 서비스가 활성화되면서 젊은이들의 대표적인 멘토였던 정치가나 기업인, 학자, 예술인들이 저지른 명성에 걸맞지 않은 행동이 걸러지지 않고 그대로 대중에게 노출되고, 많은 사람들이 이들의 일탈과 범죄 행위에 분노하면서 도대체 세상에 '본받을만한 사람'이 있기는 한 것인지 탄식한다. 인생의 멘토를 찾는다면 행운이지만, 그럴 수 없다면 주변의 보통 사람들이 만드는 '본받을만한 에피소드'에 집중해보는 것은 어떨까?

박사 과정에 진학한 지 얼마 되지 않아 연구실에서 한 대기업을 대상으로 전략 수립 프로젝트를 수행하게 되었다. 그 일환으로 실시한 워크숍의 첫날 첫 번째 세션은 최고 경영자를 비롯한 임원들에게 전략 수립 방법론을 설명하고, 상위 수준의 전략을 만들어보는 것이었다. 당연히 지도 교수님이 진행할 거라고 생각하고 다음 세션을 위한 유인물을 준비하고 커피를 내리고 있던 나에게 교수님이 불쑥 제안을 하셨다.

"한번 해보지?"

"네? 네."

순간 대답을 하면서도 머릿속이 하얘졌다. 강의실에 들어서니 중역들의 표정에도 당혹감이 역력했다. 아침 식사를 대신한 샌드위치와 유인물을 나눠주는 조교 정도로 생각한 20대 중반의 학생이 수십 년간 해당 산업에서 경력을 쌓아온 자신들 앞에서 전략 워크숍을 진행한다니, 언짢은 생각이 드는 게 당연했다. 시작할 시간이 되었는데 전문 경영인인 최고 경영자는 아예 세션에 들어오지도 않았다. 그냥 시작해야겠다 마음먹고 심호흡을 하는 순간, 그가 커피 한 잔을 들고 들어왔다. 그런데 자신의 자리를 지나치더니 나에게로 다가오는 것이 아닌가.

"어떻게 드시는지 몰라서 설탕만 넣었습니다."

커피를 내밀며 마치 윗사람을 대하듯 예의를 갖춰 건네는 한마디. 그 순간, 의자에 등을 기대고 편안히 앉아 있던 모든 중역들이 일제히 자세를 고쳐 앉았다. 긴장하고 있지 않았다면 아마 눈물이 핑 돌았을 것이다. 이내 진지한 분위기에서 세션이 시작되었고 '성공적으로 마무리했다.'로 끝나야겠지만 실상은, 전략 수립 방법론에 대한 설명까지는 어찌 넘겼지만 산업과 기업의 특성을 파악해야 하는 전략 수립 과정은 실수 연발이었다. 세션 말미에 지도 교수님이 개입하여 몇 가지 사항을 수정 보완하면서 세션이 무사히 마무리되었다.

당시 나는 두 어른의 행동을 통해 일단 일을 맡겼다면 경력이나 배경과 상관없이 그 사람을 전적으로 신뢰하고 완전히 권한을 위임해야 한다는 것과 후배나 부하 직원, 제자를 교육시키기 위해서는 어느 정도의 리스크를 감안해야 한다는 것을 배웠다. 어느덧 당시 어른들의 연배에 가까워진 지금은 그분들이 그렇게 행동하기까지 얼마나 많은 노력과 경험, 시행착오가 바탕이 되었을까 생각하게 된다.

지난 봄, 이 글의 초고를 작성할 무렵 담갔던 매실청이 어느덧 백일을 보내고 건더기를 거를 때가 되었다. 유난히 무더웠던 지난여름을 잘 버텨내고 하루하루 익어가는 매실청을 보며, 우리 삶도 나이가 들어감에 따라 자연스럽게 무르익고, 그에 걸맞은 쓰임새가 생기면 좋겠다는 생각이 들었다. 하지만 아쉽게도 나이가 든다고 삶의 지혜가 저절로 쌓이지는 않는 것 같다. 누구나 살면서 지식과 경험을 축적하지만, 때로는 그 지식과 경험 때문에 도리어 쓰임이 제한되고, 다른 세대와의 소통이 어려워지기도 한다. 그렇다면 괜찮은 어른이 되는 출발점은 우선, 자신이 가진 지식과 경험의 한계를 인정하고, 열린 시각으로 타인을 바라보는 시선을 가지는 것이 아닐까? 10년 혹은 20년 후, 그래도 그럭저럭 봐줄 만은 한 꼰대가 되어 있기 위해 이제 조심스레 첫걸음을 내딛어본다.

오랜 내 친구들은 이상하게 행동하고, 고개를 저으며 내가 변했다고 하네요.

하지만 살면서 잃는 것이 있으면 얻는 것도 있겠죠.

나는 이제 인생을 양쪽 측면에서 볼 수 있어요.

이긴 사람과 진 사람의 관점에서 모두 말이죠.

하지만 그것은 어쩌면 삶의 환상일 뿐,

나는 정말 인생에 대해 전혀 모르겠어요.

조니 미첼Joni Mitchell의 〈Both Sides, Now〉 가사 중에서

★

강박이
콘텐츠가
될 때

콘텐츠 기획자로 살아남는 법

조미나

이 글을 쓴 조미나는 경영학으로
학사, 석사, 박사 학위를 받았다.
컨설턴트로서 변화 관리, 비전 수립,
기업 전략 도출 등의 컨설팅을
수행했다. 이후 대통령비서실에서
국가 비전 수립, 국가 업무관리
시스템 구축 등에 관여하였고
이 시기에 정치외교학으로
박사 과정을 수료했다. 현재는
HSG 휴먼솔루션그룹에서
조직문화연구소장,
서울과학종합대학원aSSIST에서
겸임교수를 지내고 있다.
성과를 높이는 조직 문화에 대한
관심으로 관련 연구를 진행해왔고
《가치관 경영》,《팔리지 않으면
크리에이티브가 아니다》,《세상
모든 CEO가 묻고 싶은 질문들》,
《우리는 그들을 신화라 부른다》,
《대통령 보고서》 등 다수의 책을
공동 집필했다.

직업의 아이덴티티 찾기

무엇을 만든다는 것

'나는 콘텐츠 기획자다.' 내가 이런 일을 하고 있다는 것을 얼마 전에 깨달았다. 직업을 가지고 이 일을 시작한 지 20년 만에 말이다.

나의 첫 번째 직업은 컨설턴트였다. 기업의 문제를 찾아 솔루션을 도출하고 고객사에게 이를 설득하는 것이 일이다. 문제를 '문제'로서 인식될 수 있도록 자료를 만들었다. 실물 지표, 구성원 인터뷰 결과, 서베이 결과 등을 통해 모든 자료가 '문제'를 가리키도록 구성했다. 전문가 의견, 벤치마킹 결과, 경영진 방향성과의 적합성 등을 봤을 때 해당 솔루션이 최선이라는 느낌을 갖도록 논리를 더했다. 함께 일하는 고객사의 카운터 파트너부터 이해관계 부서장들과 임원들, 최종 CEO까지 설득하기 위해 각자의 니즈와 '숨어 있는 관심사'에 맞춰 자료를 만들었다. 그들의 눈높이, 그들의 욕구, 그들의 요구에 맞춰 모든 이들이 만족할 수 있는 결과가 나오도록 자료를 꾸몄다. 그 결과 컨설팅의 최종 아웃풋은 수백 장이 넘는 두 꺼운 자료집이었다. 이슈도출보고서, 원인분석보고서, 솔루션제안보고 서, 킥오프Kick off보고서, 중간결과보고서, 최종결과보고서까지. 두꺼운 보고서들이 튼튼한 링 제본으로 묶여 고객사의 캐비닛에 보관되는 순간 컨설팅 프로젝트도 끝이 났다.

나의 두 번째 직업은 공무원이었다. 청와대 대통령 비서실(엄밀히 말 하면 비서만 수백 명이 있는 조직의 일원)에서 근무하며 대통령이 내리는 모든 결정과 판단의 근거 자료를 만드는 일이었다. 특히 정책 결정은 근거와 논 리의 싸움이기 때문에 더욱 자료 작성에 심혈을 기울였다. 내가 만든 자료 의 데이터가 정확하지 않거나 잘못된 방향성이 자료에 들어가게 되면 그 것으로 인한 영향력이 너무 컸다. 컨설팅에서의 오류는 해당 기업에만 미 치지만, 공무원이 내는 오류는 자칫 전 국민에게 미칠 수 있다. 실제 그런 경우가 많았다.

현대 사회에서 손목터널증후군이 일종의 직업병처럼 널리 발생한 이유가 컴퓨터 자판 때문이라는 주장이 있다. 지금의 컴퓨터 자판 형태는 인체의 손가락 구조상 쉽게 칠 수 있는 것이 아니다. 과거 타자기에서 시 작한 자판은 타자수들이 너무 빨리 치면 당시 타자기의 기술력 부족으로 종이에 구멍이 나거나 찢어지기 때문에 일부러 빨리 치지 못하도록 구성 된 것이라는 거다. 어떤 이유에서 처음에 컴퓨터 자판을 만들었는지 알 수 없으나 이를 표준으로 한 이는 어느 공무원일 것이다. 그는 그저 당시 기준에 맞춰 표준을 만들었을 뿐인데 그것이 수많은 사람의 손목에 무리를 주게 되리라는 것을 꿈에도 몰랐겠지. 공무원의 일이라는 것이 그랬다. 내가 한 업무 중 하나가 보고서 표준이라는 것을 만들어 전 부처에 전달한 것이다. 다른 것도 아니고 '글머리 표'와 같은 서식의 표준이었다. 첫 번째 단계의 글머리는 네모(□), 두 번째 단계는 동그라미(○), 세 번째 단계는 하이픈(-)으로 시작하도록 했다. 전부터 사용하던 관행, 행정 업무 처리 관련한 규정 등을 참고하여 만들었다. 특별한 이유는 없었다. 네모 대신 별표(★)를 할 수도, 동그라미 대신 다이아몬드(◇)를 할 수도 있었지만 그냥 그렇게 만들었다. 그 후 더 이상 공무원도 아니고 그래서 정책보고서를 쓸 일도 없으니 잊고 있었다. 그런데 얼마 전 한 공기업에서 보고서 관련 강의를 요청해왔다.

"아, 보고서가 내용이 중요하지 형식이 중요한가요? 머리 아파 죽겠습니다. 도와주세요!"

"왜 그러시는데요?"

"우리 고객은 주로 정부 부처인데요. 해당 부처 공무원이 네모, 동그라미, 찍(?)으로 보고서 서식을 맞추라고 하는데, 도통 무슨 말인지 알 수가 있어야죠."

물론 나는 바로 이해했다. 동시에 소름이 끼쳤다. 10년이 지난 지금까지도 정부 부처에서는 내가 만든 글머리 표를 쓰고 있다는 것 아닌가? 만약 비어 있는 네모가 아닌 속이 꽉 찬 네모(■)를 표준 서식으로 만들었다면, 그만큼 부처에서 쓰는 프린트 잉크가 더 사용되었을 거다. 내가 국가 예산의 불필요한 소비를 줄인 것이다. 예상하고 그랬던 건 아니지만.

강의를 싫어하는 강사

나의 세 번째 직업은 기업 교육 전문 강사였다. 나는 강의하는 것을 좋아하지 않는다. 누구는 강의하면서 에너지를 얻기도 하고 누군가에게 지식을 전달하는 자체가 너무 큰 희열이라고 한다. 그건 천직으로 하는 경우다. 나는 강의를 하면 할수록 내 에너지가 고갈되는 느낌이다. 남 앞에 서는 것이 불편한 건 아닌데 그렇다고 편하지도 않다. 사실 내가 이 직업을 갖게 된 이유는 강의가 아니었다.

공무원 생활을 접으면서 다음 진로를 고민하고 있을 때였다. 컨설팅으로 다시 돌아갈 수도 있고, 다른 공공 기관으로 옮길 수도 있었다. 그렇게 이것저것 생각이 많을 때 한 교육회사에서 헤드헌터를 통해 연락이 왔다. 인터뷰를 한번 보자는 거다. 교육업을 전혀 알지도 못했고 관심도 없었지만 그 회사의 CEO가 유명 인사이셨기에 한번 만나보기나 하자는 마음으로 응했다. 인터뷰에 앞서 시강(리허설 강의)을 요구해왔다. 보고서 표준을 만들어 강의를 다녔던 경험으로 영문도 모르고 시강을 했다. 그때까지도 내가 강의를 하게 될지는 꿈에도 몰랐다. 그냥 이 회사는 특이한 프로세스로 사람을 뽑는구나 했을 뿐. 어쨌거나 입사를 했고, 콘텐츠를 만들었다. 내가 만든 콘텐츠였기 때문에 딜리버리Delivery도 했다. 그게 강의였고 강사가 되었다. 강의를 한 지도 벌써 10년, 수많은 기업을 위해 수십 가지가 넘는 콘텐츠를 만들어 강의했다. 이제 와서 '나는 강의가 참 안 맞아.' 하는 것도 뻘쭘할 만큼 세월이 흘렀다.

요즘, 깨달았다. 나는 강의를 하는 사람이 아니라 콘텐츠를 만드는 사람이고, 가장 좋아하는 일이 콘텐츠 기획이라는 사실을. 20년을 컨설턴트, 공무원, 강사로 살면서 내 직업의 아이덴티티Identity를 이제야 찾았다. 콘텐츠 기획, 이 일을 할 때 가장 기쁘고 설레고 행복하다. 누군가 묻는다.

"강의가 좋으세요?"

"아니요. 저는 콘텐츠를 만드는 것이 좋아서 강의를 합니다."

이제는 자신 있게 말할 수 있다. 그러나 좋아하는 일이긴 하지만 이 일을 잘하느냐는 다른 문제다. 콘텐츠를 만들면서 요행히 여기까지 버텨 왔으니 아주 못하는 것은 아닐 것이다. 늘 아쉬움이 남는다. 콘텐츠를 만드는 과정은 언제나 역경의 연속이었다.

늘 새로워야 한다

첫 프로그램의 성공

교육회사에 입사해서 처음 맡은 프로그램은 강소기업을 찾아서 성공 비결을 듣고 그것을 강의로 만들어 소개하는 일이었다. 700명이 소속된 CEO 클럽이 있었는데 그들 다수가 일반적인 또는 교과서적인 콘텐츠보다는 실질적인 기업 사례를 알고 싶어 했다. 늘 나오는 애플, 구글, 삼성, 현대와 같은 잘 알려진 대기업이 아닌 본인들과 비슷한 중소 규모의 숨어 있는 기업 사례를 통해 실질적인 경영의 팁을 얻고 싶은 것이 니즈였다. 거의 3년을 이어갔고, 한 달에 한 번씩 새로운 기업 사례를 강의로 만들면서 30여 개에 달하는 신규 콘텐츠를 만들 수 있었다.

돌이켜보면 당시 내 나이 30대 중반, 30년 이상의 경력을 지닌 CEO들 앞에서 강의를, 그것도 기업 전략이나 조직 문화와 관련한 인사이트Insight를 준다는 것은 말 그대로 '무식하니까 용감했다.'라고밖에 설명이 안 된다. 그럼에도 가능했던 이유는 내가 찾은 기업 사례이고, 내가 만든 강의였기에 이 콘텐츠에 대해서만큼은 내가 최고의 전문가이기 때문이다. 프로그램의 성실한 참석자였던 한 투자회사 대표는 강의에서 다뤄진 기업에 투자를 해서 상당한 효과를 볼 수 있었다고 하니 전달된 콘텐츠가 나쁘지 않았구나 하는 반증으로 삼는다.

처음부터 쉽지는 않았다. 창립 강의를 준비하면서 당시 핫했던 모 스포츠캐주얼 브랜드의 대표를 만나야 했다. 기업을 사례로 분석하겠다는 것과, Q&A 세션에 대표가 직접 참석해 진행해야 한다는 것을 허락받기 위해서다. (임원도 안 된다. 청중이 전부 CEO이기 때문이다.)

"잠시만요. 딱 5분만 만나주시면 됩니다."

"대표님이 워낙 바쁘셔서요. 더구나 그 프로그램을 들어본 적도 없다 하시는데……."

당연히 거절이었다. 듣지도 보지도 못한 프로그램 기획자가 만나자고 하는데 누가 쉽게 응하겠는가? 더구나 바쁘기로 한량없던 잘나가는 회사의 CEO라면! 발표해야 하는 날짜는 다가오는데 그를 만날 수는 없고, 다행이라면 홍보팀에서는 기업을 분석해 성공 사례로 다루고 강연이 끝나면 콘텐츠를 언론 기고 형식으로 싣겠다는 제안에 긍정적이었다.

"마지막으로 저의 제안을 한 번만 더 보고해주세요. 제가 요 앞 카페에서 기다리고 있겠습니다."

"아니, 대표님이 언제 읽으실지 모르는데요. 저희도 아쉽지만 ……
이제 그만 포기하시죠."

"아닙니다. 답변을 주실 때까지 계속 기다리겠습니다!"

혼자서는 밥도 못 먹고 영화도 못 보는 소심한 내가 어디서 그런 배
짱과 용기가 나왔나 지금 생각해도 신기하다. 새롭게 시작하는 프로그램
을 꼭 성공시켜야 한다는 사명감과 책임감이 그날 오후 그 카페에서 몇 시
간을 하염없이 기다리게 한 원동력이 되었을 게다. 간절한 기다림 덕분인
지 그를 만날 수 있었다. 그는 프로그램의 취지와 목적에 공감하여 흔쾌히
참여해주었고, 첫 프로그램이 대성공을 거둔 것은 물론이다.

매달 찍어내는 콘텐츠 공장

당시 회사에서는 강사 한 명이 신규 콘텐츠를 1년에 2개 만들면 잘했다고
칭찬을 받을 만큼 콘텐츠 만드는 일이 쉬운 일이 아니었다. 그런데 1년이
면 12개 콘텐츠를 꼬박꼬박 만들어내니 그때부터 내 별명이 콘텐츠 공장
장이었다. 전에 경험했던 컨설팅보고서나 정책기획보고서와는 또 다르게
새로운 콘텐츠를 만드는 일이 정말 재미있었다. 기업 성공 사례는 사실 경
영학에서 아주 흔한 주제다. 그럼에도 내 프로그램이 대성공을 거둔 포인

트는 기업 사례를 매번 다른 프레임과 틀로 분석했다는 점이다.

가령 일본산 코끼리 밥솥을 밀어낸 국내 밥솥의 절대강자 C사는 회사의 히스토리를 보니 위기를 통한 진화라는 틀로 분석하면 될 것 같았다. 회사에 큰 위기가 닥칠 때마다 좌절하지 않고 말 그대로 한 단계 성장하고 진화하는 계기로 삼은 것을 그들의 성공 비결로 풀었다. 국내 막걸리 시장의 부흥을 이끈 K사는 한계를 극복한 틀로 분석했다. 술 만드는 회사라는 한계, 엄격한 규제라는 한계, 주류 도매시장에서 약자라는 한계를 극복한 것이 오늘날의 K사를 만든 것이었다. 크리스탈 하나로 전 세계를 주름잡는 오스트리아 강소기업 S사는 110년이 넘는 전통을 이어온 유산Heritage을 혁신으로 연결한 점이 매력적이어서 분석 틀로 활용했다. 장수 기업이지만 동시에 젊은 기업과 같은 다이내믹함을 유지한 것이 지속적인 성공을 이룬 원인으로 보니 많은 것이 설명되었다. 이처럼 실재하는 기업의 성공 비결을 각자의 상황에 맞춘 프레임을 가지고 연구하고 분석하는 것은 그 자체로 신나고 즐거운 경험이었다. 기업을 선정하면 어떤 틀로 분석할까 고민하는 과정이 좋았다. 이렇게 시작해서 이런 고난을 거쳐 이렇게 성공했다는 식의 성공 기업 사례집은 흔하다. 그것이 아닌 해당 기업 고유의 분석 틀을 사용한 것이 나의 차별화 포인트였다.

늘 새로운 콘텐츠를 만들 수밖에 없었던 환경은 또 있었다. 내가 속한 교육회사는 주로 CEO와 임원을 멤버십으로 모집해 전문적인 교육을 하는 회사였다. 길게는 8년째 회원인 원우들도 꽤 있었다. 당연히 신규 콘텐츠를 제공할 수밖에 없다. 작년에 들었던 것을 또 듣게 할 수는 없지 않은가? 사실 경영학의 범주는 그리 넓지 않다. 경영전략이나 마케팅 기법, 리더십 기술 등도 이름만 바꿨을 뿐 내용은 크게 다르지 않다. 이런 식상한 주제 속에서 신선한 내용을 제공해야 하는 건 정말 어려운 일이다. 그러나 어쩔 수 없다. 해야 했다.

기본 이론은 비슷하더라도 트렌디한 주제를 잡아 새로운 사례를 넣어 콘텐츠를 만들었다. 가령 기업 비전, 미션, 사훈 등은 과거에도 있었지만 최근과 같은 VUCA Volatility 변동성, Uncertainty 불확실성, complexity 복잡성, Ambiguity 모호함의 경영 환경에서 구성원들을 한 방향으로 정렬하기 위한 '가치관 경영'이라는 주제는 신선했다. 경청하는 리더, 소통하는 리더는 늘 해왔던 말이지만 '밀레니얼millennial 세대(1980~2000년생)'를 성장시키는 '플랫Flat 리더십'은 호기심이 생긴다. 규칙, 규율, 워크웨이Work Way는 이미 있는 내용이지만 주 52시간 근무 체제에 맞춘 새롭게 일하기, '리워크Re Work'는 최근 핫한 주제가 되는 것이다.

새로운 콘텐츠를 기획하는 것은 쉽지 않다. 지식의 홍수 시대에 조금만 식상해도, 조금만 뻔하다는 느낌이 들어도 그 콘텐츠는 바로 외면당한다. 콘텐츠 기획자는 호기심을 가져야 한다. 쉽게 질리는 성격이 유리하다. 조금만 반복돼도 지겨워해야 안주하지 않는다. 새로운 것에 도전하는 것을 두려워해서도 안 된다. '와이 낫Why Not? 정신'으로 부딪혀보는 게 필요하다. 자기 확신과 나아가 자기최면이 있어야 한다. '난 할 수 있다. 난 늘 잘해왔다. 이번에도 잘할 수 있다. 분명히 답은 있다. 그러니 포기하지 말자.' 끊임없이 스스로를 격려하고 북돋으며 자신을 믿어야 한다. 그래야 늘 새로운 콘텐츠를 만들 수 있다.

특별하지 않은
특별함

줄타기 선수

컨설팅은 해당 기업의 문제에서부터 출발하니 당연히 고객 맞춤형이다. 다른 기업 사례, 지식 DB, 전문가의 노하우 등으로 척하면 척, 처음부터 답이 나와 있는 경우도 있지만 그럼에도 그 솔루션이 해당 기업에 맞는지는 검증을 해야 한다. 대부분의 경우 다른 기업과 유사한 솔루션은 거의 없다. 방향성이 비슷할 뿐, 실행을 위한 디테일은 다르다. 그 디테일에서 완전히 다른 결과가 나온다. 컨설팅 비용이 비싼 이유가 바로 이거다.

교육업계로 들어오니 레디메이드Ready-made 강의가 가능했다. 강의를 한 번 만들어놓으면 멀티 유즈Multi Use를 해야만 수지타산이 맞았다. 한 기업만을 위한 강의를 만들면 개발 인풋에 비해 강의료 아웃풋이 안 맞는다. 기업이 컨설팅 프로젝트에 지불하는 비용만큼을 강의에는 지불하지 않기 때문이다. 그래서 신규 강의를 만들면 여러 기업, 여러 과정에서 순차적으로 진행한다. 서울의 최고 경영자 과정에서 활용하고, 그 다음 지방 클래스를 돌면서 전국의 CEO들에게 강의하고, 기존 임원 과정에서 쓰고, 신임 임원 과정에서 또 돌리는 식으로 말이다. 한 번 만들어놓고 주구장창 쓸 수 있을 때 ROI^{Return on Invest, 투자 수익}가 맞는다.

그런데 교육 영역 중에는 특정 기업만을 대상으로 콘텐츠를 만들어서 들어가는 경우가 있다. 그 기업의 이슈에서 시작해 그 기업에 맞는 솔루션을 도출하는 것이다. 물론 컨설팅처럼 컨설턴트가 솔루션까지 전부 제공하는 것은 아니다. 그 기업 구성원들이 스스로 솔루션을 도출할 수 있도록 마중물 지식을 주고, 퍼실리테이팅^{Facilitating}을 해주고, 솔루션을 검증해주는 역할을 한다.

일방 강의식 교육보다는 이런 식의 교육이 점점 많아지는 추세이기 때문에 이제는 완전한 레디메이드 강의는 거의 없다. 특히 지금 내가 다니는 회사는 교육이 실행으로 연결되는 것을 모토로 삼고 있기 때문에 더 그렇다. 모든 강의는 기업 상황에 맞춰 커스터마이징^{Customizing}을 한다. 기업의 상황과 실정, 해당 구성원의 생각 그리고 경영진 또는 담당자의 입장에 맞춰야 한다. 그래야 실질적인 도움이 되기 때문이다. 교과서적이고 교조적인 콘텐츠는 이제 통하지 않는다. 다른 기업에서 성공했다고 해서 우리 기업에서도 성공하리라는 보장도 없다. 또 그 당시에는 '모범 경영'이었겠지만 이미 지금은 그렇게 해서 되는 환경이 아니다. 그러다 보니 주제도 다르게 하고 메시지 하나하나에, 장표 한장 한장에 해당 기업의 색채를 담아야 한다. 그렇다고 완전히 동떨어진 이야기를 할 수도 없다. 공식적인 콘텐츠는 컨설팅보고서든, 강의안이든 상상력으로 만들어서도 안 되고, 만들 수도 없다. 객관적인 데이터와 근거, 논리적 타당성, 합리성이 같이 들어가야 한다. 해당 기업에 맞춰 커스터마이징을 해서 가면 꼭 받는 질문이 '다른 기업들도 이렇게 합니까?'이다. 우리 기업의 상황에 맞추면 좋지만, 그렇다고 우리만 하는 것은 불안하다는 심리다. 따라서 콘텐츠를 만드는 사람은 고객 맞춤형과 보편타당성 사이에서 줄을 잘 타야 한다.

모 그룹의 임원 교육 과정이었다. 그 회사 사례를 활용하면 몰입도 잘되고 토론도 잘될 것 같아 실제 사례를 일부 각색해서 시나리오로 만들었다. 회사명도, 등장인물도 가상으로 처리했다. 그런데 사단이 났다. 스마트 팩토리Smart Factory 도입에 관한 전략적 결정이 실패한 사례에서 원인을 분석하는 것이 목적이었는데 임원들이라 그런지 마치 자신이 그 시나리오의 주인공인 것처럼 지나치게 몰입을 하며 실패 자체를 변론하는 데 온 시간을 다 쓰는 것이 아닌가?

"아니, 이 경우는 실패라고 보면 안 되죠. 시간이 없었을 뿐 아닙니까?"(원론적 주장이다.)

"현실적으로 이런 경우면 누구라도 다른 대안이 없었을 겁니다!"(현실론도 단골로 나온다.)

"솔직히 경영진이 결재한 건데 임원이 왜 책임을 져야 합니까?"(속마음까지 나온다.)

결국 그룹 토론이었던 시나리오 수업은 서로 기분만 상한 채 끝이 났다. 다행이 시간이 길지 않아 다른 콘텐츠로 분위기를 전환시킬 수 있었지만, 나로서는 새로운 고민을 안게 됐다. 맞춤형 콘텐츠도 좋긴 한데, 너무 맞춰놓으니 오히려 현실과 혼재하는 문제가 생기는 건가?

기업 규모와 직급에서 오는 차이도 크다. 아무래도 대기업과 중소기업은 상황이 다를 수밖에 없다. 같은 콘텐츠라도 대기업과 중소기업에는 내용을 달리 가져가야 한다. 그런데 일반적인 생각과 다른 경우가 있다. 대기업은 그만큼 교육 기회도 많고 상대적으로 우수한 인재가 모여 있다. 그러나 자신들이 주도적으로 뭔가를 해나갈 기회는 오히려 적다. 그래서 가끔 뜨악할 때가 있다.

'아니, 이 좋은 스펙을 가진 분들이 왜 이 정도밖에 이해를 못하지?'

대기업의 팀장급인데도 정해진 틀에 맞춰진 것이 아니면 소화를 못하거나 아주 구체적으로 템플릿과 매뉴얼을 제공해야 활용하는 거다. 반면에 중소기업은 상대적으로 인력풀이 좁다 보니 한 사람이 일당백을 하는 경우가 많다. 영업자가 생산 현장에도 가 있어야 하고, R&D 담당자가 고객과 부딪혀 문제를 해결해야 한다. 특히 그렇게 잔뼈가 굵어 중소기업의 임원 자리까지 올라갔다면 간단한 인사이트만 드려도 알아서 적용점을 찾는다. 물론 개인차가 있겠지만 지금까지 나의 경험으로는 그랬다.

기업 사례의 두 얼굴

컨설팅이든 교육이든 보면, 회사의 현실에 만족하기보다는 뭔가 개선점을 찾고자 하는 니즈가 있다. 우리보다 잘하는 누군가의 사례로부터 배우고 싶은 니즈, 우리랑 비슷한 누군가로부터 자극받고 싶은 니즈, 우리보다 못한 누군가로부터 위로받고 싶은 니즈가 있는 거다. 그래서 기업들이 사례에 목말라한다. 이론 중심의 교과서와 기업용 콘텐츠를 차별화할 수 있는 것도 다양한 사례다. 콘텐츠 만들 때 사례가 필수적인 이유다. 그런데 사례라는 것이 구하기가 쉽지 않다. 누구나 다 아는 것은 신선한 사례가 아니고 신선한 사례는 누구도 쉽게 얻지 못한다.

특히 희귀한 사례가 실패 사례다. 많은 사람들이 실패를 통해 타산지석을 삼고 싶어 한다. 성공 요인은 알아도 우리가 못 따라갈 수 있지만, 실패는 우리가 피해가면 되니 더 필요한 지식이고 더 중요한 정보다. 기업의 성공 사례에 식상해 있던 차에 실패 기업들의 원인을 분석해서 콘텐츠를 만들었는데 그렇게 고생일 수가 없었다. 일단 어느 기업도 자신들의 실패를 밖으로 드러내고 싶어 하지 않는다. 실패 사례일수록 꽁꽁 싸여 공개

되지 않는다. 게다가 무엇이 실패인가도 어려운 기준이다. 성공이야 웬만해서는 그렇다고 쳐주어도 큰 문제가 없는데, 실패는 자칫 잘못 언급했다가는 그 기업과 평생 척을 질 각오를 해야 한다. 특히 기업 사례를 다룰 때, 기업이란 유기체는 늘 부침이 있고 결과론적으로 성패를 가르는 경우가 많다. 특정 어느 시점에서의 사례를 성공이나 실패라고 단정 짓기에는 애매하다는 거다. 그것이 국내 기업인 경우 더 그렇다.

국내 유명 식품회사가 커피 사업에 들어갔다가 실패한 사례가 있다. 나름의 브랜드 전략과 마케팅 유통망, 영업력까지 다 갖추었지만 커피 시장이 만만치 않았던 것. 80퍼센트 이상 독점에 가까운 점유율을 차지한 경쟁사가 버티고 있으니 말이다. 이 사례는 핵심 역량을 통한 사업 확장을 할 때 어떤 것을 놓치면 안 되는지를 보여주기에 아주 적합하다. 원수는 외나무다리에서 만난다고, 어떤 공개 과정에서 그 회사의 임원을 만났다.

"우리는 실패한 것이 아니라 잠시 홀딩하고 있는 상태입니다. 우리가 적극적으로 하지 않을 뿐이고, 시장이 갖춰지기를 기다리는 있는 중이라고요."

그 임원이 열변을 토해서 그 다음부터는 그런 비하인드 스토리도 같이 곁들여 사례로 활용하고 있다. 이 경우는 그래도 점잖은 편. 주제가 명확하지 않은 광고를 보여준 사례가 있었다. 기업명을 가리고 청중에게 어떤 기업인지 맞춰보라고 했는데, 대부분 못 맞춘다. 그 정도로 기업의 특색이 살지 않는 광고여서 이 또한 실패 사례로 자주 사용했다. 일전에 식품 회사의 경우도 있고, 원래부터도 실패 사례가 들어간 경우 참석자 리스트를 꼭 살핀다. 해당 기업 사람이 있으면 얼마나 기분 나쁘겠는가? 그날도 당연히 확인 절차를 거쳤기 때문에 안심하고 있었는데, 쉬는 시간에 어떤 분이 얼굴 벌게져서 찾아오셨다. 알고 보니 그 광고를 만든 광고회사 임원이었던 것! 이후에는 실패 사례, 특히 국내 기업 사례는 쓸 때마다 조마조마하다. 어떤 땐, 아예 실패 사례는 외국 기업 사례만 쓰기도 한다.

성공 사례라고 쉽냐 하면 그렇지도 않다. 앞에서 언급한 강소기업의 성공 사례도 마찬가지다. 프로그램을 운영할 당시 사례로 다루었던 기업 중 일부 기업은 현재 굉장히 어려운 지경에 처해 있다. 창업자가 회사를 빼앗겨 본인은 다른 회사로 옮긴 경우도 있고, 윤리적 문제에 걸려 곤혹을 치른 사례도 있다. 승승장구하던 기업이 하루아침에 성과가 곤두박질쳐서 아예 시장에서 퇴출되었거나 겨우 명맥만 유지하는 경우도 있다. 그게 불과 몇 년 안에 생긴 일이니 기가 막힐 노릇이다. 5년 이상 기업 생존율이 30퍼센트밖에 안 된다고 하더니 실제 주변의 기업들을 보면 그렇다. 나름 성공 사례라고 꼽힌 기업들인데도 이러니 웬만한 기업은 사례로 쓰기도 겁난다.

경영학의 대가인 짐 콜린스Jim Collins도 그랬다. 그가 쓴 최고의 경영서라 일컬어지는 《성공하는 기업의 8가지 조건Built to Last》에서 언급된 기업들이 좋은 기업이긴 하지만 위대하지 않다는 지적을 받았다. 그래서 다시 연구하여 쓴 책이 《좋은 기업에서 위대한 기업으로Good to Great》이었다. 이때 성공 기업의 정의를 다시 내려야 했는데, 여기가 끝이 아니었다. 그로부터 10년이 지난 후 앞의 두 책에서 언급한 기업들이 망해버리는 (위대한 기업이기까지 했는데!) 현실을 보며 쓴 책이 《위대한 기업은 다 어디로 갔을까?How the mighty fall》이다.

기업 사례란 한 치 앞도 내다볼 수 없는 경우가 많다. 나도 최근 미국의 저가 항공사로서 유머 경영과 본질에 집중한 경영으로 유명한 한 기업을 강의안에서 다 빼버린 경험이 있다. 그 기업이 연속으로 심각한 사고를 냈기 때문이다. 물론 여러 원인이 있었겠지만 어쨌든 상습적으로 사고를 내는 기업을 좋은 기업이라고 소개할 수는 없지 않겠는가? 사례를 콘텐츠에 활용하면 항상 그 사례의 현재를 검증해야 한다. 현재도 성공하고 있는지, 좋은 사례로 소개해도 문제가 없는지 또 찾아보고 또 찾아야 한다.

콘텐츠는 다큐처럼,
전달은 예능처럼

전달자의 몫

기업 현장에서 쓰는 콘텐츠는 청중이 있고 고객이 있다. 그들이 쉽게 이해하고 수긍할 수 있도록 깊숙이 들어가야 한다. 맞춤형 콘텐츠가 필요한 이유다. 반면에 너무 본인들의 얘기라면 굳이 외부인이 와서 하는 이야기를 들을 필요가 없다. 그들에게 신선하고 새로운 얘기를 꺼내야 한다. 자신들만 그런 것이 아니라 보편타당한 경우라고 설득할 수 있어야 한다. 이 두 마리 토끼를 동시에 잡을 수 있을 때 좋은 콘텐츠가 나온다. 콘텐츠 기획은 자기만족을 위한 작업이 아니다. 평가는 고객이 한다. 그 평가는 대부분 옳다. 물론 가끔은 야속하기도 하지만 말이다.

　'이렇게 열심히 작업했는데, 이렇게 열심히 전달했는데, 뭘 더 어떻게 잘해야 하나? 왜 이해를 못 하나? 왜 어렵다고 하고 재미없다고 하고 활용도가 떨어진다고 하나?'

심지어 이런 생각이 들 때도 있다.

'이건 고객에게 문제가 있다. 똑같은 기업 구성원들을 대상으로 몇 차수에 걸쳐 워크숍을 진행하였는데, 유독 어느 차수에서만 평가 점수가 낮았다. 같은 주제, 같은 강사가 전달했는데 이런 건 어떻게 설명해야 한단 말인가?'

그 경우에도 고객이 옳다. 그때 유독 다른 상황(또는 업무나 환경)의 구성원들이 참석했을 수 있다. 또는 그때 강사가 어떤 말실수를 했을 수도 있다. 콘텐츠 기획을 할 때는 고객의 반응을 겸허하게 받아들여야 한다. 억울해도 결국 내 탓이다.

강사나 컨설턴트가 콘텐츠 기획을 할 때 이를 도와주는 연구원이나 애널리스트가 있을 때도 마찬가지다. 결과가 안 좋은 경우 연구원들이 사례를 제대로 못 찾아서, 애널리스트들이 데이터를 잘못 가져와서 등 전달자가 자신에게 도움을 준 이들에게 책임을 떠넘기는 경우가 있다. 어불성설이다. 그들이 자료와 데이터를 가져왔을 때 최종 컨펌은 전달자가 했다. 문제가 있었다면 그때 제기했어야 하는 것이고, 일단 받아들였다면 그때부터는 오롯이 전달자의 몫이다. 누군가는 공동 책임이 있는 것 아니냐고도 하는데 전혀 그렇지 않다. 각자의 역할이 따로 있는 법. 최종 책임은 전달자에게 있다. 억울해도 남 탓할 게 아니다. 그래서 콘텐츠는 전달이 90퍼센트다.

여자랑 일 안 합니다

대학 교육과 기업 교육을 구분하여 비교할 때, '전달'의 차이를 드는 경우가 많았다. 학교에서는 학점을 따기 위해서 꼭 그 수업을 들어야 하는 호의적인 학생들이 있다. (물론 지금은 강의 평가가 활성화되어서 학생들이 제일 무섭다는 교수들도 많다.) 기업은 다르다. 일단 청중은 본인이 듣고 싶어서 온 경우가 많지 않다. (직장인들이 자기 계발을 위해 사비를 들여 공부하는 교육 시장은 여기서 논외다.) 먼저 기업 교육 담당자(또는 컨설팅 발주 부서)가 경영진의 결재를 득한 후 들어야 하는 대상을 선정해서 일방 통보한다. 정작 대상자들은 왜 들어야 하는지, 이 바쁜 시간에 밀린 일은 언제 하나를 걱정하며 앉아 있는 경우가 많다. 요행히 관심을 가지고 있다 하더라도, 앞에 있는 강사(또는 컨설턴트)가 자신들의 일을 얼마나 알고 있나 한번 평가해보자는 마음으로 있는 경우도 많다. 심지어 나처럼 여성인 경우는 그 정도가 더하면 더했지, 결코 우호적이지 않았다.

컨설팅은 아무래도 초기에 클라이언트와 기 싸움을 하는 경우가 있다. 전문가로 포지셔닝하고 들어가기 때문에 해당 기업의 담당자 눈에도 전문가로 보여야 일을 할 수가 있다. 한번은 모 식품회사 컨설팅 프로젝트였다. 킥오프 미팅을 하고 각 파트마다 카운터 파트너를 정한 다음 상견례를 하는 자리였다. 당시 내 나이 20대 후반. 카운터 파트너는 40대 초

반의 남성 차장. 성격도 좀 괄괄한 편인지 나를 보고는 첫 마디가 이랬다.

"나는 여자랑 일 안 합니다. 돌아가세요."

2000년대 초반만 해도 이런 용기(?) 있는 발언을 하는 사람들이 꽤 많았다! 참으로 난감한 상황. 어쩌겠는가? 마침 점심시간도 다가와서 식당으로 앞섰다.

"알겠습니다. 오늘은 첫날이니 밥 먹으면서 얘기나 하시지요."

밥을 시키면서 그가 소주와 맥주컵을 주문했다. (대낮에! 다시 한 번 말하지만 2000년대 초반이었다.) 나중에 알고 보니 점심 때 그렇게 반주하는 것이 그 회사의 일상적인 문화였는데, 나는 나를 시험하는구나 싶어 오기가 생겼다. 당시 나는 술을 입에도 대지 않는 주량이 형편없는 사람이었지만 그 시험에 떨어질 수는 없었다. 호기롭게 원 샷. 악으로 깡으로 먹으니 취하지도 않았다. 새파랗게 젊은 여자로 봤던 상대가 아무렇지 않은 얼굴로 한잔 쭉 들이키자 그제야 눈을 마주치던 그는 자신들의 이슈와 고민을 조금씩 털어놓기 시작했다. 나중에 안 일이지만 원래 컨설팅이 들어갈 때는 컨설턴트의 레쥬메Resume, 소개서가 먼저 들어가는데 처음부터 그 회사에서는 여자 컨설턴트를 반대했었다. 우리 회사에서 그 분야 최고 전문가라고 일단 한번 만나보라고 계속 설득하는 바람에, 아예 쫓아낼 생각을 하고 킥오프 자리에 들어온 거라고 실토했다. 그래서 더 그렇게 쌩하게 굴었다고. 아무튼 그 이후로도 여러 번 파토를 내기 일쑤였지만 해당 프로젝트는 잘 끝났고 그들과는 나중까지도 좋은 인연으로 남을 수 있었다.

　강의를 할 때도 상황이 크게 다르지 않았다. 30대 여자 강사가 CEO 와 임원 대상 강의에 들어가면 일단 호기심 어린 표정들이 스친다. 일반적으로 여성들이 많이 하는 커뮤니케이션이나 서비스 영역이 아닌 경영전략과 조직 문화, 리더십을 강의하니 더 그럴 것이다. 어떤 CEO는 나중에 친해져서 하는 말이, 첫 강연 당시에는 자신이 모욕당한 기분이었다고 했다. 그럴 수 있겠다 싶었다. 오죽하면 회사에서 한동안 각종 포털 사이트에 실린 내 이력에서 나이를 지우고 올렸겠는가? (물론 지금은 나이로도 어디 가서 꿀리지 않는다!) 청중들에게는 메시지보다도 몰입시킬 수 있는 딜리버리가 더 중요하다. 같은 내용이라도 전달자가 어떻게 표현하느냐에 따라 받아들이는 것이 완전히 달라질 수 있기 때문이다.

콘텐츠 기획의 영원한 숙제

컨설팅을 시작한 지 얼마 안 되어 프레젠테이션을 해야 했다. 해야 할 내용은 많고, 앞 순서가 밀리는 바람에 나에게 할당된 시간은 원래 시간의 반도 안 되었다. 마음은 조급하고 욕심은 앞서고. 어쨌든 준비한 내용은 큰 이슈 없이 끝났다. 그런데 다 끝나고 나가던 청중 중 한 분이 슬쩍 다가

와서 말했다.

"빨리 말하는 것과 핵심만 말하는 것은 다르겠죠? 시간이 부족해서 마음이 너무 급하셨나 봐요. 다음부터는 급하면 핵심만 얘기해주세요."

어찌나 부끄럽고 창피하던지. 그 이후 한동안 핵심만 전달한다는 것에 대해 고민했다.

핵심이란 무엇일까? 기업 현장에서 쓰는 콘텐츠는 소설 같은 순수 예술과는 다르다. 명확한 고객이 있고 그들이 듣고 싶은 또는 그들에게 도움이 되는 이야기를 전달해야 한다. 핵심이란 내가 하고 싶은 이야기가 아닌 상대방이 들어야 하는 메시지다. 따라서 이 메시지를 어떤 식으로 전달하느냐가 중요하다.

보통 콘텐츠를 기획할 때는 분석analyze, 설계design, 개발develop, 전달 delivery, 사후 작업follow up의 단계를 거친다. 분석 단계에서는 주제를 관련 자들발주자, 개발자, 전달자 등과 함께 논의하고 대강의 핵심 메시지를 잡은 뒤 관련 도서, 논문, 기사, 자료 등을 통해 연구에 들어간다. 설계 단계에서는 핵심 메시지를 어떻게 구성해서 전달할지 개요를 잡는다. 개요는 인트로intro, 바디body, 아웃트로outro의 세 부분으로 잡는데, 각각에 어떤 내용을 넣을 지 설계하는 것을 개요 구성이라고 한다. 이때 어떤 액티비티activity를 활용 하면 전달력이 더 높아질지도 함께 고민한다. 아무리 좋은 핵심 메시지라 도 밋밋하게 전달하면 그만큼 효과를 반감시킨다. 개발 단계에서는 장표

(보통은 PPT를 활용한다.)마다 메시지를 어떻게 얹을지, 동영상이나 액티비티는 어떻게 연결할지, 전달자의 톤이나 매너는 어떻게 할지를 상세하게 구성한다. 전달 단계에서 실제 프레젠테이션 또는 강의가 진행되고, 끝나고 나면 사후 작업 단계에서 모니터링 및 보완 사항 체크하여 다음 콘텐츠에 반영한다.

이때 설계와 개발 단계가 중점적으로 전달에 대해 고민하는 과정이다. 낱개의 지식들을 죽 나열하는 것이 아닌 구슬을 꿰어 진짜 보석으로 만들어야 하기 때문이다. 그냥 꿰는 것이 아니라 전달하고자 하는 메시지와 목표에 맞게 일관성을 가져야 한다. 가령 성과 목표의 중요성을 강조하는 강의에서 앞에서는 목표를 어떻게 잡느냐가 가장 중요하다고 강조했다가 마지막에 가서는 '그런데 사실 목표보다는 실행이 중요하다.'로 빠져버리면 일관성이 없는 혼란스러운 메시지가 되는 것이다. 일관된 목표를 가지고 '듣고 싶은' 인트로, '이해하기 쉬운' 바디, '기억에 남는' 아웃트로로 구성해야 한다.

예능을 공부한다

콘텐츠 기획은 고객에게 '전달'되는 것이 중요하다. 아무리 주제가 좋고 메시지가 풍부해도 이를 흥미로워하지도 않고, 이해하지도 못했으며, 기억에 남지도 않는다면 실패. 내용이 중요하지 애들 장난 같은 영상, 게임, 액티비티가 뭐가 중요하냐며 어떻게 전달할지 고민하지 않는 콘텐츠 기획자는 정작 중요한 것이 무엇인지 놓치고 있는 거다.

나는 대중문화에 관심이 많다. 정확히 말하면 노력해서 공부한다. 연구하듯이 가요 프로그램을 시청하고, 분석하듯이 드라마에 집중한다. 특히 예능 프로그램은 콘텐츠 아이디어의 보물 창고다. 나와 함께 콘텐츠를 만들던 연구원 중 한 명이 기획회의 때 자신은 한 번도 TV 예능을 본 적이 없다고 했다. 취향이나 기호의 문제이니까 얼마든지 그럴 수 있다. 문제는 예능 프로그램을 바보상자 속 한심한 저질 문화로 폄훼하는 발언을 하는 것이 아닌가? 당시 그 연구원은 나에게 굉장히 심한 질책을 당했다.

콘텐츠는 일반 대중을 고객으로 하는 경우가 많다. 기업 교육도 다르지 않다. 대중 고객을 상대로 일을 하는 사람이 대중문화를 무시한다는 것은 그 문화를 보고 즐거워하는 대중을 무시하는 거다. 오만한 태도다. 대중문화를 좋아하라는 것이 아니다. 다만 대중의 트렌드에 발맞추고 진지하게 왜 그런 프로그램들이 인기가 있는지 연구하는 자세를 가지는 것이 콘텐츠 기획자에게는 필요하다. 그러다 보면 사회의 흐름이 읽힌다.

가령 요즘 유행하는 〈전지적 참견 시점〉이라는 예능 프로그램은 자기 객관화가 어려운 현대인들의 고민을 제3자의 관찰을 통해 풀어본다.

유행하는 아이돌 그룹의 가사 맞추기 게임을 하는 〈놀라운 토요일〉이라는 예능 프로그램도 신선하다. 요즘 노래는 1990년대 노래처럼 쉽게 따라 부를 수 없다는 것은 꽤 오래전부터 나온 이야기다. 따라 부르기는커녕 무슨 내용인지 알아들을 수도 없다. 분명히 우리말인데 말이다. 그래서 가지각색의 오답이 나온다. 프로그램 출연자들이 서로 의논하며 답을 찾아간다. 나는 이 게임을 집단 지성의 효과를 체험하는 목적으로 활용한다. 각자 들을 때는 단어 몇 개, 문맥 몇 개 들릴 뿐이다. 각자의 파편과 같은 정보, 지식, 경험을 조별 토론을 통해 모아보면 그럴듯한 답이 나온다. 물론 100퍼센트 정답은 못 맞추지만 얼추 비슷한 방향으로 맞출 수는 있다. 소의 무게를 맞추는 실험에서 집단 지성의 원리를 찾아낸 것처럼 우리도 강의장에서 간단하게 체험해보는 것이다. 이렇게 간단하면서 재미있고 효과적인 도구나 방법의 아이디어들이 있다면 그것이 책이든, TV 프로그램이든, 영화든 어디서든 찾을 준비가 되어 있어야 한다.

최소 한 달에 한 번 정도는 최신 음악 방송을 찾아보려는 노력도 필요하다. BTS가 아이돌 그룹 '방탄소년단'의 다른 이름이고, '워너원'이 한시적인 프로젝트 그룹이라는 정도는 알고 있어야 한다. 〈김비서가 왜 그럴까〉라는 TV 드라마의 인기 비결은 전복된 갑을 관계를 가벼운 터치로 그렸기 때문이라는 것을 이해할 수 있어야 한다.

함께 만든다는 것

1인 컨설턴트나 1인 강사의 경우는 직접 콘텐츠도 만들고 딜리버리도 하는 경우가 있다. 나는 늘 조직에 소속되어 왔기 때문에 팀으로 움직여본 경험밖에 없지만, 팀플레이에 대한 강한 믿음이 있다.

나보다 나을 것이라는 믿음

주제 선정, 핵심 메시지 기획, 구조 설계, 전달 방식 결정 등 콘텐츠 기획에서는 전달자의 책임이 크다. 혼자 이를 다 맡아 하는 것이 쉽지 않기 때문에 연구원이나 애널리스트가 작업을 돕는다. 비록 직급이 낮아도, 경험이 부족해도, 지식이 짧아도 그들이 나보다 더 좋은 아이디어와 인사이트를 가지고 있을 수 있음을 인정해야 한다. 아니 그렇게 믿어야 한다.

　콘텐츠 기획만이 그런 건 아니다. 모든 조직에는 리더와 구성원이 있다. 이때 둘 간의 방향성과 자율성이 갈등의 요인이다. 리더는 구성원이 지시한 대로 일을 해오지 않고 엉뚱한 결과를 가져온다고 난감해한다. 구성원은 리더가 명확하게 지시하지 않아 일을 할 수가 없다고 답답해한다. 어떻게 해야 할까? 리더가 세밀하게 시시콜콜 얘기해주면 될까? 흔히 '책임감 총량의 법칙'이라고 한다. 조직에서 리더가 너무 많은 책임을 지면 구성원들이 책임을 지지 않는다는 현실을 빗대어 한 말이다. 리더가 너무 상세한 것까지 다 알려주면 구성원은 시킨 것만 하게 된다. 스스로 고민하고 주도적으로 끌고 갈 여지가 없는 거다. 이러다 보니 조직의 부품이라는 소리가 나올 수밖에. 반면에 리더가 아무것도 알려주지 않고 소위 권한 위임을 해버리면 사고가 난다. (나쁜 의미에서) 정말 예상치도 못한 결과를 볼 수도 있다. 알아서 해오라고 해서 알아서 해갔더니 이제 와서 그게 아니라고 하면 어떻게 하냐는 구성원의 볼멘소리를 들을 수도 있다. 이건 사실 자율성을 준 것이 아니라 방임을 한 거다.

리더는 방향성을 주어야 한다. 여기서 방향성이란 '무엇을, 언제까지'이다. 리더가 지시를 할 때는 대략의 아웃풋 이미지가 있을 것이다. 이것을 알려주는 것이 '무엇'이다. 물론 리더도 처음부터 상세한 결과를 예상하고 지시를 하지는 못한다. 내용을 받아봐야 생각을 발전시킬 수 있다. 그러나 최소한 지시를 하는 그 순간 머릿속에 그리고 있는 정도의 끝 그림은 알려줘야 리더와 구성원이 같은 선상에서 출발할 수 있다. 그마저도 알려주지 않으면 구성원은 저 뒤에서 맨땅에 헤딩하며 어려운 길을 와야 한다. '언제까지'도 마찬가지다. 모든 업무에는 기한이라는 것이 있다. '무조건 빨리'라고 하지 말고 리더가 기다려줄 수 있는 시간을 알려줘야 한다. 그래야 구성원도 시간 계획을 잡고 효율적으로 수행할 수 있다. 이 두 가지를 알려주는 것이 방향성이고, 리더의 의무다.

그 다음에 이것을 '어떻게' 할 것인지는 실무자에게 맡겨야 한다. 어떤 방법으로, 어떤 과정을 거쳐서 할지는 스스로 고민하고 해결해나가는 것이 실무자의 업무 성장을 위해서도 도움이 된다. 실무자 본인도 자율성을 가지고 일하고 있다는 인식을 할 수 있다. 위에서 시키는 대로만 하는 부품이라는 느낌도 없앨 수 있다. 리더도 본인이 생각한 것보다 훨씬 더 좋은 방법으로, 더 효과적인 과정을 거친 결과물을 받아볼 수 있는 여지가 있다. 그걸 기다려보는 거다. 기대보다 못한 결과가 나올 수도 있지만, 그때 가서 다시 상세히 알려주면 된다.

20년 동안 콘텐츠 기획을 했지만, 2년차 연구원의 아이디어를 따라가지 못했던 경우가 내 경험에도 아주 많다. 시간이 부족해서 빨리 결과를 만들어야 하는 경우가 아니라면, 내 머릿속에 이미 아이디어가 있다 해도 먼저 이야기하지 않으려고 노력한다. (진짜 노력이다. 내 좋은 아이디어를 자랑하고 싶지만 참는 거다!) 방향성만 던지고 기다린다. 대부분 내 것보다 발전된 아이디어가 돌아온다. (참기를 얼마나 잘했는가!)

결국 해낼 것이라는 믿음

콘텐츠를 만들다 보면 정말 안 풀릴 때가 있다. 딱 맞는 프레임이 안 나올 때, 찰떡처럼 이해되는 사례가 없을 때, 손에 잡히도록 쉬운 액티비티 아이디어가 안 나올 때. 몇 시간을 회의하고, 고민해도 안 되는 경우가 있다. 일본이 잃어버린 10년을 겪을 당시 대부분의 기업이 도산하거나 정체기에 빠져 있었지만, 그중에도 성공을 거둔 기업들을 찾아 불황 극복 비결을 정리하는 내용의 프로젝트를 한 적이 있었다. 2009년 도쿄 소코리서치라는 회사에서 연구한 자료인데, 1999년 최고 영업 이익을 발표한 기업 474개 중 불황기인 1992~2002년에 매출 성장률 10퍼센트 이상을 달성한 기업이 133개, 이중 2009년까지 재무 성과가 우수한 기업 47개 리스트를 발표한 내용이다. 47개 기업의 리스트는 있지만 이들을 어떻게 그룹으로 나누고, 어떻게 불황을 극복했는지 이유를 찾아내야 하는데 잘 엮어지지가 않는 거였다. 한 달 후에는 발표를 해야 하는데, 처음 십여 일을 밤낮없이 회의를 하고 아이디어를 짜내도 답이 안 나왔다. 각^{프레임}을 잡아야 내용을 풍부하게 하고 액티비티 등도 만드는데, 초반 설계 과정에서 너무 시간을 많이 잡아먹으니 정말 딱 죽을 지경이었다. 나도 지치고, 연구원들도 지치고 하던 찰나. 그날도 저녁 먹고 들어와서 다시 회의를 하던 중이었는데 밤도 늦었고 잠시 커피나 마실까 하고 나가던 그 순간. 아르키메데스가 유레카를 외치듯 아이디어가 떠올랐다. 회사의 시장 내 지위와 비즈니스 사이클에 따라 불황극복 전략이 달랐던 것이다.

가령 이미 시장 내 1위였던 '카오'라는 생활용품회사는 불황기 변화하는 고객 니즈를 공략해서 집에서 저렴하게 할 수 있는 염색약으로 승부했다. 1위 브랜드로서의 변함없는 신뢰를 내세운 것이다. 반면에, 기존 시장에 처음 들어가는 '북오프'라는 중고서점 전문회사는 카오처럼 하면 안 된다. 신규 서적 중심의 기존 게임의 룰을 바꿔 중고시장이라는 새로운 카테고리를 만든 것이다. 카오처럼 1위이지만 새로운 시장으로 들어가야 하는 '세콤'은 공격적으로 투자하여 그 시장을 완벽하게 선점하는 전략으로 성공했다. 북오프와 달리 기존 시장에서 어떻게든 떠밀려 나가지 않는 것이 중요한 중소 규모의 인력 파견 전문회사 '니혼에임'은 모든 역량을 반도체 기업 파견으로 집중하고 그 시장에서 최고의 전문성을 인정받는다. 이런 원칙들이 중복되지 않고 빠진 것은 없는지 검증하고, 주장의 근거를 높이기 위해 비슷한 유형의 기업들을 모아보니 그럴듯했다. 그때의 희열과 성취감은 겪어본 사람만이 알 것이다. 해당 내용은 성공적으로 발표되었고, 당시 언론에도 꽤 실렸다.

아르키메데스도 어느 날 갑자기 유레카를 외친 것이 아니다. 수일을 고민하고, 고민하고 또 고민하고. 오죽하면 너무 생각에 골똘한 나머지 씻지도 못해서 오랜만에 목욕탕에 들어갔는데 자신이 욕조에 들어가자

물이 넘치는 것을 보고 부력의 원리를 찾아낸 것 아닌가! 신은 노력하는 자에게 기회를 주신다고 했다. 노력하고, 노력하고 또 노력하면 결국 답을 찾아낼 수 있다. 언젠가 유레카를 외치는 순간은 반드시 온다. 그때까지 본인을, 동료를, 팀원을 믿고 한 번 더 노력해보는 거다.

모이면 답은 나온다는 믿음

인간의 잠재력이 이럴 진대 해결하지 못할 문제가 있겠는가. 최선이 아니면 차선도 있다. 어차피 현실 세계에서 절대적인 답은 없다. 그건 아마 신의 영역일 것이다. 인간이 만든 문제를 인간을 위해 푸는데 답이 없다는 것은 말이 안 된다. 콘텐츠를 만들 때도 마찬가지다. 기획자는 늘 더 좋은 메시지는 없는지, 더 효과적인 전달 방식은 없는지 고민한다. 바람직하고 긍정적인 욕심이다.

그러나 납기는 있다. 평생 고민해서 답을 내는 것이 아닌 기한이 정해져 있다는 거다. 나는 상황에 따른 차이는 있지만 보통 콘텐츠 하나를 만드는 데 한 달 정도의 기한을 정해둔다. (한 달 후에 고객 앞에서 발표해야 할 날짜가 있다는 거다.) 기한이 연기되는 경우는 많지 않다. 그것도 고객의 사정이 아닌 콘텐츠가 만들어지지 못해서 날짜를 미뤄야 한다고 했을 때 이해받는 경우는 거의 없다. 이건 상도의도 아닐 뿐더러 콘텐츠 기획자의 자존심과 실력이 걸린 문제다. 어떤 일이 있어도 정해진 기한 내에 해내야 한다. 그 기한 자체가 너무나 불합리하다면 처음 시작할 때 바꿔야 한다. 시작해놓고 상황 보며 시간을 바꾸는 것은 안 된다. 그렇기 때문에 필연적으로 차선책에 의존할 수밖에 없다. 앞에서 언급한 불황 극복 콘텐츠의 경우, 초기 설계에 너무 많은 시간을 쓴 나머지 액티비티 설계는 거의 못했다. 일방적으로 전달하는 방식을 취할 수밖에 없었다. 메시지가 워낙 매력적이어서 잘 넘어가긴 했지만 기획자 입장에서는 못내 아쉬운 대목이다. 강의할 때 시장 내 지위와 비즈니스 사이클이라는 답을 주지 않고 청중이 분류를 먼저 해보게 했으면 참여도가 더 올라가지 않았을까? 기업 사례가 많았는데 퀴즈처럼 기업을 맞춰보게 하면 어땠을까?

　콘텐츠 기획은 공동 작업이 확실히 수월하다. 말 그대로 여러 사람의 아이디어를 모으고 여러 사람의 다양한 관점으로 검증하기에 가장 적합한 일이다. 집단 지성이 발현되기 가장 좋은 여건인 거다. 1인 사업을 하시는 업계 분들이 가장 어려워하는 지점이다. 단, 공동 작업이 시너지를 내려면 같이 일하는 사람들과 원칙과 믿음을 공유하고 있어야 한다. 나는 회의할 때 조금이라도 안 풀리는 조짐이 보이면 항상 큰 소리로 말한다.

　"할 수 있어, 우리가 조금만 더 고민하면 답이 나올 거야, 여태껏 늘 그랬어."

일상에 스며들다

조직이 사람을 만든다는 말이 있다. 일 또한 그런 것 같다. 가끔 초등학생 5학년인 아들과 통화를 하면 주위 사람들이 놀란다.

"초딩 아이하고 대화가 돼요?"

#통화

나: 왜 아들? 무슨 일이야?

아들: 엄마, 나 갖고 싶은 모자가 있는데 사주면 안 돼요?

나: 어떤 건데? (모자 사진을 확인한 후) 이거 멋있긴 한데, 꽤 비싸네?

아들: 엄마가 평상 시 패션도 중요하다고 했잖아요. 난 이 모자가 패션의 완성을 위해 필요할 것 같은데.

나: 그건 맞는 말이지. 늘 TPO에 맞춰 옷을 입어야지. 너에게 적당한 모자가 없는 건 사실이니까, 엄마 말의 일관성을 지키기 위해서라도 사주긴 해야겠네. 그런데 이렇게 비싼 것을 쉽게 얻는 것이 옳을까?

아들: (금세 시무룩해지지만 이런 대화에 익숙하다.) 어떤 노력을 하면 될까요? 게임을 일주일 안 하는 건 어때요? (옵션 하나를 제시한다. 숙제가 밀려서 원래도 게임할 시간이 없음을 계산한 쉬운 옵션이다.)

나: 그건 벌칙에 가까운 건데? (카테고리가 틀렸다.) 이번 건은 칭찬을 받을만한 노력을 해서 상으로 받아야 할 것 같은데? 책 읽고 독후감을 써보는 건 어떨까? (안 그래도 평소 시키고 싶었던 대안을 제시한다.) 몇 권 정도가 적당할까? (방향성만 제시했을 뿐 아들에게 자율성을 줬다, 분명히.)

아들: 1권? (턱도 없다는 것을 본인도 알지만 한 번 걸쳐보는 거다.)

나: 에이, 그건 합리적이지 않지. 엄마가 보기에는 좀 더 큰 노력이 필요할 것 같은데? 가격을 봐! (다시 한 번 자율성을 준다. 이게 중요하다.)

아들: 알았어요, 책은 3권 읽을 거고, 대신 독후감은 1편만. (자존심인지 거래의 달인인지 꼭 마지막에 자신의 옵션을 단다. 나쁘지 않은 차선책이다.)나: 콜, 좋은 딜이네! 엄마가 미리 장바구니에 담아놓고, 결과를 가져오면 바로 주문할게.

장면 1

나: 고생했어 아들, 오늘 날씨 덥지? 가방 갖다 두고 좀 쉬어.

(1시간 후)

나: 숙제 없어? 학교 갔다 와서 게임만 해도 돼? 이제 숙제 좀 하지?

아들: 네, 할게요. (대답은 잘한다.)

(또 1시간 후)

나: 너 아직도 게임해? 숙제 안 해? (목소리가 점점 올라가고 결국 애를 윽박지르며 끝난다.)

장면 2

나: 고생했어 아들, 오늘 날씨 덥지? 학교 가방 갖다 두고 좀 쉬어. 엄마 생각에 지금 3시니까, 이따 7시쯤 저녁 먹을 수 있을 것 같아. 그 전에 숙제하고 씻고 저녁 먹자. (씻기라는 미션이 하나 더 늘었다.)

장면 2에서, 7시까지 정말 아들한테 숙제나 씻는 것에 대해 한마디도 안 한다. 인고의 노력이 필요하다. 게임을 하든, TV를 보든, 딴짓을 하든 무려 4시간여 동안 잔소리를 절대 하지 않는다. 왜? 엄마는 '무엇을' '언제까지'라는 방향성을 제시했으니까, 과정에 있어서 '어떻게'는 아들의 자율성에 맡겨야 한다. 결과가 어땠을까? 초등학교 5학년, 한참 자존심 강하고 사춘기에 들어설 준비를 하느라 반항기를 띠고 있는 아들은 숙제 다 마치고 씻고 잠옷까지 갈아입은 상태로 저녁 식탁에 앉는다. 이러면 된 거 아닌가? 이 결과를 내기 위해 한 시간에 한 번씩 아들과 씨름하며 잔소리를 해댈 것인가, 방향성과 자율성의 조화를 이룰 것인가. 내 실험은 이미 끝났다. 나는 콘텐츠 기획자다.

★

결코
휘지도
굽히지도
않는다

4번의 창업과 3번의 M&A,
'연쇄 창업가'의 불요불굴 不撓不屈 분투기

박 민 우

이 글을 쓴 박민우는 대학과
대학원에서 컴퓨터공학을
전공했다. 대학원 시절 혼자서
검색 서비스를 만들어서
〈조선일보〉에 소개가 될 만큼
유명해졌다. 졸업 후 대기업
연구소에 입사하였으나 몇 년 뒤
연구소 동료들과 창업한 것을
계기로 '연쇄 창업가'의 길을
걷고 있다. 현재는 인공지능
관련 스타트업을 창업하여
네이버로부터 초기 투자를
받았고, 최근에는 벤처캐피털을
통해서 시리즈-A 투자를
유치하였다. 4번의 창업과 3번의
M&A 경험을 바탕으로 200여
편의 IT 칼럼을 기고하였고
《플랫폼을 말하다》, 《4차
산업혁명과 빅뱅 파괴의 시대》
등을 공동 집필했다.

준비되지 않은
첫 번째 창업

나의 첫 직장은 대기업 연구소였다. 엔지니어 출신에게 이곳은 꿈의 직장이라 불릴만했다. 그냥 자기가 하고 있는 연구를 열심히 하면 되고, 동료들과 기술에 대한 토론과 세미나를 하면서 기술 지식도 높아져가는 것을 느끼며 만족하였다. 사업부처럼 매출에 쪼이지도 않았고, 연구 성과물에 대해서 사업성을 강요받지도 않았다. 당연히 야근도 없었다.

2년 정도 연구소 생활에 익숙해지다 보니 세상이 궁금해지기 시작했다. 내가 연구하는 기술이 회사 밖에서 더 가치 있는 결과를 가져올 것이라고 생각했다. 연구소 직원들 몇 명이 의기투합했고, 1998년 4월 그렇게 첫 번째 창업을 하게 되었다. 처음에는 연구소 직원 4명으로 시작했다. 나는 기술 개발 총괄을 맡았고, 다른 한 명이 사업 총괄 및 대표를 맡았다. 몇 달 지나지 않아서 6명이 더 합류했고, 10명의 엔지니어로 구성된 기업이 되었다. 엘리트들로 구성된 멤버들은 뛰어난 역량을 가지고 있었다. 우리들은 20대 열정으로 연구 개발에 몰두했다. 연구 결과는 대외적으로 주목도 받게 되었다. 머지않아 대단한 기업이 될 것이라고 스스로 믿었다.

하지만 6개월도 지나지 않아서 내부 갈등이 발생했다. 우리는 두 개의 팀으로 구성되었다. 첫 번째 팀은 당장 기술 상용화를 통해서 매출을 일으키기 위한 개발을 하게 되었고, 또 다른 팀은 당장은 아니지만 다양한 솔루션에 근간이 될 수 있는 인프라를 연구하고 있었다. 다행히 첫 번째 팀은 첫 거래가 이루어졌고 해당 서비스에 우리 기술을 이식하는 작업을 진행했다. 문제는 인력과 시간이 너무 부족했다. 매일 야근과 철야뿐만 아니라 휴일 근무까지 했지만 역부족이었다. 어쩔 수 없이 두 번째 팀에게 인력 요청을 하였지만 지원을 받지 못했다. 그렇게 핵심 기술에 대한 투자가 지속되어야 한다는 그룹과 현실적인 매출이 우선이란 그룹으로 나뉘어졌다. 어느 주장도 잘못된 것이 아니었지만 그 주장들을 중재할 수 있는 리더가 우리 내에 없었다. 결국 회사는 둘로 갈라졌다. 남은 우리는 성공 이전에 생존을 걱정해야 했다. 떠난 이들도 남은 이들도 모두 가슴에 상처를 얻게 되었다.

창업의 희망은 점차 절망으로 바뀌어가고 있던 시점에 어느 중견 기업이 우리에게 손을 내밀었다. 한국과 일본을 오가며 소프트웨어 개발을 하는 SI System Integration 회사였다. 일본에서 수주를 받아 상대적 저임금 국가인 한국에서 개발해 납품하는 사업 구조였다. 도쿄와 오사카에 지사가 있었고 직원 수가 수백 명에 달하는, 우리가 보기엔 거인 같은 회사였다.

이 기업의 대표는 연륜도 있었고 경험도 많았다. 무엇보다도 우리에게 부족했던 사업 철학도 분명했다. 내부에선 두 회사가 합쳐지는 것을 탐탁지 않게 생각하는 사람들도 절반 정도 있었다. 중견 기업의 대표와 우리 회사 전 직원이 함께 미팅하는 자리가 만들어졌다. 우리 직원들은 날카로운 질문들을 던졌다. 그중에 한 직원이 그에게 이렇게 물었다.

"대표님에게 현재 이 회사는 어떤 존재입니까?"

중견기업 대표는 이렇게 말했다.

"나에게 이 회사는 신앙입니다. 이 회사를 위해서 목숨을 걸 수 있습니다."

지금 생각해보면 얄팍한 말장난으로 들릴 수도 있지만 어린 친구들에게 그의 대답은 한 번도 상상해보지 못한 말이었다. 저렇게 회사를 소중하게 생각한다면 쉽게 망하지도 않을 것이고 직원들도 회사만을 위해서 일할 수 있을 거라고 생각했다. 몇 번의 미팅 후 회사를 넘겼다. 인수 합병 M&A를 하게 된 것이다.

합병 이후 정말 열심히 일했다. 4명으로 재출발한 팀은 20명으로 늘었고, 우리가 기획한 서비스는 시장에서 유명해졌다. 6개월 만에 과장에서 이사로 승진했다. 모두가 부러워하는 중견 기업의 20대 임원이 된 것이다. 모든 것이 순조롭게 진행되는 것처럼 보였다. 하지만 1년이 지날 시점에, 정상적인 인수 합병이 아니라 스톡옵션에 회사를 넘겼다는 사실을 알게 되었다. 우리는 2년 뒤에 주식을 살 수 있는 권리를 받는, 계약 기간 전에 퇴사하면 그 권리가 사라지는 조건으로 회사를 공짜로 넘긴 셈이다. 어렸던 우리는 주식이 뭔지도 잘 몰랐고 속았다는 사실을 깨닫는 데도 1년이 걸렸다. 중견 기업의 노련한 사장은 그 사이에 수십억의 투자를 받고 실속을 챙기고 있었다.

기술이 아무리 뛰어나도 경영에 대한 이해와 재무에 대한 지식이 없으면 사업을 할 수 없다. 이 사실을 깨닫는 데 적지 않은 수업비를 낸 것이다. 사업의 본질은 수익을 창출하는 것이다. 수익을 내기 위한 노력들을 지속해야 하고, 그러려면 수익을 관리할 수 있는 재무적인 지식이 필수다. 경영의 기본적인 소양도 갖추지 못한 상태에서 좋은 제품을 만들면 돈을 벌 수 있을 것이라고 착각한 것이다.

현대 경영학의 창시자로 불리는 피터 드러커는 '측정할 수 없으면 관리할 수 없고, 관리할 수 없으면 개선할 수 없다.'고 언급한 바 있다. 이것을 계기로 많은 기업들이 6 시그마 등 숫자 중심의 경영 혁신을 진행했다. 측정을 하기 위해서는 측정할 대상이 명확해야 한다. 핵심 성과 지표 KPI, Key Performance Indicator가 중요한 이유다. 지금은 KPI란 용어가 대부분의 기업에서 성과 측정의 가장 기본적인 요소가 되었지만, 당시에는 여전히 주먹구구식으로 CEO의 감에 의존한 경영이 이루어졌다. 마찬가지로 당시 우리는 어떤 것도 측정하지 않았다. 심지어 우리의 핵심 경쟁력이라고 생각했던 기술에 대한 가치조차도 측정할 수 없었다.

　첫 번째 창업과 인수 합병을 통해서 회사가 생겨난 후 소멸될 때까지의 과정을 매우 짧은 시간 동안 경험했다. 창업이라는 과정은 창업 이전 단계부터 많은 고민과 노력을 필요로 한다. 너무 고민이 많으면 시작도 못하고 꿈을 접어야 하지만, 너무 급하게 창업이 이루어지면 뒷수습에 많은 시간을 빼앗기게 된다. 그럼 얼마나 고민하고 창업을 해야 될까? 여기에 정답은 있을 수 없다. 경영에 필요한 수많은 요소들 중에 수준의 차이는 있을 수 있지만, 없어도 되는 것들은 없다. 많은 창업가들이 착각하는 것 중에 하나는 자신이 가진 역량 이외에 다른 것들은 시간이 지나면 저절로 해결될 것이라고 생각하는 것이다. 대부분 이 경우 부족한 역량 때문에 회사의 위기가 시작된다. 스스로 해결할 수 없다면 좋은 멘토를 곁에 두어야 한다. 아니면 분야별 전문가의 조언을 구하는 데 상당한 시간을 할애해야만 한다. 경영은 종합예술이다. 지휘자가 특정 악기만 잘 안다면 오케스트라를 경영할 수 없을 것이다.

무모한 오기의
두 번째 창업

신뢰가 깨진 이상 아무리 좋은 환경과 조건을 제시하더라도 그 회사에 다닐 수는 없었다. 퇴사를 결심하고 일주일 휴가를 냈다. 팀원들에게 휴가 동안 시드머니를 구해서 회사를 만들 테니 새로운 회사에서 함께 일하자고 했다. 20명 중에 19명이 합류하기로 했다. 당시에는 그런 상황이 당연하다고 생각했다. 도덕적으로 문제가 있는 회사보다는 같이 호흡을 맞춘 사람들끼리 일하는 것이 더 좋은 기회일 것이라고 믿었다. 지금 다시 생각해보면, 내가 대단한 것이 아니라 우리 팀원들이 대단했던 것 같다. 시드머니를 구하는 일도 생각보다 쉽게 풀렸다. 서비스를 만들고 제휴하는 과정에서 사회적 네트워크가 쌓였는데, 그중 내가 해왔던 일들과 기술 그리고 우리 팀의 멤버 구성에 호감을 가진 드라마 제작사 대표가 국내 10대 그룹 중 하나인 모 그룹 회장을 소개해줬고, 그는 자회사인 투자사를 통해서 2억 원을 투자했다. 계약서는 1장짜리였다. 투자사가 가지게 될 지분이 내용의 전부였다. 일주일 만에 회사를 설립했다. 이번에는 성공적인 창업을 스스로 확신했다. 첫 번째 창업의 실패를 통해서 많은 지식과 경험을 얻었다고 생각했다.

2000년에 창업한 두 번째 회사의 사업 아이템은 인공지능이었다. 19명의 직원 외에도 우수한 인재들을 끌어 모았다. 최고의 인재들이 최고의 회사를 만들 수 있다고 생각했다. 우리 멤버들은 이전 회사에서 온라인 검색 서비스를 개발했다. 네이버가 탄생하기도 전에 우리는 이미 검색 서비스를 직접 만들어서 서비스한 경험을 가지고 있었다. 당시에 경쟁사는 야후코리아, 심마니, 엠파스 정도가 전부였다. 우리는 인공지능을 결합한 검색 서비스를 만들고 싶었다. 동일한 검색어를 입력하더라도 사람마다 원하는 결과는 다를 것이라는 생각에 개인의 성향에 맞춘 검색 결과를 제공하는 기술이었다. 아직 구글도 완성시키지 못한 기술을 우리는 18년 전에 시도하고 있었던 셈이다. 당연히 회사의 아이템은 사업성이 없었다. 지금은 인공지능이 사용되지 않는 분야가 없을 정도이지만, 18년 전에 인공지능은 뜬구름 잡은 기술이었다. 심지어 제대로 동작하는 하드웨어도 없었다. 우리는 남들이 할 수 없는 (어쩌면 여러 가지 이유로 남들이 하지 않는) 기술을 세상에 보여주고 싶었던 것이다.

잘못된 선택을 깨닫는 데는 오랜 시간이 필요하지 않았다. 1년도 지나기 전에 20여 명의 직원들 급여를 주는 것부터 걱정해야 했다. 자본금은 순식간에 바닥이 났고 은행 대출을 통해서 급여를 지급하는 것도 한계에

도달했다. 급여를 줄 수 있다면 악마에게 영혼이라도 팔 수 있겠다는 생각까지 했다. 악순환은 지속되었다. 수익보다 부채가 더 빨리 늘어났다. 인건비만 매달 5천만 원씩 지출되었고, 기타 운영비까지 합하면 매월 7천만 원씩 소진되고 있었다. 수익은 10분의 1 수준에 불과했다. 5년간 17억 원의 부채를 떠안게 되었다.

2003년 7월 30일, 급여를 주기 위해서 사채에 손을 댔다. 연 237.6퍼센트의 이자를 내는 조건으로 계약을 했다. 차마 직원들에게 이 사실을 알릴 수 없었다. 문제는 이미 너무 많은 대출 보증이 있어서 새로운 사채에 보증인이 될 수도 없었다. 어쩔 수 없이 전세자금을 담보로 돈을 빌렸다. 부모님에게 도움을 요청했지만 거절당했다. 아버지는 단호하게 말씀하셨다.

"최악의 경우, 너희 가족 생계는 도와줄 테니 네가 벌인 일은 네 스스로 해결해라."

당시에는 야속하고 원망했는데, 지금 생각해보면 그 말씀이 정신적 지원을 해준 셈이었다. 그 정도 지원을 보장해주는 것도 쉽지 않은 일이었다.

다행히 한 달이 지나기 전에 새로운 계약이 성사되었고, 우선적으로 사채를 갚았다. 아찔한 순간이었다. 많은 사람들이 얘기한다. 사채를 쓸 정도면 사업을 접었어야 하는 거 아니냐고. 실제 사업을 하다 보면 그렇게 상식적으로 판단할 수 없는 일들이 존재한다. 사업성이 없고 매출도 없었다면 쉽게 사업을 접을 수 있었을 것이다. 다음 달이면 2억 원이 매출로 들어오는데, 이번 달 급여 5천만 원이 없다면 어떤 선택을 하게 될까? 그렇게 개미지옥은 시작되는 것이다. 지금도 당시 사채계약서를 사진으로 찍어서 스마트폰 앨범에 보관해두고 있다. 힘든 일이 생기면 그 사진을 다시 꺼내서 본다. 나한테 그 계약서는 현재의 괴로움을 잊게 해주는 부적과도 같다.

나는 엔지니어 출신 대표답게 최신의 기술 트렌드를 이해하는 것은 어렵지 않았다. 새롭고 신기한 기술을 만들어내고 많은 사람들이 감탄해주는 것에 희열을 느꼈다. 하지만 시장을 읽어내지 못했다. 우리가 기대했던 시장은 빨리 오지 않았다. (요즘 인공지능 붐을 지켜보면 격세지감을 느낀다.) 2년간 많은 손실을 보았다. 저명한 제너럴 컨설턴트이자 홀론 시스템 창업자인 고바야시 마사히로는 '경영에서 가장 중요한 것은 균형 감각'이라고 주장했다. 나는 경영에 필요한 균형 감각이 없었다. 기술, 조직, 시장 모든 것이 균형을 이루어야지만 제대로 된 경영을 할 수 있다.

다행스러운 건 2년이 지난 시점에 미련 없이 기존 사업 아이템을 버렸다는 것이다. 먼 미래의 기술보다는 당장 써먹을 수 있는 기능을 개발하는 것이 효과적이라고 판단했다. 매출이 발생하기 시작하였고, 사업이 모양을 갖추기 시작했다. 하지만 닷컴 버블이 사라진 시점에 후속 투자를 받기는 어려웠다. 이미 까먹은 손실들이 계속 발목을 잡았다.

　두 번째 회사를 창업한 지 5년이 지난 시점에 생존을 위해서 두 번째 M&A를 했다. 아무리 수익을 내도 이미 빌린 부채를 갚는 데 다 써야 했다. 이자만 내기도 버거웠다. 하지만 우리 회사는 여전히 기술적 자산과 인재들을 가지고 있었다. 충분히 우리의 가치를 인정해줄 회사가 있을 것이라고 생각했다. 많은 기업들과 협상을 했다. 대부분 조건이 좋지 않거나, 너무 많은 출혈을 요구했다. 내가 세운 기준은 하나였다. '고용 승계'를 보장해주는 것이다. 나를 믿고 따라온 직원들을 내 손으로 내보낼 수는 없었다. 시간이 흘러갈수록 초조함은 더해졌다.

　최종적으로 우리를 인수한 회사는 온라인 마케팅 대행사였다. 이 회사의 대표는 나보다 나이가 어렸다. 하지만 재력이 있었다. 요즘 표현으로 금수저 출신이다. 한 달간 매주 한두 번씩 인수 합병 이후 시너지 효과에 대해서 논의를 했다. 우리 회사를 인수하는 건 그 회사 입장에서도 리스크였다. 우리 회사는 매출 규모와 기술 수준에 비해서 부채 비율이 너무 높았다. 결국 부채를 인수해주는 조건으로 헐값에 회사를 넘기게 되었다. 우리 회사를 인수한 대표는 나에게 이런 얘기를 했다.

　"나는 당신 회사를 17억에 인수한 것이 아니라 당신을 17억에 스카우트해온 겁니다."

　고맙기도 하였고, 현실이 비참하기도 했다. 부채를 모두 상환하기

전까지 퇴사를 할 수 없는 노예 계약(?)도 맺었다.

두 회사의 대표가 합병을 결정했지만, 진행 과정은 순조롭지 않았다. 회계 실사를 통해서 불인정 비용과 미결산 손실 등에 대해서 또 다시 대표인 내가 책임져야 했다. 회사를 넘겼지만 개인 부채는 더 늘어났다. 더 큰 문제는 고용을 승계하는 대신에 전 직원 연봉 삭감을 요구했다. 인수하는 기업 입장에서는 초기 비용 증가를 조금이라도 줄이겠다는 생각이었다. 직원들과 일일이 면담을 했다. 그리고 도와달라고 부탁했다. 1년 내에 반드시 다시 연봉을 정상화시켜주겠다고 약속했다. 내가 보유한 주식도 일부 나누어주었다. 어렵게 인수 절차가 모두 마무리되었다. 그렇게 두 번째 창업한 회사도 실패로 끝났다. 신용 불량자가 되지 않은 것에 감사해야 했다.

사업에서 핵심 경쟁력을 가지는 것은 매우 중요하다. 기술 기반 창업 기업이라면 그 중심에 기술력과 제품이 있다. 문제는 우리가 만들고자 하는 기술이 누구를 위한 것인가를 분명히 인식해야 했다. 첨단 기술이라도 고객이 없다면 무용지물이다. 필요한 기술과 흥미로운 기술은 다르다. 시장을 읽는 능력이 중요한 이유는 기술과 제품을 매출로 연결할 수 있는 고리가 되기 때문이다. 하버드 대학교 비즈니스 스쿨의 테오도르 레비트 Theodore Leviitt 교수는 '고객이야말로 모든 경영 활동을 집중시켜야 할 초점'이라고 말했다. 그의 고전적 논문인 〈마케팅 근시안Marketing Myopia〉에서는 사업을 제품보다는 본원적 고객 욕구로 정의하고 있다. 기업 스스로 제품이 고객에게 미치는 영향을 어떻게 정의하는가에 따라서 기업의 미래 가치가 달라지게 된다. 철도회사는 철도 사업이 아니라 수송 사업으로 정의해야 하며, 전화회사는 전화가 제품이 아니라 커뮤니케이션이 상품이 되어야 한다. 그런 측면에서 제품은 고객에게 어떤 가치를 제공하는가를 스스로 정의하고 상품화해야 된다는 의미이기도 하다. 기업은 고객의 평생 가치를 이해해야지만 장기적인 수익을 창출할 수 있다.

우리는 고객 가치는커녕 고객이 없는 시장에서 기술을 만들고 있었다. 사업은 우리를 위한 것이 아니라 고객을 위한 것이다. 핵심 경쟁력은 고객이 필요하다고 느끼는 기술이여야 한다. 다행히 우리를 인수한 회사는 철저한 고객 중심의 마케팅 회사였다. 그동안 몰랐던 고객 관리 능력과 마케팅 역량을 배울 수 있었다. 마케팅 회사는 고객의 제품을 가치 있는 상품으로 만들기 위한 고민뿐만 아니라 고객과의 커뮤니케이션을 대신해주는 기업이다. 이러한 과정을 통해서 기업, 제품, 고객이라는 세 개의 명제를 끊임없이 고민할 수 있는 기회였다.

두 번째 창업과 인수 합병을 통해서 경영의 정량적인 능력은 풍부해졌지만, 정성적인 부분에서는 오히려 사기가 저하되었다. 두려움은 커졌고, 대표이사라는 자리의 외로움은 더욱 크게 느끼게 되었다. 기업의 대표는 모든 것을 책임져야 하는 사람이다. 부사장이 실제 업무의 90퍼센트를 처리한다고 하더라도, 대표는 존재만으로 역할이 50퍼센트 이상이다. 대표가 책임의 무게를 견뎌낼 수 있는 멘탈이 없다면 절대로 그 자리에 있어서는 안 된다. 어떠한 능력보다 더 중요한 것이 강한 멘탈이다. 어차피 직원들은 대표의 곁을 떠나게 되어 있다. 능력이 높은 직원일수록 더 빨리 떠날 것이다. 회사가 직원의 능력보다 더 빨리 성장하거나, 직원에게 높은 가치를 제공하지 않는다면 회사에 그들을 계속 붙잡을 수 있는 명분은 없다. 결국 대표는 모든 것을 혼자서 다시 시작해야 한다. 새로운 직원들을 뽑고 성장시키고 떠나보내는 역할이다. 그 과정에서 감정에 매여 있다면 회사는 정체되고 만다. 외로움을 극복하는 능력이야말로 대표가 가져야 할 첫 번째 덕목이라고 할 수 있다. 그렇게 대표도 좀 더 성장하게 된다.

취업 그리고 확신

두 번의 창업과 두 번의 M&A를 통해서 금전적인 이득을 보지는 못했다. 하지만 실패의 원인들을 분석해보면 과거 수많은 사업가 선배들이 주장했던 큰 틀을 벗어나지 않았다. 경영과 재무에 대한 지식, 시장의 흐름을 읽는 능력과 관리 역량이 기업을 이끄는 최소한의 자질이다. 우리가 경쟁력이라고 여기는 기술이라는 제품은 이런 바탕 위에서 빛을 발하게 된다. 고객을 만나지 못하면 우리의 기술은 세상에 선보일 기회조차 얻지 못한다.

　　창업이라는 단어는 언제나 가슴을 뜨겁게 만든다. 언제까지 남의 회사에서 종업원으로 일할 것인가? 나의 능력을 100퍼센트 담아낼 수 있는 내 회사를 만들겠다는 희망은 누구나 한 번씩 했을 것이다. 중요한 건 타이밍이다. 나의 능력이 필요한 시점은 시대의 흐름과 맞아야 한다. 그 흐름이 오더라도 내가 준비되어 있지 않다면 기회를 잡을 수 없을 것이다. 그런 측면에서 비록 두 번의 실패를 하였지만, 나는 여전히 잘 준비된 창업가인 셈이다.

두 번째 인수 합병한 회사에서 나는 운이 따르기 시작했다. 인수 합병 전에 3년간 파일럿만 진행했던 기업과 본 사업 라이센스 계약을 하게 되었다. 뿐만 아니라 인수 합병 전에 만들었던 솔루션들이 많은 대기업에 판매되기 시작했다. 합병한 지 1년 만에 이전 회사가 가지고 있었던 부채를 모두 상환하였다. 우리를 인수한 회사도 매년 100퍼센트 이상씩 성장했다. 몇 년 뒤 이 회사는 매우 좋은 조건으로 코스닥 기업에 매각되었다. 소액이지만 인수 합병을 하면서 약간의 주식을 가지고 있었는데, 이 주식이 코스닥 기업의 주식으로 바뀌게 되었다. 창업을 한 지 10년 만에 회사 주식이 현금으로 회수할 수 있는 기회를 맞았다.

하지만 어릴 때부터 돈복이 없었다. 이번에도 마찬가지였다. 회사의 주요 임원인 나의 주식은 다른 주주들과 달리 보호예수保護預受라는 제도에 걸렸다. 기업 내부 정보를 기반으로 상장사 주식을 마음대로 사고 팔 수 없도록 만든 제도다. 1년 동안 한국예탁결제원에 나의 주식이 예탁되었다. 2009년 1월 보호예수가 풀렸다. 하지만 2008년 글로벌 금융 위기가 찾아왔고, 나의 주식의 10분의 1 수준으로 폭락했다. 5억 원이 5천만 원으로 변했다. 그 와중에 세금은 7천만 원이 부과되었다. 세금을 내기 위해서 가지고 있는 주식을 모두 팔았다. 억울하지만 더 이상 부채를 지기 싫었다. 과거 17억에 비하면 아무것도 아닌 수준이었지만 그때는 그 작은 금액도 스트레스였다. 몇 년 뒤 우리나라에서 가장 유명한 연예기획사가 이 회사를 인수했다. 주식의 가치는 20배가 넘게 올라갔다. 나는 단 한 주도 가지고 있지 않았다. 만약 5천만 원으로 쪼그라든 주식을 팔지 않고 가지고 있었다면, 10억이 넘는 현금으로 회수가 가능했다. 10년간 열심히 사업에 몰입하였고 많은 경험과 지식을 쌓았다. 엑시트Exit할 기회도 가졌다. 하지만 나의 수중에는 단 한 주의 주식도, 얻은 현금도 없었다.

17억 부채의 무게감은 지옥이 따로 없었다. 부채만 없어지면 무엇이든 할 수 있을 것 같았다. 직원들이 퇴근한 빈 사무실에서 혼자 악마의 유혹을 견디고 있었다. '해외로 도망이라도 가야 하나?' 별의 별 생각이 다 들었다. 첫 번째 창업을 같이했던 친구를 다시 만났다. 그 친구는 베트남 사업을 하겠다고 한국과 베트남을 오가고 있는 중이었다. 친구는 나에게 조언했다.

"문제를 해결하는 방법 중 가장 중요한 것은 어떤 상황에서도 포기하지 않는 거야."

나는 계속 포기할 방법만 생각하고 있었던 것 같았다. 이후 나는 회사가 없어지는 그날까지 내가 해야 할 일을 하겠다고 결심했다. 사업이 성장하게 되자 이번엔 반대로 본전 생각이 나를 괴롭혔다. 당시 수익 수준이면 합병을 하지 않았더라도 부채를 다 상환할 수 있었다. 10년 동안 아무것도 건진 게 없는 신세가 되었지만, 천당과 지옥을 제대로 경험했던 30대였다.

당시에 사업을 했던 많은 지인들이 신용 불량자가 되었다. 나에게 신용카드가 있다는 사실에 감사해야 했다. 얻지 못한 것에 억울해하는 것보다 잃지 않은 것에 감사하게 되었다. 내가 창업한 두 개의 회사는 모두 초기 단계에서 너무 많은 리스크를 내재한 상태로 시작했다. 기술 기반 회사들은 영업과 마케팅이 약하다. 영업이 거짓말을 해서는 안 되지만 약간의 과장과 허풍은 해야 한다. 나는 사람들을 만나는 것을 즐기는 성격이 아니었다. 태생적으로 영업 성향이 아니었던 것이다. 영업 마인드가 부족한 대표는 사업을 해서는 안 된다. 결국 나는 사업에 적합한 사람이 아니라는 결론을 내게 되었고, 다시는 사업을 하지 않겠다고 결심했다. 그 결심은 꽤 오래 유지되었다.

두 번째 인수 합병한 회사에서 부채가 소멸된 이후 회사와 맺었던 노예 계약도 자동으로 해지되었다. 사업에 몰입했던 10년의 시간 동안 나는 나무 빨리 방전되었다. 아무것도 할 수 없었다. 그렇게 열정도 능력도 사라져갔다. 그냥 그렇게 하루하루를 살아갔다. 크게 나쁠 것도 그렇다고 좋을 것도 없는 평탄한 삶이었다. 그렇게 수년이 지나자 두려움이 생기기 시작했다.

열정이 없다면 인내심이라도 키워야겠다는 생각에 새로운 직장에 취업을 했다. 창업을 했던 사람이 취업을 하면 1년 이내에 그 회사를 그만

둘 가능성이 높다고들 한다. 많은 지인들이 내가 6개월을 버티지 못할 것이라고 장담했다. 3년을 다녔다. 나의 인내심을 스스로 확인하고 대견해했다. 그런데 사람에게는 팔자라는 것이 있나 보다. 누군가의 지시를 받으면서 일하는 것에 익숙하지 않는 사람이었다. 인내심을 키우는 동안 내몸은 스트레스를 충분히 견뎌내지 못했다. 신경성 위장질환이 생겼다. 수십억의 부채를 안고 사업을 할 때도 없었던 병이 직장 생활을 하면서 생긴 것이다.

새로운 돌파구가 필요했다. 이번에는 대학교수가 되었다. 산학 전담 초빙교수로 학교에 들어갔다. 방학에도 월급이 나오는 훌륭한 직장이었다. 시간적인 여유도 있었고, 금전적으로도 큰 불편함이 없었다. 교수라는 타이틀 덕분에 강연, 원고, 방송 등에서 활동하기에 유리한 면이 많았다.

두 번의 창업을 통해서 얻은 경험은 학교에서 그다지 큰 도움이 되지는 않았다. 직접 창업을 하지는 않더라도 젊은 창업가를 돕는 일을 하고 싶었다. 알고 지내던 지인들과 개인투자조합을 만들고 스타트업에 투자를 하기 시작했다. 다양한 스타트업 대표들을 만나게 되었고, 내가 가지고 있던 경험들을 그들에게 알려주었다. 첫 투자조합은 10명의 지인들과 함께 2억의 펀드를 만들었고 10개 회사에 투자를 했다. 3년이 지난 시점에 9개 회사가 문을 닫았다. 마지막 남은 회사가 유일하게 성장하고 있었다. 이 회사가 웹툰 서비스의 대명사가 된 '레진코믹스'다. 기관투자사들의 후속 투자가 진행되면서 초기에 참여했던 개인투자조합 주식들을 정리할 기회가 생겼다. 투자금의 70배를 회수했다. 스타트업을 돕자고 시작한 투자가 오래간만에 금전적인 이득을 주었다. 돈을 번 게 큰 의미가 있지는 않았다. 오히려 그동안 묵혀두었던 창업에 대한 열정이 다시 끌어오르기 시작했다.

　누구나 자신의 길이 있다. 하지만 남이 결정해둔 기준에 자신을 맞춰놓고 사는 것만큼 괴로운 일은 없다. 반면 많은 사람들이 안정을 원한다. 안정을 얻기 위해서 포기해야 될 것들의 가치 판단은 다르다. 누군가는 회사에서 받는 월급의 50퍼센트는 회사 내에서 견뎌낸 인내심의 대가라고 말한다. 취업도 창업도 선택 방법의 하나일 뿐이다. 두 번의 창업과 두 번의 취업을 통해서 나는 취업과 맞지 않는 성향임을 알게 되었다. 나에게 창업은 새로운 도전일 수도 있지만, 취업보다 나은 선택이기도 했다.

준비된 창업가

대학에서의 생활도 일반 직장과 크게 다르지 않았다. 학생을 가르치는 것은 행복한 일이었다. 하지만 강의 외에 행정적인 일들과 대학이란 특수한 조직에서 발생하는 정치적인 상황이 문제였다. 나이든 교수들은 연금 만기일이 직장을 다니는 목표처럼 보였다. 시대에 맞지 않은 교재와 강의 노트를 십 수년간 우려먹고 있었다. 어떠한 새로운 시도도 하고 싶어 하지 않았다. 부임 첫해에 전공과목 교과과정을 개편해야 한다고 주장하였고, 상당 부분이 개편되었다. 새롭게 추가된 과목들에 대한 강의와 강사 관리 등은 모두 내 몫이 되었다. 학생들이 어려워하기 때문에 없앴다고 주장하는 과목들은 사실 교수가 잘 가르칠 수 없었기 때문에 사라진 과목들이었다. 많은 중요 과목들을 다시 부활시켰고 시대의 흐름에 맞는 새로운 과목들을 추가했다. 학생들과 더 많은 교류를 하였고, 그들이 원하는 것들을 찾아주기 위해서 노력했다. 많은 학생들을 취업으로 연계했다. 보람된 일이었다. 하지만 원장이 바뀔 때마다 정치적인 갈등은 더욱 심해졌다. 노골적인 패 가르기가 지속되었다. 나에게 노선의 선택을 강요했다. 기업 내에서 발생하는 정치보다 더 지저분하고 더 비생산적이었다.

학교를 그만두기로 결심했다. 다시 창업을 선택했다. 이번 사업 아이템은 온라인 창업 교육 서비스였다. 창업에 대한 실질적인 경험, 투자조합을 통한 스타트업 투자, 그리고 대학에서 강의한 경험들을 활용하면 좋은 서비스를 만들 수 있을 것이라고 생각했다. 많은 스타트업 대표들에게 양질의 창업 관련 교육을 온라인으로 서비스하고 싶었다. 그동안 몇 번의 실패를 통해서 얻은 트라우마 때문인지 정작 내 사업에 대해서는 보수적인 경영을 하고 있었다. 덕분에 매출은 크지 않았지만 수익은 증가하였고, 정규직 고용을 최소화하고 파트너들과 협업을 강화했다. 많은 투자도 필요하지 않았고 그냥 열심히 노력하면 먹고사는 데 큰 부족함이 없는 작은 서비스 기업이었다. 하지만 마음 한 구석은 항상 허전했다. 정말 내가 하고 싶은 창업인가? 어쩌면 실패하고 싶지 않아서 만든 아이템이 아닐까? 그런 갈등을 하고 있던 시기에 우연히 기회가 찾아왔다.

후배가 운영하는 회사가 모 대기업의 인공지능용 학습 데이터를 가공하는 아웃소싱 용역을 하고 있었다. 많은 아르바이트 인원이 필요한 노동 집약적인 업무였다. 후배와 나는 공간과 시간의 제약을 받는 오프라인 업무를 온라인에서 많은 사람들이 참여할 수 있는 개방형 서비스를 만들면 어떨까 고민했다. 범용적인 서비스가 필요했고, 새로운 법인에서 서비스 개발을 하기로 합의했다. 그렇게 세 번째 창업을 한 지 얼마 지나지 않아서 네 번째 창업도 함께 진행되었다.

15년간 돌아보고 싶지 않았던 인공지능 분야의 아이템이다. 한 달간 국내외 리서치를 하면서 사업계획서를 만들었다. 지인들에게 사업계획을 소개했다. 뜻밖에 많은 지인들이 기꺼이 주주로 참여하겠다고 의사를 보였다. 곧 바로 새로운 법인을 설립했다. 기존의 교육 서비스 기업도 병행하고 있었다. 새로운 회사는 기술 기반 기업이었다. 많은 인력과 비용이 필요한 서비스였기 때문에 신중하게 접근해야 했다. 그러던 중에 국내 1위 검색 포털 서비스 기업인 네이버가 인공지능 기반 스타트업에게 투자를 한다는 광고를 인터넷에서 보게 되었다. 별 기대 없이 준비해둔 사업계획서를 제출했다. 일주일도 지나지 않아서 연락이 왔고, 두 번의 미팅 후에 투자가 결정되었다. 회사를 설립한 지 두 달 만에 일어난 일이었다. 네이버와 수십여 종의 프로젝트를 같이 진행하였고, 우리 서비스는 인공지능 기업들에게 조금씩 알려지기 시작했다. 별도의 영업 없이도 매주 새로운 의뢰가 들어왔다. 회사를 설립한 지 1년 만에 우리 회사는 20억에 가까운 후속 투자를 받게 되었다. 서비스는 엄청난 속도로 성장했다. 직원 2명으로 시작한 회사는 1년 만에 직원 15명이 되었다.

주변 지인들이 많은 조언을 해주었다. 계속 스스로를 되돌아보았다. 과거 두 번의 창업 시절에 나에게는 진솔한 조언을 해주는 멘토가 없었다. 오히려 나이가 들고 스스로 많은 기업들을 멘토링하면서 나에게도 멘토가 필요하다는 사실을 알게 되었다. 독불장군은 사회에서 살아가기 어렵다. 누군가를 돕고 누군가의 도움을 받으면서 함께 성장해야 한다. 어쩌면 20년 가까이 나는 혼자서 모든 일을 해결하려고 했던 것 같다. 그래서 더 힘들게 살아왔는지도 모르겠다.

첫 번째 창업 시절에 후속 투자에 성공한 후 사라진 벤처기업들을 수도 없이 보아왔다. 투자는 사업의 성장 속도를 높일 수는 있지만, 성공을 담보하지는 않는다. 어쩌면 투자 이후 회사는 더 큰 리스크를 갖게 된다. 외부 자본이 들어온 이유는 분명하다. 빠른 시기에 더 많은 수익으로 회수를 원하고 있다. 이제는 성장의 속도도 내 마음대로 결정할 수 없다. 달리는 호랑이 등 위에 올라탄 것이다. 경영에 참여하는 외부인들도 늘어났다. 중요한 의사 결정 시 협의해야 될 대상도 많아졌다. 후속 투자의 성공은 갓 시작한 스타트업 창업자들에게는 부러운 일일 수도 있겠지만, 사실은 긴 사업 과정에서 겨우 다음 단계로 넘어온 것뿐이다.

스타트업은 스케일업Scale-up할 수 있어야만 한다. 빠른 성장과 빠른 투자 회수, 그 과정에서 수많은 기업들이 사라져가지만 몇 번의 실패와 사업 전환을 통해서 새로운 길을 찾아가는 과정이 스타트업이다. 결코 즐거운 일이라고 할 수는 없지만, 도전할만한 가치는 충분하다. 젊은 시절의 창업 경험이 주는 가장 큰 가치는 창업에 대한 두려움을 없애준 것이다. 네 번의 창업을 했지만, 여전히 나는 성공한 사업가라고 말할 수 없다. 여전히 진행 중일 뿐이다. 수차례 창업을 하면서 다시 한 번 앙트레프레너십Entrepreneurship에 대해서 생각을 하게 되었다. 기업의 존재 이유는 수익을 창출하고 스스로 영속성을 가지는 것이다. 과거에는 수익만 고민하면 자연스럽게 영속할 수 있었지만, 지금은 수익에 안주하다가 기회를 잃어버리고 사라진 기업들이 비일비재하다. 변화와 혁신을 추구하고자 하는 앙트레프레너 정신은 스타트업들에게 어느 때보다 중요해졌다. 역사적으로도 앙트레프레너가 많이 배출된 국가일수록 경제 강국이 되었다. '산업혁명'을 이끈 영국과 '아메리칸 드림'을 통해서 20세기 산업화를 이끈 미국 같은 국가들은 혁신적인 사고와 행동을 지원하는 사회적 기반을 갖추고 있다. 비록 우리나라는 아직 그들에 비해 부족하지만 과거보다 친-기업적인 제도들이 많이 자리를 잡은 것 같다. 20년 전 창업보다 현재의 창업이 그래도 더 쉽고 많은 지원을 받을 수 있는 것은 분명하다.

사업을 하다 보면 수많은 선택의 기로에 서게 된다. 잘못된 선택은 회사와 직원들을 불행에 빠트리게 된다. 그래서 항상 좋은 선택을 하기 위해서 노력해야 한다. 그렇다고 좋은 선택을 하기 위해서 시간을 오래 끈다면 오히려 실기를 하게 되어 선택의 기회조차 없어질 수 있다.

두 번째 창업을 하던 시절, 라디오 방송에서 들었던 세계적인 패션 디자이너 피에르 가르뎅 일화는 지금까지 내가 해온 모든 선택의 기준이 되었다. 샐러리맨을 계속할 것인지, 디자이너가 될 것인지 고민하던 과정에서 피에르 가르뎅은 동전을 던져 진로를 선택했다고 한다. 디자이너가 된 그에게 시간이 흘러 새로운 선택이 주어졌다. 이번에는 당시 세계 1위 패션기업인 크라스챤 디올의 후계자가 될 것인지, 자신의 브랜드로 회사를 설립할 것인지 고민하던 과정에서 그는 연필을 세우고 넘어지는 곳을 선택했다. 피에르 가르뎅의 동전 던지기와 연필 넘기기는 그의 일생을 좌우하는 결정이었음은 말할 것도 없다. 그가 다른 선택을 했다면 우리는 그의 이름조차 들을 수 없었을지도 모른다. 혹자들은 그가 매우 운이 좋은 사람이라고 말한다.

하지만 그가 성공한 이유는 운이 좋아서가 아니다. 자신의 선택 이후 동전의 반대편에 대한 후회와 미련을 가지지 않았기 때문이다. 선택이 중요한 것이 아니다. 선택 이후 믿음이 모든 것을 결정한다. 스스로를 믿지 못하고 의심한다면 어떤 선택을 하더라도 결코 성공할 수 없을 것이다. 나의 선택이 항상 옳았다고 말할 수는 없다. 하지만 최소한 나의 선택에 대해서 후회는 없다. 어쩌면 그렇기 때문에 내가 아직 이 나이에도 창업을 하겠다는 생각을 할 수 있었던 것이 아닐까. 앞으로도 선택의 기로는 계속 올 것이다. 분명한 것은 어떤 선택을 하든 그것은 중요하지 않다는 것이다. 동전의 반대편을 생각하지 않을 수 있는 믿음만이 나의 미래를 이끌 것이다.